Einhorn
Legende

Einhorn
Legende

Gerdi M. Büttner

Bibliografische Information der Deutschen Nationalbibliothek:
Die Deutsche Nationalbibliothek verzeichnet diese Publikation
in der Deutschen Nationalbibliografie; detaillierte bibliografische
Daten sind im Internet über http://dnb.dnb.de abrufbar.

Lektorat, Korrektorat, Umschlaggestaltung: Roland Büttner

Verlag: BoD · Books on Demand GmbH, Überseering 33,
22297 Hamburg, bod@bod.de
Druck: Libri Plureos GmbH, Friedensallee 273, 22763 Hamburg

ISBN: 978-3-8482-6064-5

Kapitel 1: Die Erbschaft

„...vererbe ich meinem Patenkind und Mündel Annalena Siebert mein komplettes Vermögen, sowie mein Gestüt Baldomar, unter der Bedingung, dass sie eine gründliche Ausbildung zur Pferdewirtin dort absolviert. Der Gestütsleiter und Tierarzt Dr. Lukas Forster wird solange die Geschäfte leiten, bis Annalena diese übernehmen kann. Außerdem bestimme ich."

Was der Notar noch weiter vorlas hörte Lena nur noch verschwommen. Das Blut rauschte so laut in ihren Ohren, dass sie dachte ihr Kopf zerplatze. Zum Glück hielt dieser Zustand nicht lange an, so dass sie sich wieder auf die Worte des Notars konzentrieren konnte. Er war bereits am Ende der Verlesung angelangt und belehrte sie darüber, dass sie eine Bedenkzeit von vier Wochen darüber habe, ob sie das Erbe annehmen oder ablehnen wollte.

Nachdem sich der Notar verabschiedet hatte sank sie auf ihren Stuhl zurück, um über das nachzudenken, was sie gehört hatte. Sie war in dem Gedanken angereist, dass ihre verstorbene Tante ihr wohl ein paar Stücke ihres Schmuckes vererbt hatte. Annalena Beyer war die ältere Schwester ihrer Mutter und Lenas Patin. Es war ihr Wunsch gewesen, dass ihr Patenkind ihren Vornamen erhielt. Von ihren Eltern wurde sie immer nur Lena genannt.

Zuletzt hatte Lena ihre etwas egozentrische Patin vor mehr als vier Jahren gesehen. Bei der Beerdigung ihrer Eltern, die bei einem Verkehrsunfall ums Leben gekommen waren. Ihre Tante hatte ihr damals angeboten zu ihr zu ziehen, was sie jedoch nach kurzem Bedenken abgeschlagen hatte. Da ihre Eltern oft für längere Zeit geschäftlich unterwegs waren, hatten sie ihr einziges Kind in einem exklusiven Internat untergebracht.

Für Lena war es zur zweiten Heimat geworden, deshalb wollte sie dort bis zu ihrem Schulabschluss bleiben.

Sie hatte damals jedoch zugestimmt die Ferien bei ihrer Tante zu verbringen. Als sie das letzte Mal dort war, war sie ein Kind von zehn Jahren gewesen und Tante Anne, so wollte sie genannt werden, hatte einen kleinen Reiterhof besessen.

Aus dem Reiterhof war dann ein Gestüt geworden. Ihre Tante hatte das umliegende Gelände aufgekauft und daraus große Koppeln für ihre Pferde gemacht. Soweit sich Lena erinnerte züchtete sie zwei Pferderassen, die verschiedener nicht sein konnten. Zum einen kohlschwarze Friesen mit langen gewellten Mähnen und Schweifen und üppigem Behang an den Fesseln. Die Pferde der anderen Rasse waren hingegen schneeweiß, hatten aber ebenso eine lange Mähne, Schweife und Behänge. Ihre Tante hatte ihr erklärt das sei ein früherer Farbschlag der Friesen, der eigentlich nicht mehr gezüchtet wurde. Da ihr aber diese schneeweißen Tiere so gut gefielen, hatte sie nach langem Suchen einige Exemplare auf einem Pferdemarkt entdeckt und sofort gekauft. Seither züchtete sie neben den schwarzen auch weiße Friesen. Als einziges Gestüt auf der Welt, wie sie Lena stolz erzählt hat. Einige Fohlen dieser Rasse trugen stern-förmige Wirbel auf der Stirn und hatten leicht silbrig schim-mernde Augen. Sie waren Tante Annes ganzer Stolz gewesen, aber warum hatte sie Lena nicht verraten.

Bei diesem Ferienaufenthalt hatte Lena ihre Liebe zu Pferden entdeckt, besonders nachdem sie bei der Geburt eines Fohlens dabei sein durfte. Der kleine schwarze Hengst hatte ebenfalls einen sternförmigen Wirbel auf der Stirn getragen und im Licht der Stallbeleuchtung hatten seine Augen golden gefunkelt, als er Lena angeblickt hatte. Tante Anne war damals schier aus dem Häuschen gewesen, nachdem sie den kleinen mit Stroh trocken-gerieben und den Stern entdeckt hatte.

„Lanzelot! Mein Hoffnungsträger", hatte sie bewegt gesagt und sich die Tränen aus den Augen gewischt.

„Endlich bist du da."

Kurz bevor die Ferien zu Ende gingen hatte Lena nochmals einen Spaziergang über das weitläufige Gelände gemacht. Es reichte bis zu einer Bucht, die versteckt zwischen hohen Felsen lag. Diese Felsen erstreckten sich bis ins Meer und schirmten den Strand ab. Dieser war nur über steile, unregelmäßige Steinstufen erreichbar, die irgendwann vor langer Zeit in die schroffe Felswand gehauen worden waren.

Warum Lena damals den beschwerlichen Weg zur Bucht hinunter gemacht hatte wusste sie später nicht mehr zu sagen. Es war als zöge sie etwas dahin. Barfuß, im seichten Wasser stehend, hatte sie aufs Meer geblickt, als sie plötzlich ein leises Wimmern vernahm. Es kam von den groben Steinen, die dicht an der Felswand aus dem Wasser ragten. Langsam war sie darauf zugegangen und plötzlich den Kopf eines braunen Hundes entdeckt der, als er sie sah, lauter jaulte.

Eilig war sie auf ihn zugelaufen. Er schien verletzt, denn er konnte nicht aus eigener Kraft aufstehen. Bernsteinfarbene Augen hatten sie bittend angeschaut und sie hatte keine Sekunde gezögert, dem Hund aus dem Wasser zu helfen. Er war größer als sie zuerst vermutet hatte und ziemlich schwer. Es hatte sie viel Kraft gekostet, ihn bis an den Strand zu ziehen. Dort hatte sie entsetzt festgestellt, dass seine Beine in einer Angelschnur verheddert waren, die sich tief in die Haut geschnitten und böse Wunden verursacht hatten.

Mühsam hatte sie die dünne Schnur entknotet, da sie natürlich kein Werkzeug zum Zerschneiden dabeihatte. Währenddessen hatte ihr der Hund voller Dankbarkeit unaufunterbrochen die Hände abgeleckt, was die Prozedur noch mehr in die Länge gezogen hatte. Sie konnte es jedoch nicht übers Herz bringen ihn daran zu hindern.

Dann hatte sie gehört wie jemand ihren Namen rief und sich erleichtert gemeldet. Ihre Tante hatte sie bereits vermisst und einen Stallburschen ausgeschickt, nach ihr zu schauen. Mit dessen Hilfe konnte Lena den Hund die Treppen hochschaffen und bis zum Gestüt bringen, wo er vom zufällig anwesenden Tierarzt untersucht und verarztet worden war.

Es hatte sich herausgestellt, dass der Hund eine trächtige Hündin war. Vermutlich wäre sie eine Bulldogge, hatte der alte Tierarzt gemeint und gefragt, ob er sie mitnehmen und im Tierheim abgeben sollte. Nach nur kurzem Überlegen hatte Anne sich jedoch entschlossen die Hündin bei sich aufzunehmen. Sie beauftragte den Tierarzt den Hund im Tierheim zu melden, und dass er bei ihr abgeholt werden konnte, falls sich der Besitzer fand. Weil sie die Farbe von Weinbrand hatte, bekam die Hündin den Namen Brandy.

Was wohl aus Brandy geworden war, überlegte Lena wehmütig. Falls sie bei Anne geblieben war, hatte sie kein Frauchen mehr. Der Gedanke machte sie seltsam traurig. Sie selbst hatte gar nicht richtig um ihre Tante getrauert, kam ihr dabei in den Sinn. Die Nachricht von Annes Tod hatte sie zwar schockiert, doch hatte sie es unterdrückt um sie zu trauern und sich stattdessen um ihr bevorstehendes Abitur gekümmert.

„Soll ich dich zum Gestüt mitnehmen, damit du dir dein Erbe anschauen kannst?"

Eine tiefe Stimme riss sie aus ihren Gedanken und sie fuhr erschrocken herum. Neben ihr stand ein hochgewachsener schlanker Mann mit dunklen Haaren. Er sah gut aus, fand Lena, sie schätzte ihn auf etwa fünfundvierzig Jahre.

„Entschuldige, ich wollte dich nicht erschrecken", sagte er mit einem kleinen Lächeln.

„Ich bin der Gestütsleiter von Baldomar und gleichzeitig auch der Tierarzt. Mein Name ist Lukas Forster."

„Ich weiß nicht so recht", antwortete sie verlegen. „Ich hatte nicht damit gerechnet, dass Tante Anne mir ihr Gestüt vermachte und weiß gar nicht, was ich tun soll."

Unsicher sah sie zu ihm hoch. Doch er meinte in beruhigendem Ton:

„Na, dann schau dir doch erst einmal alles in Ruhe an, zum Entscheiden hast du ja noch vier Wochen Zeit. Hast du schon ein Zimmer für die Nacht? Du kannst auch gerne im Haus deiner Tante wohnen."

Nach kurzem Nachdenken entschied sich Lena mit zum Gestüt zu fahren. Wo sie jetzt schon einmal hier war, konnte sie sich auch alles gleich anschauen. Und falls sie sich entschied die Nacht im Haus ihrer Tante zu verbringen, so konnte sie ihr gebuchtes Hotelzimmer absagen.

Die Fahrt von der Stadt bis zum Gestüt dauerte länger als es ihr in Erinnerung war, erst nach etwa einer halben Stunde sah sie es in der Ferne auftauchen. Es wirkte noch größer auf sie als damals. Vielleicht hatte Tante Anne noch mehr Land dazu gekauft um darauf Koppeln einzurichten. Wie viele Pferde wohl inzwischen in den Ställen und auf den Weiden standen? Bei dem Gedanken überlief sie eine Gänsehaut und sie fragte sich unwillkürlich, ob sie überhaupt in der Lage wäre ein Gestüt zu übernehmen. Mit ihren siebzehn Jahren hatte sie gerade ihr Abitur gemacht und wusste noch nicht einmal welchen Beruf sie ergreifen wollte. Von der Pferdezucht hatte sie nicht die geringste Ahnung. Und auch nicht von dem was sonst so alles an Arbeit auf einem Gestüt anfiel, allein was an Büroarbeit und Papierkram darin stecken musste, war für sie ein Buch mit sieben Siegeln. Da reichte ihr recht guter Abschluss in BWL sicher nicht aus.

Auch was das Wohlergehen und die Gesundheit der Pferde angeht, besaß sie keine Ahnung. Sie hatte bei ihrem letzten Aufenthalt zwar manchmal bei der Fütterung geholfen und einmal ein Pferd geputzt und gestriegelt. Diese Erfahrung reichte jedoch nicht einmal für ein eigenes Pony aus, geschweige denn um ein Gestüt zu führen.

Doch dann fiel ihr ein was der Notar vorgelesen hatte: Das auf dem Gestüt sehr viele Menschen arbeiteten. Angefangen bei Pferdepflegern und Stallburschen über Bereiter und Pferdetrainer bis zu Büroangestellten. Es gab sogar eine Kantine mit dem dazugehörigen Küchenpersonal, das für das leibliche Wohl von Angestellten und Arbeitern sorgte. Und natürlich Dr. Forster, der Tierarzt, den ihre Tante eingestellt hatte, und der ja seit ihrem Tod das Gestüt leitete.

Lena warf einen schnellen Blick zu ihm hin, sie war sehr gespannt diesen Mann genauer kennen zu lernen. Wenn sie es richtig verstanden hatte, würde er im Falle ihrer Ablehnung das Gestüt übernehmen. Er machte zwar einen sehr netten Eindruck auf sie, doch konnte sie ihm wirklich trauen? Vielleicht wollte er nur versuchen ihr auszureden das Erbe anzutreten. Schließlich ging es um sehr viel Geld und das hatte schon die übelsten Charakterzüge bei Menschen hervorgebracht. Zudem wusste Dr. Forster zweifellos auch, dass sie niemanden hatte der ihr beistehen würde. Nach dem Tod ihrer Eltern wurde ihre Tante zu ihrem Vormund ernannt. Aber die war nun ebenfalls tot. Ich bin vollkommen allein auf der Welt, wurde ihr zum ersten Mal bewusst. Der Gedanke erzeugte ein sehr mulmiges Gefühl in ihrer Magengegend.

Andererseits, überlegte sie, war ihre Tante eine sehr lebenserfahrene Frau gewesen, die sich von niemandem etwas hatte vormachen lassen. Wenn sie diesem Tierarzt ihr Gestüt anvertraut hatte, dann konnte sie sich bestimmt darauf verlassen, dass er dieses Vertrauen wert war. Dennoch blieb ein kleiner Zweifel bestehen, weshalb sich Lena vornahm das Tun dieses Mannes im Auge zu behalten.

Sie würde ja sicher auch die geforderte Lehrzeit auf dem Gestüt unter der Anleitung von Dr. Forster machen. Somit sah sie ihn bestimmt täglich und konnte ihn besser kennen lernen.

Zumindest was die Zucht, Gesundheit und Haltung der Pferde betraf, war er ihrer Meinung nach, der ideale Ansprechpartner. Das nötige Interesse brachte sie mit und mit seiner Hilfe würde sie sich in Theorie und Praxis der Pferdezucht einarbeiten. Schließlich hatte ihre Tante, als sie das Gestüt gründete, auch nicht allzu viel über dessen Leitung gewusst und dennoch im Laufe der Jahre diesen riesigen Betrieb daraus gemacht. Wenn es stimmte, dass sie sehr viel mit Anne gemein hatte, wie ihre Mutter ihr oft gesagt hatte, dann packte sie es auch deren Nachfolge anzutreten.

Während sie darüber nachgrübelte kamen sie dem Gestüt immer näher und sie staunte immer mehr, wie imposant es war. Sie bogen auf die Straße ein, die sie an Koppeln und Reitplätzen entlang bis zum Wohnhaus führte, das der Mittelpunkt des Gestüts war. Es war ein älteres Haus von überschaubarer Größe, dass ihre Tante damals einem alten Ehepaar, samt dem dazugehörenden Bauernhof, abgekauft und nach ihrem Geschmack hatte herrichten lassen. Seither waren nur notwendige Reparaturen gemacht worden und es hatte einen neuen Anstrich erhalten. Ansonsten befand sich alles, einschließlich der Möbel, noch im Originalzustand. Ihre Tante hatte das Haus geliebt und es sorgsam gehütet wie einen Schatz.

Vor dem weiß gestrichenen Holzzaun, der das Haus komplett umschloss, hielt Dr. Forster das Auto an.

Ein seltsames Gefühl stieg in Lena hoch, dass sie nicht deuten konnte. Fast erwartete sie ihre Tante komme aus der Tür auf sie zu gelaufen, so wie sie es getan hatte als sie das letzte Mal hier angekommen war. Doch diesmal blieb die Tür geschlossen. Ein jäher Anflug von Traurigkeit überkam Lena als ihr bewusst wurde, dass sie die fröhlichen Augen ihrer Tante nie mehr auf sich gerichtet sehen würde. Sie schluckte den Kloss hinunter der in ihre Kehle stieg, holte tief Luft. Dann stieg sie aus und ging auf das Gartentor zu. Sie ahnte alles in dem Haus würde sie schmerzlich an ihre Tante erinnern.

Bisher hatte sie gemeint, dass es ihr ganz gut gelungen war, die Trauer über den Tod ihrer letzten nahen Verwandten zu unterdrücken. Als sie die Nachricht vor einigen Wochen erhielt war nach dem ersten Schock eine seltsame Leere in ihr gewesen. Sie hatte sich geweigert überhaupt darüber nachzudenken, damit sie das Gefühl von Verlassenheit und Verlust nicht schon wieder aus der Bahn wirft. Noch hatte sie den Tod ihrer Eltern nicht wirklich verarbeitet, in ihrem Herzen und Kopf war kein Platz für einen weiteren Menschen, der sie einfach verlassen hatte. So hatte sie ihre Gefühle verdrängt, indem sie sich einzig auf ihre Prüfungen konzentriert hatte. Selbst bei Annes Beerdigung war sie nicht gewesen, weil sie schon Tage zuvor von einer starken Übelkeit ins Bett gezwungen worden war. Sie hatte es kaum bis zum Telefon geschafft, um ihr Kommen abzusagen.

Das Klingeln eines Handys riss sie aus ihren Gedanken, irritiert sah sie sich um. Es war das Handy Dr. Forsters, der sich knapp meldete und kurz darauf „Ok, ich komme" sagte. Er steckte das Handy in die Jackentasche und wandte sich mit entschuldigendem Blick an Lena.

„Tut mir leid, ich werde im Stall gebraucht. Eine Stute benötigt meine Hilfe, ihr Fohlen liegt falsch und sie kann es nicht alleine zur Welt bringen."

Er schaute grinsend an sich herunter und meinte mit einem schiefen Lächeln:

„Kein gutes Outfit um damit auf dem Stallboden zu liegen, fürchte ich. Ich muss mich schnell umziehen. Tut mir leid, dass ich dich alleine lassen muss, aber du kannst ja schon mal ins Haus gehen. Sicher kennst du dich noch aus, es wurde darin in den letzten Jahren nichts verändert. Die Tür ist offen.“

Lena nickte:

„Keine Sorge, ich werde mich zurechtfinden. Gehen sie nur, damit der Stute und ihrem Fohlen schnell geholfen wird.“

Sie lächelte kurz, dann fuhr sie fort.

„Würden Sie mir später die Stute und ihr Fohlen zeigen? Ich habe schon lange kein neugeborenes Fohlen mehr gesehen. Das letzte Mal vor etwa vier Jahren, da kam ein rabenschwarzer Hengst zur Welt und ich war dabei. Es war einer der berührendsten Momente meines Lebens.“

Sie schaute über die weiten Koppeln, dann sah sie den Tierarzt wieder an.

„Ich erinnere mich noch an seinen Namen, Tante Anne nannte ihn Lanzelot. Sie schien damals sehr berührt von dem Fohlen und meinte, er sei ihr Hoffnungsträger. Was sie damit meinte weiß ich nicht, ich vergaß sie danach zu fragen. Ich würde mich freuen Lanzelot wiederzusehen, sicher ist aus ihm ein prächtiger Hengst geworden.“

Lukas Foster sah sie verwundert an und sie meinte, er sei unter seiner von der Sonne gebräunten Haut blass geworden. Doch dann meinte er in beiläufigem Ton:

„Zurzeit ist Lanzelot leider nicht hier auf dem Gestüt, wir wissen noch nicht wann er wiederherkommt.“

Als er sah wie Neugier in Lenas Augen aufflammte, sagte er betont ruhig:

„Er ist ein begehrter Deckhengst geworden und befindet sich auf einer Samenstation. Aber du musst dir keine Sorgen machen, es geht ihm prächtig. Und später werde ich dich in den

Stall führen, das neue Fohlen zu begrüßen. Aber jetzt muss ich mich sputen, sonst kommt es am Ende noch zu unnötigen Komplikationen."

Er entfernte sich in Richtung eines weiteren Hauses, das in nicht allzu weiter Entfernung stand. Vermutlich wohnte er dort. Lena schaute ihm nach und überlegte, ob das Haus bei ihrem letzten Besuch schon da war. Sie konnte sich nicht mehr erinnern, was sie jedoch nicht verwunderte, da sich seit damals einiges auf dem Gestüt verändert hatte.

Mit einem unbewussten Seufzer öffnete sie das Gartentor und ging auf die Haustür zu. Wie angekündigt war sie nicht verschlossen und Lena betrat das Haus ihrer Tante mit gemischten Gefühlen.

Kapitel 2: Gestüt Baldomar

Lena fuhr erschrocken hoch, als sie ein heller Klingelton aus dem Schlaf riss. Verstört schaute sie um sich, bevor ihr einfiel, wo sie sich befand. Sie stand hastig auf und eilte durch den Gang zur Türe, um sie zu öffnen. Dr. Forster stand davor und lächelte sie an. Er trug jetzt einen Arbeitsanzug, der ihm ebenso gutstand wie der modische Anzug, den er zuvor getragen hatte. Zum ersten Mal sah Lena ihn genauer an, um festzustellen, dass er für sein Alter sehr gut aussah. Sie war zwar nicht sehr gut im Schätzen, hielt ihn aber für etwa so alt, wie ihr Vater jetzt wäre, wenn er noch leben würde.

„Hast du geschlafen? Tut mir leid, wenn ich dich geweckt habe", sagte er mit einem Lächeln und fuhr fort:

„Nach dem aufregenden Vormittag ist es kein Wunder, dass du müde warst. Ich wollte dir eigentlich das Gestüt zeigen und ein bisschen was dazu erzählen. Wir können es aber gerne auf morgen verschieben, wenn du dich nicht gut fühlst."

„Nein, nein, es geht schon wieder", beeilte sie sich zu sagen.

„Ich war tatsächlich etwas müde, aber nun bin ich wieder fit. Und ich bin schon ganz neugierig."

Sie schaute an sich hinunter.

„Ich habe mir etwas Bequemes angezogen, ist das in Ordnung? In Jeans fühle ich mich wohler als in Rock und Bluse. Die habe ich mir extra für den Notarbesuch gekauft."

Er lachte freundlich und antwortete:

„Für das Gestüt sind Jeans und T-Shirt das Beste. Nur solltest du nicht in Sandalen herumlaufen, das ist in den Stallungen zu gefährlich. Ein geschlossener Schuh ist besser."

Das sah Lena ein und lief zurück, um in ihre Sneakers zu schlüpfen. Dann war sie bereit sich ihre Erbschaft näher anzusehen. Neben Dr. Forster ging sie auf die Stallungen zu.

Er führte sie zu einem großen hellen Stallgebäude mit geräumigen Boxen. Es befanden sich nur wenige Pferde in der riesigen Anlage. Auf Lenas Frage sagte der Tierarzt, dass die meisten Pferde während des Tages auf den Koppeln seien.

„Nur wenn eine Stute fohlt oder ein Pferd krank ist, muss es auch tagsüber im Stall bleiben. Nachts kommen alle Pferde rein, obwohl sie lieber draußen bleiben würden. Doch das ist zu gefährlich, denn vor einiger Zeit wurden uns einige trächtige Stuten gestohlen."

„Gestohlen? Das ist ja schrecklich. Wie konnten die denn herausgebracht werden? Ich dachte, hier sei alles so gut gesichert."

„Das ist es jetzt auch", meinte er etwas kläglich.

„Seit alle Tiere nachts im Stall sind und wir außerdem einen Wachdienst haben, der stündlich alles kontrolliert, ist nichts mehr vorgekommen. Auf welchem Weg man die Stuten weggeschafft hat haben wir leider nie nachvollziehen können. Wir haben damals alles von Spürhunden absuchen lassen, doch die verloren alle die Spur an der alten Mauer, die das Gelände an den Klippen sichert. Man hätte fast glauben können die Pferde seien über die Mauer gesprungen. Doch dahinter geht es steil bergab zum Strand. Da springt kein Pferd darüber und wenn doch hätte man unten seinen zerschmetterten Körper gefunden. Das war natürlich nicht der Fall. Schließlich mussten wir einsehen, dass die Pferde nicht auf natürliche Weise verschwunden sein konnten."

„Äh, und was heißt - nicht auf natürliche Weise? Hat sie jemand weggezaubert?"

Lena konnte sich ein spöttisches Grinsen nicht verkneifen. Doch der Tierarzt schaute sie voller Ernst an als er antwortete „Ja, so müssen wir es wohl annehmen. Zumindest, solange es keine andere Erklärung für ihr Verschwinden gibt. Deshalb ist es auch sinnlos weiter darüber zu diskutieren."

Es klang endgültig, deshalb sagte Lena nichts mehr. Auch, weil ihr nichts dazu einfiel. Er ging an ihr vorbei bis zur nächsten Box und öffnete die Tür. Mit einer Handbewegung lud er sie ein die Box zu betreten, dann folgte er ihr. Eine weiße Stute sah ihnen neugierig entgegen, vor ihr im Stroh lag ein kleines dunkelbraunes Fohlen und schlief. Der Anblick des neugeborenen Wesens war so anrührend, dass Lena die gestohlenen Pferde vergaß und vor dem Fohlen in die Hocke ging. Ganz sachte strich ihre Hand über das weiche Fell. Das Fohlen rührte sich nicht, doch die Stute schob ihren Kopf zwischen ihrem Kind und Lenas Hand. Sie schaute in die dunklen Augen und strich über die samtweichen Nüstern.

„Keine Angst, ich tu deinem Fohlen nichts", sagte sie leise. „Es ist wunderschön."

Zur Antwort stieß die Stute ein leises Schnauben aus, dann stupste sie ihr Kind leicht an. Es hob den Kopf und rappelte sich dann auf seine staksigen Beine, um ans Euter seiner Mutter zu gelangen. Während es trank beschnupperte die Stute es zärtlich. Doktor Forster beantwortete Lena ausführlich alle Fragen die sie ihm stellte. Langsam gingen sie dabei die Stallgasse entlang, blieben an allen Boxen stehen, in denen sich ein Pferd befand. Der Tierarzt kannte jedes Tier mit Namen, seine Geschichte und weshalb es im Stall stehen musste. Nachdem sie alles gesehen hatten, fragte er Lena, ob sie Lust hätte auch die anderen Tiere zu sehen, die auf dem Gestüt heimisch waren. Sie stimmte neugierig zu und er führte sie durch eine Tür in einen weiteren Stallbereich. Dieser war in Art von Offenställen teilweise überdacht, neben den Boxen gab es noch Auslaufflächen für die Tiere.

Unter der Überdachung befanden sich auch noch etliche kleine oder größere eingezäunte Abschnitte, die wohl für Tiere waren, die besondere Ansprüche an ihre Haltung stellten.

„Das hier ist sozusagen unser Zoo" erläuterte der Tierarzt mit leichtem Grinsen. „Vom Hausschwein bis zum Lama ist hier alles vertreten."

„Wo kommen denn all die Tiere her?" wollte Lena wissen. Sie beugte sich über eine halbhohe Mauer, um zu sehen, welches Tier sich dahinter befand. Es waren Meerschweinchen und Kaninchen, die sofort neugierig näherkamen. Einige Meerschweinchen begannen zu quieken, während sich die Kaninchen vorsichtig etwas weiter hinten hielten.

Doktor Forster seufzte leise bevor er antwortete:

„Tja, das Gestüt ist weithin dafür bekannt, dass es auch ausgesetzte oder verletzt aufgefundene Tiere aufnimmt. Anne... äh, Frau Beyer, hatte damit schon angefangen kurz nachdem sie das Gelände gekauft hatte. Damals fand sie in einem zerfallenen Stall ein paar Ziegen, die wohl zurück- und ihrem Schicksal überlassen wurden. Einige der Ziegen waren schon tot und skelettiert, die anderen haben vermutlich die Reste des mit Stroh gedeckten Daches gefressen, das heruntergebrochen war und sich so mehr schlecht als recht vorm Verhungern gerettet. Ziegen können sehr robust sein und fressen, auch wenn sie nicht hungern, so ziemlich alles, was sie finden. Später fragten dann hin und wieder einige der Einwohner des Dorfes nach, ob sie ihre Tiere hierlassen könnten. Viele der Leute verlassen den Ort, weil sie von der Landwirtschaft nicht mehr leben können und ziehen in die Stadt. Damit deren Kühe, oder Schafe, nicht im Schlachthaus enden, entschloss sich deine Tante sie aufzunehmen. Ihre Tierliebe sprach sich schnell herum, sogar bis in die Stadt. Immer wieder wurden Tiere abgegeben oder einfach vorm Tor ausgesetzt. So kamen wir zu unserem Zoo, hier dürfen alle Tiere bleiben bis sie eines natürlichen Todes sterben."

Lena war beeindruckt und musste sich eingestehen, dass sie nur sehr wenig über die Frau wusste, die ihre Patin war.

„Seltsam", sagte sie nach kurzem Nachdenken „Aber als ich vor vier Jahren zuletzt hier war, habe ich von dem Stall nichts gesehen."

„Das kann gut sein, denn damals gab es dieses Stallgebäude noch nicht, die Tiere waren etwas entfernt auf einem alten Bauernhof untergebracht und wurden dort von zwei älteren Männern betreut", gab ihr Doktor Forster zur Antwort.

Dann führte er sie weiter durch die Stallung und erzählte ihr, was es Wissenswertes über die jeweiligen Tiere gab. Er kannte auch hier fast jedes beim Namen und seine Geschichte. Lena war beeindruckt über sein umfangreiches Wissen und auch von seiner einfühlsamen Art. Für ihn schien jedes Lebewesen den gleichen Wert zu besitzen. Ob es sich um ein Kaninchen handelte, das völlig verwahrlost ausgesetzt wurde, oder um eines der edlen Pferde, die ein Vermögen wert waren.

Da ihr Menschen wie er bisher nur sehr selten begegnet waren, konnte Lena nichts anderes als Bewunderung für ihn zu empfinden. Immer wieder ertappte sie sich selbst dabei wie sie ihn beobachtete, wenn er gerade wegsah. Er war auch noch ausgesprochen attraktiv, kam sie nicht umhin festzustellen. Bis auf eine feine Narbe, die von seiner Wange bis zum Haaransatz verlief, war er nahezu perfekt. Groß, schlank, muskulös mit schwarzen Haaren und dunklen Augen kam er ihr direkt etwas fremdländisch vor. Doch er sprach mit keinerlei Akzent und drückte sich gewandt aus. Seine Bewegungen waren geschmeidig und erinnerten sie an ein Raubtier.

Himmel, Lena, du bist doch kein Mädchen, das sich Hals über Kopf in den erstbesten gutaussehenden Mann verliebt, rügte sie sich insgeheim selbst. Bisher hatte sie sich nie sonderlich für

Jungs interessiert. Und schon gar nicht für einen Mann, der ihr Vater hätte sein können.

„Hast du Hunger?" unterbrach er ihre Gedanken, worüber sie froh war. „Wollen wir zur Kantine gehen? Dort können wir etwas essen und trinken. Tut mir leid, ich habe gar nicht daran gedacht, dass du noch nichts gegessen hast."

Tatsächlich war ihr das bisher selbst nicht aufgefallen und sie merkte erst jetzt, dass sie etwas zu essen vertragen könnte, also stimmte sie zu. Die Kantine befand sich nicht weit entfernt, es war ein flacher Bau, an dem nichts besonders schien. Dieser Eindruck änderte sich jedoch sofort, als sie durch die Tür traten. Von innen erinnerte nichts an die zweckmäßige Nüchternheit, die Kantinen im Allgemeinen ausstrahlten.

Eher hatte man plötzlich den Eindruck in einer gemütlichen Wirtschaft zu sein. Das Mobiliar aus hellem Holz erschien Lena modern, aber irgendwie zeitlos. Der gemütliche Eindruck wurde durch viele Accessoires hervorgerufen, die liebevoll dekoriert waren. Große Fenster an einer Seite ließen viel Helligkeit herein und gaben den Blick auf die herrliche Ostsee-Landschaft frei, die sich hinter dem Gestüt erstreckte.

Sie setzten sich an eines der Fenster und Lena genoss den Ausblick auf das Meer, das in der Sonne glitzerte.

„Hier fühlt man sich wie im Urlaub" sagte sie lächelnd.

„Das war der Lieblingsplatz deiner Tante", gab Doktor Forster zur Antwort. „Hier saß sie sehr oft und schaute hinaus auf das Meer."

„Gerade dachte ich bei mir wie schön doch dieser Anblick ist. Scheint so, als ob ich auch das von ihr geerbt habe. Seltsam, nicht wahr? Schade, dass ich nicht öfter hier bei ihr war. Sie hat mich öfter eingeladen, doch ich konnte mich nie dazu ent-schließen. Das Internat, in dem ich lebte, ist sehr weit von hier entfernt. Und ich war noch ein Kind. Obwohl mir Tante Anne anbot mich abholen und auch wieder hinbringen zu lassen, war ich überfordert. Selbst diesmal hat mich die stundenlange Zugfahrt hierher und das mehrmalige Umsteigen belastet."

Sie hielt inne bevor sie leise hinzufügte:

„Und jetzt ist es leider zu spät."

Lena schluckte bei dem Gedanken und kämpfte mit den Tränen, die ihr in die Augen stiegen. Wie gerne würde sie ihre Tante noch einmal sehen, noch einmal von ihr in den Arm genommen werden. Nie hätte sie gedacht, dass sie so plötzlich sterben könnte. Sie war doch noch gar nicht alt gewesen.

Dr. Forster sah sie mitleidig an und wollte ihr etwas Tröstliches sagen. Doch die Bedienung kam an den Tisch und begrüßte sie mit einem freundlichen Lächeln. Für Lena kam sie gerade recht, um sie von ihren traurigen Gedanken zu befreien. Die junge Frau legte ihnen die Speisekarten vor und fragte, was sie trinken wollten. Während des anschließenden Essens gelang es Lena sich wieder zu fangen.

Danach begann sie den Tierarzt erneut auszufragen. Sie wollte möglichst viel über das Gestüt, die Pferde und die anderen Tiere, die hier lebten, erfahren. Doktor Forster schien über ihr Interesse erfreut. Er beantwortete ihr sehr anschaulich und detailliert alles, was sie wissen wollte. Dazwischen fügte er sehr amüsant seine diversen Erlebnisse als Tierarzt ein, so dass Lena gar nicht mehr dazu kam, traurige Gedanken zu entwickeln. Das Lachen tat ihr gut und auch der Tierarzt lachte oft mit ihr über seine eigenen Geschichten. Er bot ihr schließlich an, ihn zu duzen und stellte sich als Lukas vor.

„Wir sind hier alle wie eine große Familie, da sagt keiner zum anderen Sie", meinte er mit einem Grinsen.

Lena wäre sehr gerne noch länger mit ihm hier sitzen geblieben, doch es wurde Zeit für sie zu überlegen, wo sie übernachten sollte. Eigentlich hatte sie die Absicht gehabt, ihr gebuchtes

Hotelzimmer zu beziehen, aber dann müsste sie jemand in die Stadt zurückfahren.

„Wieso willst du in einem Hotel übernachten?" fragte Lukas sie irritiert, als sie ihn darauf ansprach.

„Du hast doch hier das Haus deiner Tante zur Verfügung. Es ist alles vorhanden, was du benötigst, alle Betten sind frisch bezogen. Es ist alles noch genauso, wie es war, als Anne noch lebte."

„Ich weiß nicht so recht", gab sie zur Antwort.

„Es kommt mir nicht richtig vor, alles einzunehmen, was noch vor kurzem meiner Tante gehörte. Vor allem, weil ich ja gar nicht weiß, ob es ihr überhaupt recht wäre, dass ich einfach so alles an mich reiße. Zudem weiß ich noch nicht einmal genau, woran sie so plötzlich gestorben ist. Nur, dass sie einen Unfall hier auf dem Gestüt hatte. Passierte er im Haus?"

Bei dem Gedanken fröstelte es sie und sie rieb sich unbewusst über die Arme.

Doch Lukas' Worte beruhigten sie diesbezüglich:

„Nein, nicht im Haus, sie hatte einen Unfall beim Ausreiten. Ihr Pferd scheute vermutlich vor irgendetwas und warf sie ab. Sie stieg zwar wieder auf und ritt bis zu der Stallung zurück, dort wurde sie jedoch plötzlich bewusstlos. Ich merkte sofort, dass ich nichts für sie tun konnte, deshalb rief ich einen Krankenwagen und den Notarzt. Der hat nicht lange gefackelt und sie sofort in ein Krankenhaus eingeliefert. Dort wurde ein Schädelbruch und eine Gehirnblutung diagnostiziert, an der sie leider zwei Tage später verstarb."

„Wie schrecklich", murmelte Lena ergriffen. „Ausgerechnet ein Pferd ist für ihren Tod verantwortlich. Dabei hat sie ihre Pferde so geliebt..."

Lukas sah sie ausdruckslos an, dann meinte er langsam:

„Nun ja, natürlich haben wir auch die Polizei informiert, wie es bei einem Unfall Vorschrift ist. Die haben den Weg abgesucht, den Anne üblicherweise lang geritten ist. Dabei haben sie verdächtige Spuren gefunden, die sie sich allerdings nicht erklären konnten. Es sah aus als hätte etwas praktisch aus dem Nichts das Pferd angefallen. Im Sand auf dem Weg gab es Spuren wie von einem Tier und das Pferd hatte tiefe Kratzspuren an der linken Halsseite."

„Spuren von einem Tier?" wiederholte sie und sah ihn mit gerunzelter Stirn an. „Du bist doch als Tierarzt sicher mit Tierspuren vertraut. Konntest du nicht feststellen, von welchem Tier sie stammten?"

In ihrem Blick lag Skepsis, deshalb erwiderte Lukas mit hilflosem Schulterzucken:

„Es war kein Tier das ich kenne und folglich auch keines, das hier lebt. Am ehesten erinnerte mich die Spur an irgendetwas Urzeitliches, ein großer Vogel oder so was. Denn außer an der Stelle des Überfalls gab es nirgendwo diese Spuren, es sah aus, als wäre der Vogel angeflogen gekommen und hätte sich am Hals des Pferdes festgekrallt. Das hat sich vermutlich aufgebäumt und ihn abgeschüttelt, so dass er auf dem Boden landete und einen Abdruck hinterließ. Warte mal, ich habe an der Unfallstelle mit dem Handy einige Fotos gemacht..."

Er griff in die Tasche seiner Arbeitsweste und zog das Handy heraus.

Lena sah gespannt auf das Display, auf dem ein Abdruck von einem Fuß mit drei langen Zehen vorne und zwei hinten zu sehen war. Die Zehen schienen mit langen Krallen bewehrt. Daneben hatte Lukas ein Lineal gelegt. So konnte man sehen, dass der Fuß zirka 25 cm lang war.

Leider konnte uns deine Tante nichts mehr sagen, da sie direkt vor dem Stall bewusstlos aus dem Sattel rutschte. Einer der Stallarbeiter konnte sie gerade noch auffangen sonst wäre sie nochmals mit dem Kopf aufgeschlagen..."

Lukas sah besorgt, dass Lena immer blasser wurde, deshalb nahm er sie behutsam am Arm und führte sie auf die Tür zu. „Komm, ich bringe dich heim, sonst fällst du mir auch noch um. Ruh dich erst mal richtig aus und morgen werden wir dann weitersehen. Soll ich dir noch eine der Hausangestellten schicken, die dir behilflich ist oder kommst du zurecht?"

Bevor sie ablehnen konnte, sprach er schnell weiter:

„Ach, ich schicke dir einfach jemanden."

Von der Kantine bis zum Haus ihrer Tante war es nicht weit. Als sie davor standen öffnete Lukas das Tor und führte sie zur Haustür. Lena erschrak, als neben ihr ein zweifaches „Wuff" ertönte. Doch Lukas beruhigte sie schnell.

„Das sind Brandy und Chris, die Hunde deiner Tante. Sie sind tagsüber meist mit den Hunden der Angestellten im Hundebereich. Abends werden sie dann hierhergebracht. Sie schlafen im Haus, wie sie es gewohnt sind. Falls sie dich stören, nehme ich sie mit zu mir."

„Brandy? Erkennst du mich noch?"

Lena gab Lukas keine Antwort, sondern ging zu den beiden Hunden, die ihnen über den Gartenzaun entgegenschauten, sie waren sichtlich froh jemanden zu sehen. Lukas sprach die Beiden an:

„Wartet noch ein bisschen, gleich lass ich euch raus."

Er kraulte ihnen die Köpfe als sie jaulend am Gartenzaun hochhüpften, dann wandte er sich fragend an Lena:

„Du kennst Brandy? Das daneben ist ihr Sohn Chris, den Anne aus Brandys Wurf behalten hat."

„Ich habe Brandy damals am Strand aus dem Wasser gezogen", erklärte sie, während sie der Hündin den Kopf streichelte.

„Sie scheint mich wiederzuerkennen."

„Hunde vergessen niemanden, schon gar nicht, wenn man sie gerettet hat" gab er zur Antwort.

Dann meinte er mit bekümmertem Tonfall:

„Die Beiden warten noch immer, dass ihr Frauchen aus dem Krankenhaus zurückkehrt. Ich wollte sie zu mir nehmen, aber sie laufen immer wieder hierher. Ich lasse sie abends ins Haus, dann legen sie sich ins Wohnzimmer und warten auf Anne."

Er seufzte. „Leider kann ich ihnen nicht begreiflich machen, dass sie nicht mehr kommt."

„Ich nehme sie gerne mit ins Haus, dann fühle ich mich nicht so alleine darin. Vielleicht akzeptieren sie mich ja mit der Zeit als neues Frauchen..."

Lukas zog eine Augenbraue hoch und fragte:

„Dann kannst du dir also vorstellen das Erbe deiner Tante anzunehmen?"

Er öffnete das Gartentor und ließ die Hunde heraus, dann schloss er die Haustür auf und ließ Lena eintreten. Die Hunde rannten an ihnen vorbei und verschwanden im Wohnzimmer. Lena folgte ihnen lachend. Sie setzte sich in einen Sessel und hörte Lukas zu, der kurz telefonierte.

„Gleich kommt jemand rüber", sagte er und setzte sich ihr gegenüber. „Und nein, du störst Katja nicht in ihrer Freizeit, sie hat heute sozusagen Bereitschaftsdienst. Das hat Anne schon lange so gehalten und bisher haben wir alles so beibehalten. Er lächelte als er sah, wie Lena den Mund wieder zuklappte, hatte er doch schon geahnt, dass sie protestieren wollte.

Erklärend meinte er:

„Da deine Tante alleine lebte, hat sie sich mit einem Stab von Menschen umgeben, die ihr behilflich waren. Wenn du willst, kannst du es ihre Art von Snobismus nennen. Die Leute wurden von ihr gut dafür bezahlt, dass sie praktisch rund um die Uhr für sie da waren. Wie gesagt haben wir alles erst einmal so belassen, es liegt dann in deiner Hand, ob du es beibehältst oder nicht. Ah, da kommt Katja schon..."

Eine Frau im mittleren Alter kam ins Wohnzimmer und Lukas übernahm die kurze Vorstellung. Dann verabschiedete er sich von Lena und meinte, dass er ihr am nächsten Tag alles weitere in seinem Büro erklären würde. Dann wünschte er ihr noch einen guten Aufenthalt bevor er endgültig ging.

Katja stellte sich kurz bei Lena vor, dann fragte sie freundlich: „Was kann ich denn für Sie tun?"

Lena war es etwas peinlich, dass Katja sie siezte, wusste aber nicht ob sie ihr anbieten sollte sie zu duzen. Also beließ sie es erst einmal dabei, sie würden morgen deswegen Lukas fragen.

„Es wäre schön, wenn Sie mich mit der Wohnung meiner Tante etwas vertraut machen würden", gab sie zur Antwort. „Es ist schon vier Jahre her, seit ich das letzte Mal hier war. Seither hat es hier einige Veränderungen gegeben, weshalb ich mich nicht mehr so genau auskenne. Ich nehme an, es gibt noch das Gästezimmer. Dort würde ich gerne die Nacht verbringen."

„Das zeige ich Ihnen gerne, obwohl sie auch das Schlafzimmer Ihrer Tante haben können. Es ist dort alles hergerichtet..."

„Nein, danke", wehrte Lena schnell ab. „Der heutige Tag hat mich etwas erschöpft. Tante Annes Schlafzimmer zu nutzen kommt mir, zumindest im Moment, nicht richtig vor. Sie wäre dort noch überall präsent für mich. Das Gästezimmer ist mir lieber."

„Gerne, wie Sie möchten, kommen Sie, ich führe Sie hin."

Sie ging Lena voran und die beiden Hunde beeilten sich, ihnen hinterherzulaufen.

Das Gästezimmer befand sich im Gang um die Ecke, jetzt erinnerte sich Lena wieder als sie hinter Katja durch die Tür trat. Sie schaute sich kurz um und sah, dass es noch genauso aussah wie vor vier Jahren. Das fand sie irgendwie beruhigend.

Katja unterbrach ihre Gedanken, als sie kurz erklärte, wo sich was befand. Das großzügig ausgestattete Bad war Lena noch gut in Erinnerung, die große Wanne lud zu einem entspannenden Bad ein. Das schien auch Katja zu denken, sie fragte, ob sie gleich Wasser einlaufen lassen sollte. Ohne eine Antwort abzuwarten, betätigte sie bereits die Armatur.

Auf einem Wandregal standen mehrere Flakons mit duftenden Badezusätzen. Während die Wanne sich füllte, zeigte Katja Lena noch das Ankleidezimmer und den Kühlschrank, der mit verschiedenen Getränken bestens bestückt war. Bevor sie ging fragte sie, ob sie noch etwas für Lena tun könne und zeigte ihr am Telefon, das auf dem Tischchen neben dem Bett stand, den Knopf mit dem sie sie erreichen konnte. Sie wünschte ihr noch eine gute Nacht, dann verließ sie den Raum. Kurz darauf klappte die Haustür hinter ihr zu.

Seufzend wandte sich Lena den Hunden zu, die sie erwartungsvoll anschauten.

„Ich lege mich jetzt kurz in die Wanne und dann machen wir drei uns einen gemütlichen Abend, ja."

Die Beiden wedelten mit den Schwänzen, wobei Lena bemerkte, dass Chris nur noch einen Schwanzstummel hatte. Sie würde Lukas morgen fragen, weshalb das so war, nahm sie sich vor, dann machte sie sich für ihr Bad zurecht. Unter den Flacons suchte sie einen aus, in dem sich Lavendel befand und gab einen großzügigen Schuss ins Wasser. Dann ließ sie sich in das angenehm temperierte Wasser gleiten. Mit einem wohligen Seufzer schloss sie die Augen.

Später machte sie es sich vor dem Fernseher gemütlich, der im Wohnzimmer stand. Die Hunde lagen auf dem Teppich vor ihren Füßen und dösten. Aus dem Kühlschrank hatte Lena sich eine Flasche Saft genommen, von dem sie hin und wieder nippte, während sie versuchte der Quizsendung zu folgen, die sie sonst gerne sah. Heute gelang es ihr jedoch nur schwer sich auf die Fragen zu konzentrieren, immer wieder drifteten ihre Gedanken ab.

Noch immer war sie unschlüssig ob sie es sich zutraute, das Gestüt zu übernehmen. Es schien ihr unmöglich, dass sie dieser Aufgabe gewachsen war. Das Einzige, was sie mit Pferden verband war, dass sie diese edlen Tiere mochte und bewunderte. Doch das reichte bei weitem nicht aus um ein Gestüt zu führen. Andererseits würde sie eine richtige Lehre zum Pferdewirt machen, bevor sie alles übernahm. Lukas hatte versprochen, dass er ihr dabei zur Seite stehen würde. Nun gut, er war der Leiter hier und kannte sich mit allem aus, was sie sich aneignen musste. Aber er war auch ein vielbeschäftigter Tierarzt. Bei weit über zweihundert Pferden und den vielen anderen Tieren, die hier zu Hause waren, gab es für ihn sicher mehr als genug zu tun. Da konnte sie ihn doch nicht ständig mit ihren Fragen belästigen. Als die Quizsendung zu Ende war machte sie den Fernseher aus. Sie war müde von den vielen Eindrücken des Tages. Sie ließ die Hunde kurz in den Garten, damit sie ihr Geschäft erledigen konnten. Falls sie wirklich hierbleiben würde, konnte das natürlich nicht auf Dauer so sein, doch heute ging es einmal. Es war seltsam still und auch sehr dunkel, was sie von der Stadt her so gar nicht gewohnt war. Es kam ihr direkt etwas unheimlich vor, als sie in der Ferne ein Tier, vermutlich einen Nachtvogel, schreien hörte. Fröstelnd rieb sie sich die Oberarme und rief nach den Hunden. Brandy und Chris trabten hinter ihr her durch den Gang und kamen ganz selbstverständlich mit in das Gästezimmer, wo sie es sich sogleich auf ihren Hundebetten gemütlich machten. Die hatte Lena aus dem Wohnzimmer mitgenommen, weil sie gehofft hatte, die Hunde würden dann bei ihr im Zimmer schlafen.

Es dauerte nicht lange dann drangen die leisen Schnarch Geräusche der Beiden in Lenas Ohren, was sie sehr angenehm empfand. Es vertrieb sofort das Gefühl ganz allein im Haus zu sein. Mit einem beruhigten Seufzer kuschelte sie sich in die dünne Sommerdecke und schloss die Augen.

Doch der Schlaf wollte nicht kommen, immer wieder ertappte sie sich selbst dabei wie sie grübelte. Die ungewohnte Dunkelheit im Zimmer trug auch nicht dazu bei sie zu beruhigen. Dabei hatte sie den Rollladen gar nicht heruntergelassen, in der Hoffnung, dass es dadurch etwas heller im Zimmer sei. Wo war der Mond? überlegte sie und starrte zum Fenster. Wenigstens eine kleine Mondsichel musste doch zu sehen sein.

Tatsächlich erschien wenig später ein halber Mond am oberen Fensterteil und wanderte im Zeitlupentempo weiter ins Sichtfeld. Er war wohl auf der anderen Hausseite aufgegangen vermutete sie. Bisher hatte sie sich noch nie dafür interessiert, wie seine Bahn verlief. Oder war er hinter einer Wolke versteckt gewesen. Bei genauerem Hinsehen sah sie jetzt auch ein paar Sterne funkeln. Nur als winzige glitzernde Punkte, doch das reichte ihr schon aus, sich wohler zu fühlen. Plötzlich konnte sie die Augen nicht mehr aufhalten und schlief endlich ein.

Kapitel 3: Familiengeschichten

Sie wachte erschrocken auf, als sie eine leichte Berührung am Arm spürte. Ein sanfter Schein erhellte den Platz neben ihrem Bett und sie spürte eine Präsenz neben sich. Verwirrt setzte sie sich auf und starrte in das milchige Licht. Es sah aus wie eine Rauchwolke, in deren Inneren etwas waberte.

Seltsamerweise verspürte Lena keine Angst, ihre Nase konnte keinen Rauchgeruch feststellen, also handelte es sich nicht um ein Feuer. Ein Blick auf die Hunde zeigte ihr, dass die nichts bemerkten, sie schliefen tief und fest. Brandy zuckte mit den Beinen, auch ihre Lefzen zuckten, vermutlich lief sie im Traum einem Tier hinterher.

Ich träume ebenfalls, kam es Lena in den Sinn, ganz sicher ist es ein Traum. Sie wollte sich schon wieder hinlegen, als sich die Rauchwolke neben ihr veränderte und die Gestalt einer Frau annahm.

„Tante Anne, bist du das?" hauchte sie fragend und konnte den Blick nicht von der Frau lösen, die sich immer stärker materialisierte. Die Rauchwolke hatte sich vollständig aufgelöst, dafür stand jetzt ihre Tante neben dem Bett und schaute auf sie herunter. Doch noch immer verspürte sie keine Furcht, sondern Freude und auch Neugier.

„Was machst du hier?" fragte sie. „Ich dachte du bist tot."

„Das bin ich auch, aber es hindert mich nicht daran, dich hier zu begrüßen. Herzlich willkommen auf Gestüt Baldomar. Ich freue mich sehr, dass du hergekommen bist und ich bitte dich, dass du bleibst. Denn nur du kannst alles zum Guten wenden. Mit deiner Hilfe wird alles gut."

Stumm sah Lena die Gestalt an, die bereits durchsichtig geworden war. So viele Fragen hatte sie an ihre Tante, doch es blieb keine Zeit, sie ihr zu stellen. Während sich Anne vor ihren Augen aufzulösen begann, hörte sie noch die leisen Worte: „Frage Lukas, er kennt die Antwort."

Nachdem die Gestalt verschwunden war, fielen Lena die Augen zu und sie fiel in einen tiefen, traumlosen Schlaf.

Am nächsten Morgen wachte sie gut erholt und mit fröhlicher Laune auf. Brandy und Chris lagen noch brav auf ihren Hundebetten, doch als sie aufstanden sprangen sie hoch, um sie stürmisch zu begrüßen. Lena freute sich darüber, wunderte sich bloß ein bisschen, dass Chris heute so zutraulich war, denn gestern hatte er sie noch aus der Distanz beobachtet. Sie war jedoch froh, dass er seine Skepsis ihr gegenüber abgelegt hatte, denn sie wollte die beiden Hunde unbedingt behalten. Schon lange hätte sie gerne einen Hund gehabt, doch das Leben im Internat hatte das leider nicht zugelassen.

Heute kam es ihr ganz selbstverständlich vor, dass sie hierbleiben und ihr Erbe antreten würde, so wie es der Wunsch ihrer Tante gewesen war. Sie erinnerte sich vage, dass sie in der Nacht von ihr geträumt hatte, konnte sich jedoch leider nicht mehr genau erinnern. Die Hunde saßen bereits in der Küche und schauten sie erwartungsvoll an. Hatten sie Hunger oder wollten sie raus? Erst einmal rauslassen, dachte sie, derweil konnte sie nach dem Hundefutter suchen. Und auch versuchen sich selbst ein Frühstück zu machen. Sie musste sich eingestehen, dass sie sowohl von Haushaltsdingen, als auch von Hunden und ihren Bedürfnissen kaum etwas wusste. Beides hatte im Internat nicht auf dem Lehrplan gestanden.

Es klingelte und als sie öffnete stand Lukas vor der Tür. Die Hunde nutzten die Gelegenheit und verließen das Haus, nachdem sie ihn kurz schwanzwedelnd begrüßt hatten. Er ließ sie ziehen und fragte Lena, wie sie geschlafen hätte.

„Danke, ich habe sehr gut geschlafen" antwortete sie und bat ihn herein. „Gut, dass du da bist. Wenn du etwas Zeit hast, dann hätte ich ein paar Fragen an dich. Ich kann aber auch Katja anrufen, ob sie mir hilft."

Er lachte und meinte:

„Ich habe etwas Zeit mitgebracht, denn ich dachte mir schon, dass du Hilfe brauchst, ist ja alles neu für dich. Erst brauche ich aber einen Kaffee. Trinkst du morgens Kaffee oder lieber was anderes?"

„Kaffee wäre gut, allerdings weiß ich nicht wie man die Maschine bedient. Kennst du dich mit dem Ding aus? Und was gebe ich den Hunden zu fressen? Leider habe ich keine Ahnung von solchen Dingen. So etwas lernt man im Internat leider nicht."

„Ach, das ist alles halb so schlimm, das lernst du schnell. Außerdem ist immer jemand da, der dir hilft, wenn du mal nicht weiterweißt. Nur den Knopf am Telefon drücken."

Er ging an ihr vorbei zu der Kaffeemaschine.

„Schau, der Kasten sieht zwar kompliziert aus, doch ist er kinderleicht zu bedienen. Du stellst eine Tasse oder ein Glas hier ab, wählst ein Getränk aus und drückst den Knopf. Alles andere macht der Automat allein."

„Na, das ist wirklich einfach", murmelte Lena und wählte sich ein Getränk aus. „Wenn du mir jetzt noch sagst was ich den Hunden zu fressen geben soll, komme ich fürs Erste zurecht."

„Das ist noch einfacher" sagte er schmunzelnd, während er seine volle Tasse nahm und sich an den Tisch setzte.

„Die Beiden sind bereits auf dem Weg sich ihr Frühstück abzuholen. Tagsüber sind sie meist mit den anderen Hunden auf der Spielwiese oder im Hundehaus hinter den Stallungen. Sie werden dort betreut, solange du keine Zeit für sie hast. Willst du etwas mit ihnen unternehmen, holst du sie einfach dort ab oder lässt sie bringen. So sind sie es jedenfalls von Anne gewohnt. Falls du es anders händeln möchtest, musst du es nur sagen."

Lena wehrte ab:

„Nein, nein, das ist so in Ordnung, die Hunde sollen ihren gewohnten Trott beibehalten. Ich werde ja auch tagsüber vermutlich nicht allzu viel Zeit für sie haben."

Lukas grinste sie an.

„Nun ja, ich habe nicht die Absicht dich so zu überfordern, dass du keine Zeit mehr für dich hast. Du musst das mit der Lehre nicht allzu wörtlich nehmen, schließlich bist du hier die Chefin. Anne und ich wollten bloß sicherstellen, dass du alles kennenlernst, was die Leitung eines Gestüts ausmacht. Um das zu lernen, musst du keinen Stall ausmisten und Pferde striegeln können. Dafür haben wir Leute genug. Du wirst in deiner Lehrzeit meist mit meiner Gesellschaft vorliebnehmen müssen, ich werde dir nach und nach alles erklären. Dazu bekommst du einen Berg Fachbücher von mir, die du lesen solltest."

„Ach schade", meinte sie lachend. „Ich habe mich schon gefreut, die Ställe auszumisten."

„Wenn du das machen möchtest dann kannst du es ja tun. Ein bisschen körperliche Arbeit schadet nie."

„Was meinst du wie lange es dauert bis ich so weit bin?" wollte sie wissen. „Ich stelle es mir sehr schwierig und langwierig vor, bis ich in der Lage bin das Gestüt zu leiten. Und eigentlich kann ich es mir überhaupt nicht vorstellen, dass ich es jemals schaffe..." Sie sah ihn zweifelnd an.

Mit ernster Stimme erklärte er ihr:

„Du kannst dir alle Zeit nehmen, die du brauchst. Du bist ja noch sehr jung, eigentlich zu jung für diese Aufgabe. Aber natürlich hat deine Tante auch nicht geahnt, dass sie so früh sterben muss. Sie hatte so große Pläne mit dir und darauf gehofft, dass du zu ihr ziehst, nachdem du mit der Schule fertig bist. Ihr Plan war es dich langsam mit der Materie vertraut zu machen und dich so mit der Zeit davon zu überzeugen, dass du eines Tages alles übernimmst. Sie hat dich sehr geliebt, weißt du. Und immer davon geschwärmt, was ihr miteinander unternehmen werdet, wenn du endlich mit der Schule fertig bist. Eigentlich wollte sie dich schon gleich nach dem Tod deiner Eltern bei sich aufnehmen, doch leider hatten die verfügt, dass du im Falle ihres Todes bis zum Abitur im Internat bleibst. So, als hätten sie geahnt, dass sie nicht so lange leben..."

„Ja, sehr seltsam", murmelte Lena leise und kämpfte mit den Tränen, als ihr erneut bewusst wurde, dass sie niemanden mehr hatte, zu dem sie gehörte. Sie war mutterseelenallein auf der Welt. Lukas schaute sie schuldbewusst an, als er ihre Trauer bemerkte.

„Tut mir leid", meinte er zerknirscht und legte seinen Arm um ihre bebenden Schultern. „Das war dumm von mir. Ich hätte nicht darüber sprechen sollen."

Sie schwiegen beide eine Weile, bis Lena sich wieder gefangen hatte, dann wollte sie von ihm wissen:

„Wie standst du eigentlich zu meiner Tante? Ich meine, du weißt sehr viel über sie und ihre Pläne. Und sie hat dir das Gestüt anvertraut - und mich..."

Er seufzte schwer, dann sagte er leise:

„Ich habe Anne geliebt, seit ich sie das erste Mal sah. Und ihr erging es genauso. Es war für uns beide, als hätten wir seit ewigen Zeiten aufeinander gewartet. Wir wollten heiraten sobald du auf dem Gestüt eingezogen warst. Sie erzählte oft davon, dir endlich eine richtige Familie zu geben nach dem Tod deiner Eltern und der langen Zeit im Internat."

Da er sah, dass sie schon wieder mit den Tränen kämpfte, fuhr er schnell fort:

„Ich lernte Anne kennen als ich mich um die Stelle als Tierarzt hier bewarb. Ich hatte mehrere Jahre in einer großen Pferdeklinik in Amerika gearbeitet und es zog mich wieder nach Deutschland. Eigentlich wollte ich eine eigene Pferdeklinik eröffnen und suchte noch nach der geeigneten Praxis. Da las ich im Internet die Anzeige deiner Tante und bewarb mich spontan. Was soll ich sagen, wir fanden uns auf Anhieb sympathisch, aber denke nicht, sie hätte mich deshalb bevorzugt. Sie war sehr akkurat in allem, was das Gestüt und die Pferde betraf, nie hätte sie mir den Posten gegeben, wenn ich nicht ihren hohen Ansprüchen an meine Kompetenz gerecht geworden wäre. Die Pferde kamen für sie immer an erster Stelle."

„Aber du konntest sie schnell von deinen Fähigkeiten überzeugen" meinte Lena mit wissendem Grinsen. Neugierig sah sie ihn an und er antwortete ernst.

„Nun ja, sie war sehr beeindruckt von meinen Zeugnissen. Und auch von der Klinik, in der ich gearbeitet habe. Die hat einen sehr guten Ruf, nicht nur in Amerika. Anne war von meiner Absicht sehr angetan etwas Ähnliches aufzubauen und bot mir an meine Pferdeklinik hier auf dem Gestüt aufzubauen. Für ihre Pferde war ihr nichts zu teuer."

„Wie lange hat eure Beziehung gedauert?"

Lena wusste, dass die Frage indiskret war, doch war sie sehr neugierig auf Lukas` Antwort. Der schien sich nicht daran zu stören, bereitwillig gab er Auskunft:

„Nun, das waren fast drei Jahre. Solange ich hier arbeite. Wir wohnten zwar nicht zusammen, machten aber auch kein Geheimnis aus unserer Liebe, alle die hier arbeiten wussten davon..." Er blinzelte und eine Träne lief über seine Wange.

„Entschuldige bitte, ich wollte nicht...".

Lena räusperte sich, weil sie nicht wusste, was sie sagen sollte. Nur zu gut wusste sie, wie weh Trauer tat. Und Lukas' Verlust war gerade mal ein paar Wochen her, also noch ganz frisch. Zudem erinnerte ihn hier alles an seine verlorene Liebe, kein Wunder, dass er sich in seine Arbeit stürzte. Obwohl die ihn bestimmt auch ständig an Anne erinnerte.

Nachdem sie das Frühstück beendet hatten, nahm Lukas Lena mit auf seinen täglichen Kontrollgang durch die Ställe. Er kannte jedes Tier und erkundigte sich bei den Pferdepflegern nach dem Befinden jedes einzelnen Tieres. Lena fragte sich wie er sich allein all die vielen Namen merken konnte. Ganz zu schweigen von den vielen anderen Dingen, die er sowohl über die Menschen, als auch über die Pferde wusste. Sie fand sein Gedächtnis bewundernswert.

Nach der morgendlichen Stallvisite bekam sie dann zum ersten Mal die Pferdeklinik zu sehen und war erstaunt, wie gut sie ausgestattet war. Mit den meisten Geräten wusste sie nichts anzufangen. Doch Lukas erklärte ihr ausführlich ihren Zweck. In der Klinik arbeiteten zwei Tierärztinnen, die, unterstützt von sechs Helferinnen, den normalen Betrieb aufrechterhielten.
„Eigentlich braucht mich hier niemand" flachste Lukas lachend. „Die acht Damen sind ein eingespieltes Team. Aber manchmal darf ich bei einer komplizierten Operation mithelfen. Damit ich mir nicht völlig nutzlos vorkomme."
„Als Chef hast du halt hauptsächlich die Verantwortung zu tragen. Das ist die schwierigste Aufgabe, dafür musst du den Kopf frei haben."
Es war Mona, die das sagte. Sie war eine der Tierärztinnen im mittleren Alter und machte einen sehr resoluten, etwas mür-rischen Eindruck. Katrin, die zweite Ärztin, war jünger und von zierlicher Statur. Lena konnte sich nur schwer vorstellen, dass sie die Kraft aufbrachte, ein nervöses Pferd zu händeln, doch

wenn sie hier angestellt waren, mussten die beiden Ärztinnen hervorragende Arbeit leisten.

Lukas unterhielt sich noch eine Weile mit den Frauen über eine bevorstehende Operation am nächsten Tag, dann verabschiedeten er und Lena sich. Bevor sie gingen, fiel Katrin noch etwas ein.

„Wann kommt dein Sohn eigentlich, um sein Praktikum zu absolvieren? Sollte er nicht eigentlich schon hier sein?"

Er drehte sich nochmal zu ihr um und antwortete:

„Nein, erst in einer Woche. Aber er kann es kaum erwarten hier mal reinzuschnuppern."

„Wir sind alle schon ganz gespannt auf ihn" meinte Mona und Lukas antwortete: „Das bin ich ebenfalls, ich habe ihn schon drei Jahre nicht mehr gesehen."

„Hast du einen Sohn?" fragte Lena ihn, als sie nach draußen gingen. „Dann bist du sicher verheiratet...?"

Lukas schüttelte den Kopf und sah sie offen an bevor er antwortete:

„Nein, nicht mehr. Daniela und ich sind seit einigen Jahren geschieden."

Er rollte wie entschuldigend die Schultern.

„Wir waren beide noch sehr jung, als wir uns kennengelernt hatten und waren sehr verliebt ineinander. Dann wurde Daniela schwanger. Ihre Eltern bestanden darauf, dass wir schnell heirateten. Uns war das Recht, denn das wollten wir sowieso, wenn auch eigentlich ein paar Jahre später. Also heirateten wir und nach sechs Monaten kam Julian zur Welt.

Wir waren glücklich zu dritt, auch wenn unser Leben nicht mehr so einfach verlief. Ich stand ganz am Anfang meiner beruflichen Karriere und hatte große Pläne. Ich wollte mich auf Pferde spezialisieren und fand es deshalb für nötig in möglichst vielen verschiedenen Pferdekliniken zu arbeiten. Das bedeutete jedoch auch, dass wir öfter umziehen mussten, erst nur in andere Städte, später auch ins Ausland.

Das gefiel Daniela nicht besonders, sie ist eher ein bodenständiger Typ. Als Julian in die Schule kam weigerte sie sich dann auch mein Nomadenleben, wie sie es nannte, fortan weiter mitzumachen. Immer öfter warf sie mir vor egoistisch zu sein und meine beruflichen Wünsche über unser Familienleben zu stellen. Insgeheim warf ich mir das selbst vor, doch andererseits wollte ich auch nicht alles aufgeben, was ich mir für die Zukunft vorstellte. Weil ich aber auch nicht wollte, dass Julian öfter die Schule wechseln musste, einigten wir uns daraufhin bis auf weiteres als Wochenendfamilie zu leben. Was hieß, ich war unter der Woche nicht da und leider auch öfter an den Wochenenden. Denn als Tierarzt hat man nun einmal keine geregelten Arbeitszeiten und Tiere scheinen bevorzugt zu ungewöhnlichen Zeiten krank zu werden. Deshalb ging unsere Regelung nur eine Weile gut. Dann bekam ich auch noch das Angebot aus Amerika, das ich einfach nicht ablehnen konnte..."

In seinen Augen sah Lena Traurigkeit und Schuldgefühl als er leise sagte.

„Das war das Ende unserer Ehe. Daniela reichte die Scheidung ein..."

„Das tut mir leid für dich" murmelte Lena betreten, wollte aber wissen: „Aber wieso hast du deinen Sohn so lange nicht gesehen? Hat deine Frau das verhindert? Wie ich deiner Schilderung entnehme, scheint sie ziemlich egoistisch zu sein..."

Lukas schüttelte entschieden den Kopf:

„Nein, das darfst du nicht falsch verstehen, sie ist eine liebevolle Frau und eine sehr gute Mutter. Nur war ihre Vorstellung von einem harmonischen Eheleben ganz anders als ich es ihr bieten konnte. Egoistisch war eher ich, ich wollte mein Berufsziel erreichen, ganz egal was es für unsere Ehe bedeutete.

Wir haben uns auch nicht im Bösen getrennt und telefonieren noch öfter miteinander. Sie ist übrigens wieder verheiratet, ich war bei ihrer Hochzeit dabei und verstehe mich gut mit ihrem Mann Marco. Zugegebenermaßen passt er viel besser zu ihr als ich und er trägt sie auf Händen."

„Und Julian, was sagte er zu eurer Trennung? Für ihn war es sicher nicht leicht..."

Lukas seufzte leise ehe er antwortete:

„Nein, das war es nicht und anfangs hat er mich gemieden, wollte nichts mehr mit mir zu tun haben. Es ist Daniela zu verdanken, dass wir wieder Kontakt zueinander haben. Sie hat ihn in den Ferien zu mir gebracht und ich habe mir drei Wochen freigenommen, die ich mit ihm verbrachte. Wir haben in dieser Zeit gemerkt wie ähnlich er und ich uns sind. Und in ihm erwuchs damals der Wunsch, auch Tierarzt zu werden."

Er grinste.

„Aber warum hast du ihn so lange nicht gesehen?" wollte Lena wissen. „Drei Jahre sind eine lange Zeit."

„Es hat sich einfach nicht ergeben. Ich kam hierher in den Osten und Julian studierte im Süden Tiermedizin. In den Semesterferien macht er Praktika in Tierkliniken, auch mal im Ausland. Wie ich schon sagte ist er mir sehr ähnlich.

Wir telefonieren regelmäßig und ich habe ihm vor einiger Zeit angeboten hier ein Praktikum zu machen. In ein paar Tagen kommt er her und ich freue mich schon riesig auf unser Wiedersehen."

„Sieht er so aus wie du?" wollte Lena neugierig wissen. „Wenn ihr euch sonst so ähnlich seid." Lukas lachte als er antwortete:

„Zum Glück ähnelt er mehr seiner Mutter, ist blond und hat blaue Augen, von mir hat er nur die Größe und Statur."

„Na, verstecken müsste er sich nicht, wenn er aussehen würde wie du. Ähh, ich meine - wie alt ist er eigentlich."

Sie merkte wie sie rot wurde, doch er übersah ihre Verlegenheit und beantwortete ihre Frage:

„Julian ist etwas älter als du, in ein paar Wochen wird er einundzwanzig".

Dann fügte er hinzu: „Ihr werdet euch sicher gut verstehen."

Kapitel 4: Julian

Die nächsten Tage waren sowohl lehrreich als auch spannend für Lena. Und obwohl sie von früh bis spät entweder mit Lukas oder einem der vielen Mitarbeiter des Gestüts unterwegs war wurde es ihr nie zu viel. Ihr war als hätte sie nie einen anderen Berufswunsch gehabt als Gestütsleiterin zu werden. Besonders genoss sie die Zeit im Stall mit den Pferden. Manchmal meinte sie jemand flüstere ihr ein was sie über die edlen Tiere wissen sollte und ihr Gehirn speicherte alles ab, um es nie mehr zu vergessen. Obwohl es eigentlich unheimlich war die leise Stimme zu vernehmen, war sie ihr bald sehr vertraut. Irgendwann war sie davon überzeugt, dass es ihre Patentante war, die zu ihr sprach und sie unterrichtete.

Sie war sich jedoch unsicher ob sie Lukas davon erzählen sollte. Sie wusste nicht wie er darauf reagieren würde und wollte nicht, dass er sie für verrückt hielt. Andererseits nahm er es jedoch wie selbstverständlich hin, wenn sie ihr Wissen in ihren Gesprächen mitteilte. Vielleicht dachte er aber auch sie würde in ihrer Freizeit fleißig all die Bücher studieren, die er ihr gebracht hatte.

Lukas hatte gemeint sie solle sich den Nachmittag doch mal freinehmen, um mit den Hunden einen Spaziergang über das Gelände des Gestütes zu machen. Schließlich sei es wichtig, dass sie sich auf ihrem Grund und Boden zurechtfinden würde. Lena fand die Idee gut, besonders weil das Wetter heute endlich einmal angenehm war. In den letzten Tagen war es kühl und regnerisch gewesen, ein Wetter, bei dem man keinen Hund raus jagte. Dieser Meinung waren auch Brandy und Chris gewesen, die morgens kaum zu bewegen waren, das Haus zu verlassen, um in die Hundetagesstätte zu gehen.

Lena hatte schnell bemerkt, dass die Beiden wasserscheu waren. Bei Brandy konnte sie es verstehen, schließlich war sie damals fast im Meer ertrunken. Durch welche Umstände sie dort hinein geraten war würde Brandys Geheimnis bleiben, doch es erklärte ihre Abscheu gegen alles was nass machte. Chris hingegen hatte niemals schlechte Erfahrungen mit Wasser gemacht, trotzdem hasste er es. Vielleicht hatte er sich das aber einfach bei seiner Mutter abgeguckt, er hing ihr ja ständig am Schwanzzipfel.

Egal, jedenfalls sah es nicht so aus als würde es heute regnen. Da konnte sie die beiden Mimosen unbesorgt mit auf ihre Erkundungstour nehmen. Sie lächelte und drückte den Klingelknopf des Hundekindergartens, wie sie die Tagesstätte insgeheim bezeichnete. Kurz darauf kamen ihre Hunde auf sie zu gestürmt und begrüßten sie überschwänglich. So, als wären es schon immer meine Hunde, ging es ihr durch den Kopf. Dabei kennen sie mich doch erst ein paar Tage. Trotzdem tun die zwei so, als wären wir schon jahrelang zusammen.

Sie folgte den Hunden, die ihr wie selbstverständlich vorausliefen, so als wüssten sie den Weg. Lena folgte ihnen einfach, denn im Gegensatz zu ihr kannten sich die Beiden hier bestens aus. Schließlich waren sie oft mit Tante Anne hier herumgelaufen und wussten sicher auch, welcher Weg wieder zurückführte.

Schon bald fand sie sich auf einem sandigen Pfad wieder, der sie zuerst an saftig grünen Wiesen mit vielen Wildblumen vorbeiführte. Nur vereinzelt gab es einige Bäume und Büsche und ganz in der Ferne konnte sie das Meer sehen. Dann wurde der Weg leicht abschüssig und führte sie schließlich an einem kleinen Wäldchen vorbei. Brandy und Chris trabten vor ihr her, zu Lenas Verwunderung querten sie den Weg ständig, so dass sie ihn im Zick-Zack entlangliefen. Ihre Nasen schnüffelten immer wieder den Boden ab, als würden sie einer Spur folgen. Lena fragte sich ob das normales Hundeverhalten war, oder ob die zwei etwas entdeckt hatten. Wenn ja, so schien es aber nichts Beunruhigendes zu sein denn sie machten keinen besorgten Eindruck auf sie. Leise seufzte sie auf und nahm sich vor, ein Buch über das Verhalten von Hunden zu lesen. Schließlich wollte sie gerne alles über ihre Tiere wissen, um sie besser zu verstehen. Gleich heute Abend würde sie sich in den dicken Wälzer einlesen, den sie beim Durchstöbern der Bücherregale ihrer Tante entdeckt hatte.

So klein ist das Wäldchen gar nicht fiel ihr auf, als sie zwischen den Baumreihen entlanglief, es hatte aus der Ferne kleiner gewirkt. Und das Meer war nicht mehr zu sehen. Irgendwie unheimlich diese dunklen Bäume, dachte sie beklommen. Und diese Stille. Sie konnte nichts, außer ihre leisen knirschenden Schritte auf dem sandigen Boden und dem Hecheln der Hunde hören.

Sie warf einen prüfenden Blick auf die Beiden und meinte, dass sie nicht mehr so unbesorgt vor ihr herliefen. Brandys Blick war öfters in den Wald gerichtet, so als sähe sie dort etwas. Sie lief schneller, als wollte sie den Wald möglichst bald hinter sich bringen. Chris schien sich nicht entscheiden zu können, ob er sich dicht bei seiner Mutter oder lieber bei seinem neuen Frauchen halten sollte. Auch er schaute immer wieder beunruhigt in den düsteren Wald.

Nach einer Weile wurde es endlich heller, die Bäume standen nicht mehr so dicht bei einander. Der Weg führte nun vom Wald weg und zwischen blühenden Wiesen hindurch. Auch das Zwitschern von Vögeln war wieder zu hören. Sogleich veränderte sich auch das Verhalten der Hunde wieder und sie liefen wie zuvor unbekümmert voraus. Lena folgte ihnen über den sonnenbeschienenen Weg und die Angst, die sie eben noch verspürt hatte, war wie weggeblasen.

Nach einer Weile überkam sie das Gefühl, dass sie hier schon einmal gewesen sei. Sie blieb stehen und schaute sich um. Nur wenige Meter entfernt führte ein steiler Abhang mindestens zehn Meter in die Tiefe. Langsam ging sie näher heran und schaute nach unten. Der steinige Strand, der sich dort unten erstreckte, kam ihr bekannt vor.

Eine feuchte Nase stupste an ihre Hand, als sie hinblickte stand Brandy neben ihr und winselte leise.

„Du hast es auch erkannt, nicht wahr? Dort unten habe ich dich aus dem Wasser gezogen."

Sie ging in die Hocke und umarmte Brandy spontan, was die dazu animierte, ihr mit ihrer feuchten Zunge übers Gesicht zu schlecken.

„Ja, ich mag dich ja auch sehr", sagte sie lachend und wischte sich mit dem Handrücken über den Mund. „Und dich natürlich auch."

Das war an Chris gerichtet, der sich ebenfalls schnell an sie drängte. Sie versuchte aufzustehen, was bei zwei Hunden, die mit ihr schmusen wollten, gar nicht so einfach war. Als sie es geschafft hatte klopfte sie den Beiden den Rücken und meinte: „Ich hoffe ihr kennt den Heimweg, ich erinnere mich nämlich nicht mehr daran. Ich möchte nur ungern zurückgehen, dieser Wald ist mir zu gruselig. Ich muss mich also auf eure Führung verlassen."

Als wüssten sie genau was Lena meinte liefen die Hunde wieder vor ihr her. Sie machten durchaus einen zielstrebigen Eindruck dabei, so dass sie ihnen guten Mutes folgte. Unterwegs schaute sie sich die Umgebung genau an und versuchte sich zu erinnern, ob sie den Weg kannte. Eigentlich war es eher ein Trampelpfad, der öfter mal nicht mehr auszumachen war, weil er über steinigen Boden oder durch niedriges Gestrüpp führte. Es ging wieder bergab, an manchen Stellen musste sie aufpassen, dass sie nicht über Wurzeln stolperte. Hin und wieder war sie sogar gezwungen über kleine Felsbrocken zu steigen, die wie Zähne aus dem Erdreich stachen. Den Hunden machten die Bodenunebenheiten nichts aus. Kein Wunder, sie haben ja auch vier Pfoten, dachte Lena, als sie ihnen etwas mühselig folgte.

„Seid ihr sicher, dass dies der Weg zurück ist?" rief sie den Hunden zu. Als die nicht reagierten, murmelte sie zu sich selbst: „Natürlich ist er das, so viele Wege wird es in dieser einsamen Gegend sicher nicht geben."

Dann lag plötzlich wieder der sandige Weg vor ihr, der, wie sie erleichtert erkannte, zurück zum Gestüt führte. Ganz in der Ferne machte sie die Häuser und Stallungen aus. Bis dahin war es noch ein ganzes Stück zu laufen. Zum ersten Mal wurde ihr richtig bewusst wie groß das Gelände, das zum Gestüt gehörte, tatsächlich war.

Ein Steinchen war in ihren Schuh geraten und drückte unangenehm. Um es zu entfernen, setzte sie sich auf einen Baumstumpf. Als sie wieder aufstand fiel ihr auf, dass hinter dem undurchdringlichen Gestrüpp, das neben dem Sandweg wuchs, sich eine hohe Mauer verbarg. Verwundert fragte sie sich was eine Mauer hier wohl abgrenzen sollte. Neugierig ging sie darauf zu, um sie genauer zu betrachten.

Sie versuchte den Pflanzenbewuchs zur Seite zu schieben, stellte aber schnell fest, dass dieser mit der Mauer verwachsen war. Die Ranken waren teilweise so tief in den Ritzen zwischen den Steinen verwurzelt, dass sie diese auseinanderdrückten. Gleichzeitig hinderten sie die Mauer aber auch daran in sich zusammen zu fallen. Denn soweit Lena das beurteilen konnte, schien diese Mauer schon uralt zu sein. Sie war sehr hoch und führte scheinbar den ganzen Weg entlang. Doch wenn man nicht genau hinsah, bemerkte man sie überhaupt nicht.

Wer hatte sie erbaut und warum? Und was befand sich wohl dahinter? Sie konnte ein paar Äste erkennen, die teilweise darüber hingen und sie so noch besser tarnten. Lenas Neugier wuchs mit jedem Schritt, den sie an der Mauer entlanglief. Deshalb wandte sie kaum noch den Blick davon ab. Falls es irgendwo einen Durchgang gab, wollte sie ihn unbedingt entdecken.

Zuerst fast unmerklich wich der Weg ab, der Abstand zur Mauer wurde weiter und nach einiger Zeit war sie zwischen den dichten Büschen überhaupt nicht mehr auszumachen. Lena blieb unschlüssig stehen, nur zu gerne hätte sie den weiteren Verlauf dieser Mauer verfolgt. Doch die Hunde liefen unbeirrt den Weg weiter und so folgte sie ihnen schließlich mit einem Seufzer. Sie nahm sich aber vor Lukas nach der seltsamen Mauer zu fragen. Vielleicht wusste er ja mehr darüber.

Nach wenigen Minuten kam dann die Einfahrt zum Gestüt in Sicht und Lena spürte ein bisschen Erleichterung. In Gedanken entschuldigte sie sich bei Brandy und Chris, da sie doch ein klein wenig daran gezweifelt hatte, dass sie den Heimweg wirklich kannten. Sie musste doch noch viel über ihre Hunde lernen, wurde ihr bewusst.

Auf dem Gestüt herrschte der übliche Nachmittags-Trubel, den sie inzwischen schon gewöhnt war. Chris und Brandy entdeckten einen Hundekumpel und liefen zu ihm hin. Lena überlegte kurz, ob sie die zwei rufen sollte, doch dann ließ sie es sein. Die Hunde würden auch von alleine nach Hause kommen. Sie öffnete das Gartentor und freute sich auf ein kühles Getränk, als hinter ihrem Rücken ein Auto so heftig bremste, dass sie zusammenzuckte. Verärgert drehte sie sich um, um den rücksichtslosen Fahrer zurechtzuweisen. Innerhalb des Gestüts durfte nur im Schritttempo gefahren werden, schon, weil immer irgendwelche Tiere herumliefen. Schnell warf sie einen Blick zu der Stelle zu der ihre Hunde gelaufen waren und war beruhigt, als sie die Beiden dort stehen sah. Dann schaute sie nach wer der rücksichtslose Fahrer war.

Ihre Augen weiteten sich beim Anblick des Fahrzeugs das inmitten einer Staubwolke stand, die sich langsam darauf niederließ. Aber auch ohne sie hätte Lena nicht sagen können, um was für ein Fahrzeug es sich handelte. Allerdings musste sie sich eingestehen, dass sie sich, was fahrbare Untersätze anging, nicht sehr gut auskannte, da sie sich nie besonders dafür interessiert hatte. Aber dieses Ding war kein Auto, das wusste sie mit Sicherheit. Auch kein Motorrad, obwohl es damit eine gewisse Ähnlichkeit hatte. Zumindest bis auf die Anzahl der Räder, es hatte nämlich vier anstatt zwei. Sie kam jedoch nicht dazu darüber nachzudenken.

„Hallo Kleine, ich bin doch hier richtig auf Gestüt Baldomar, oder?“

Der junge Mann, der das fragte grinste sie, wie sie meinte, anzüglich an. Mit zusammengekniffenen Augen musterte sie sein von Staub und Schmutz überzogenes Gesicht. Seine Zähne leuchteten zwischen seinen grinsenden Lippen hervor, das einzig saubere in seinem Gesicht. Von seinen Haaren sah sie nichts, er trug ein Tuch um den Kopf geschlungen, dessen Farbe sie unter dem Staub höchstens erahnen konnte.

„Wenn sie Arbeit suchen - momentan brauchen wir keine neuen Leute“, sagte sie im abweisenden Ton. Sie wollte, dass er so schnell wieder verschwand, wie er gekommen war. Schnell drehte sie sich um und wollte durchs Tor gehen, da hörte sie seine Stimme im Rücken.

„Nein, nein, ich suche keine Arbeit, sondern meinen Vater. Lukas Forster, er ist der Tierarzt hier."

Lena erstarrte förmlich. Dieser ungehobelte, schmutzige Kerl war Lukas' Sohn? Sie konnte es nicht glauben. Lukas sah, selbst wenn er aus dem Stall kam, immer gut und gepflegt aus. So schmutzig wie sein Sohn herumlief, würde er nicht unter die Leute gehen. Vermutlich bekommt er einen Schock, wenn er Julian so sieht, dachte Lena bei sich.

„Du bist Julian?" fragte sie, und merkte selbst wie entgeistert sie klang.

Er zog irritiert die Augenbrauen hoch und fragte dagegen:

„Ja, ich bin Julian. Woher kennst du meinen Namen?"

Er grinste sie an und sie sah erneut seine makellosen Zähne.

„Mit wem habe ich denn überhaupt die Ehre?" meinte er und fügte mit leichtem Spott hinzu. „Machst hier sicher ein Schülerpraktikum, oder?"

Sein Spott machte Lena ungehalten. Was bildete sich der Kerl überhaupt ein? Am liebsten hätte sie ihm gesagt, dass das ihr Gestüt war. Und dass er hier nicht willkommen war. Doch das traute sie sich nicht zu sagen. Zum einen, weil sie es nicht gewohnt war, sich ungezwungen mit Jungs zu unterhalten. In einem Mädchen-Internat gab es dazu kaum einmal Gelegenheit. Zum anderen würde er ihr sowieso nicht glauben und sie sicher noch mehr verspotten.

Zum Glück nahte die Erlösung in Gestalt von Lukas. Er sah ihr vermutlich schon von weitem ihre Verwirrung an, kam auf sie zu und fragte besorgt:

„Was ist los? Brauchst du Hilfe?"

Dann wanderte sein Blick zu seinem Sohn und seine Augenbrauen zogen sich einen Moment zusammen, während er ihn skeptisch musterte. Dann begann er zu grinsen und rief:

„Julian? Bist du das wirklich? Mann, ich habe dich kaum erkannt, du siehst ja total verändert aus."

Lachend nahm er seinen verschmutzten Sohn in die Arme und
drückte ihn an sich. Dann schob er ihn auf Armlänge von sich,
um ihn genauer zu betrachten.

„Du hast dich wirklich total verändert, aber gut schaust du aus.
Hast dich schon mit Lena bekannt gemacht, wie ich sehe. Sei
nett zu ihr, sie ist die neue Chefin des Gestüts."

Jetzt war es an Julian verdattert zu schauen. Geschieht dir ganz
recht, dachte Lena, und genoss den Anblick. Leider dauerte er
nur einen Wimpernschlag, dann hatte Julian sich wieder gefangen und grinste sie erneut an.

„Na, da bin ich ja fast ins Fettnäpfchen getreten, wie?"

Er sagte es lachend, anscheinend machte er sich kein bisschen
Sorgen deswegen. Im Gegenteil kam er auf sie zu, nahm sie in
den Arm und drückte sie fest an sich.

„Schön dich kennenzulernen, Lena. Mein Vater hat mir schon
von dir am Telefon erzählt."

Perplex ließ Lena die Umarmung geschehen, starrte ihn nur verwirrt an. Dann wand sie sich aus seinen Armen und machte
einen Schritt zurück. Sie merkte wie ihr das Blut in die Wangen
stieg, worüber sie gar nicht erfreut war, machte es doch bloß
ihre momentane Hilflosigkeit deutlich.

Lukas erkannte ihre Situation und rettete sie indem er an Julian
gewandt sagte:

„Ich denke als erstes, du brauchst eine erfrischende Dusche. Bei
der Dreckschicht in deinem Gesicht kann man sich kaum vorstellen, wie du darunter aussiehst. Hast du nicht mal in den
Spiegel an deinem Quad geschaut? Kein Wunder, dass Lena
sich vor dir erschreckt. Wo bist du denn da herumgefahren?
Hier in der Gegend gibt es doch gar keine solche Pampe."

„Ach, habe auf dem Weg hierher auf einer Motorradrennbahn

einige Runden gedreht. Habe allerdings nicht erwartet, dass es dort so matschig ist. Einige Pfützen waren ganz schön tief." Er lachte. „Hat aber Spaß gemacht."

„Wir haben eine Waschanlage auf dem Gelände", erklärte ihm Lukas und wies mit der Hand in die Richtung. „Dort kannst du morgen dein Quad sauber machen. Heute kannst du es gerade hier stehen lassen, da stört es nicht. Und jetzt komm mit, die Dusche erwartet dich schon."

Julian antwortete mit einem Lachen, schnappte sich seine Reisetasche, die hinter den Sitzen verstaut war, und folgte seinem Vater. Lena, die eben im Begriff war ihre Haustür zu öffnen, drehte sich nochmal um und schaute ihnen nach. Die Ähnlichkeit ließ sich nicht leugnen, beide waren nahezu gleich groß und schlank und Beide besaßen den gleichen elastischen Gang, den sie schon öfter bei Lukas heimlich bewundert hatte. Wie zwei geschmeidige Raubtiere, kam es ihr in den Sinn. Dann merkte sie, dass sie ihnen noch immer nachstarrte und drehte sich verärgert um. Das fehlte noch, dass sie diesen schmutzigen Kerl interessant fand. Fester als sie es beabsichtigt hatte, knallte sie die Tür hinter sich ins Schloss.

Etwas später hatte Lena sich wieder etwas beruhigt. Sie saß, oder besser, sie lungerte bequem in dem großen, altmodischen Ohrensessel ihrer Tante und hatte eine alte Landkarte über ihren Beinen und den Sessellehnen ausgebreitet. Die Karte hatte sie zusammengerollt in einer Pappröhre gefunden, die zwischen weiteren Kartenrollen in einem hölzernen Schirmständer neben dem Bücherregal deponiert waren. Die anderen Rollen enthielten alle Karten von der Umgebung, die erst ein paar Jahre alt waren. Diese eine war jedoch uralt und, wie es aussah, von Hand gezeichnet.

Vorsichtig hatte sie die Karte entfaltet, weil sie Angst hatte sie zu beschädigen. Sie war jedoch in gutem Zustand, wie sie dann erkannt hatte. Um sie genauer betrachten zu können, benutzte Lena die Lupe, die in der Seitentasche des Sessels steckte. Darin waren noch mehrere Utensilien, die ihre Tante gerne griffbereit gehabt hatte. Lena beschloss alles als Andenken in der Seitentasche zu belassen.

Leider war es ihr nicht möglich die Schrift auf der Karte zu entziffern, sie enthielt nur wenige Buchstaben oder Zahlen, die sie kannte. Der größte Teil bestand aus Zeichen. Auch konnte sie nicht erkennen welcher Landstrich darauf gezeichnet war. Handelte es sich überhaupt um das Gestüt und seine Umgebung? Sie wusste es nicht zu sagen. Manches kam ihr bekannt vor, doch wenn die Karte die Umgebung darstellte, dann lange bevor das Gestüt darauf erbaut wurde.

Enttäuscht legte sie die Karte auf den Boden um sie wieder zusammen zu rollen. Dazu kam sie allerdings nicht, denn es klingelte an der Haustür. Lukas stand davor und grinste sie reuig an.

„Ich hoffe, ich störe dich nicht. Aber ich fürchte, ich habe es ganz vergessen dir zu sagen, dass ich die Kantine für eine kleine Feier heute Abend gemietet habe. Natürlich musst du auch dabei sein."

Lena starrte ihn entgeistert an.

„Was für eine Feier? Etwa weil dein Sohn heute hier angekommen ist?"

Das hätte nun wirklich nicht sein müssen, dachte sie leicht verärgert, und wollte sogleich eine Absage anfügen. Doch Lukas kam ihr zuvor. Obwohl er den abfälligen Ton aus ihrer Stimme herausgehört hatte, meinte er lachend.

„Nein, deswegen nicht. Ich wusste ja nicht mal genau, wann er hier ankommt. Tut mir leid, aber ich habe wohl tatsächlich vergessen dich zu informieren. Heute vor zehn Jahren hat deine Tante das eigene Gestüt gegründet. Es war ihr Wunsch dieses Jubiläum groß zu feiern. Dass sie es nicht mehr erlebte, konnte sie nicht ahnen. Aber ich wollte ihr diesen Wunsch trotzdem erfüllen. Es ist wirklich unverzeihlich, dass ich vergessen habe dir davon zu erzählen."

Schuldbewusst schaute er sie an und fragte:

„Wirst du trotzdem kommen? Es wäre Anne sicher wichtig dich dabei zu haben? Und ich würde mich ebenfalls darüber freuen."

Lena schluckte den Ärger hinunter, den sie eben noch empfunden hatte. Verlegen murmelte sie ihre Zustimmung und dass sie sich zuvor aber noch umziehen musste.

„Nichts Festliches, das hätte Anne nicht gefallen. Sie mochte es lieber leger und wäre selbst auch nur in Jeans und Shirt erschienen."

„Ja, ich erinnere mich, dass sie modischen Schnickschnack nicht mochte."

Lena musste lächeln, als sie daran dachte, dass sie ihre Tante immer nur sportlich angezogen gesehen hatte. Oder in robuster Arbeitskleidung. Obwohl sie sich die schicksten Klamotten hätte leisten können. Aber darin hatte sie sich nie wohl gefühlt. Noch etwas, was ich von ihr habe, dachte sie mit leiser Wehmut.

„Ach, noch etwas" hielt Lukas sie auf, als sie schon auf dem Weg zum Bad war und sie drehte sich nochmal zu ihm um.

„Darf ich mir das Porträt von Anne ausleihen, das in ihrem Arbeitszimmer hängt? Ich würde es gerne für die Feier verwenden. Das macht dann ein bisschen die Illusion, als wäre sie auch dabei. Natürlich bringe ich es dir gleich morgen zurück."

Als sie ihn anschaute, drückte sein Gesicht für einen Moment so eine grenzenlose Trauer aus, dass sie schlucken musste. Fast hätte ihre Stimme versagt, als sie antwortete.

„Natürlich, du kannst es gerne haben. Holst du es selbst, du weißt ja wo es hängt.

Sie machte einen Schritt zur Seite, damit er an ihr vorbeigehen konnte und schloss die Tür. Als sie sich umdrehte, stand Lukas vor dem Sessel und starrte wie gebannt auf die alte Landkarte. Ganz langsam streckte er den Arm aus und berührte sie, so als sei sie ein wertvoller Schatz. Dann schaute er Lena ins Gesicht und fragte mit heißerer Stimme:

„Wo hast du diese Karte her? Sie ist seit Jahren verschollen."

„Äh, sie steckte zwischen den anderen Landkartenrollen, dort im Schirmständer."

Sie deutete mit der Hand hin, dann fragte sie verwirrt:

„Was ist das für eine Karte? Ich konnte nicht erkennen welchen Landstrich sie zeigt. Außerdem ist sie in einer seltsamen Sprache und Schrift verfasst."

Neugierig schaute sie ihn an. „Dir scheint die Karte etwas zu sagen. Weißt du mich in ihr Geheimnis ein?"

„Es ranken sich mehrere Geheimnisse um diese Karte. Sie war lange Jahre verschwunden. Dass sie plötzlich wieder da ist, ist eines ihrer Geheimnisse. Die weiteren zu erzählen reicht die Zeit leider nicht aus. Die Feier beginnt schon in einer halben Stunde."

„Aber du erzählst mir was es damit auf sich hat, ja."

„Auf jeden Fall, denn, so viel kann ich dir jetzt schon verraten: Du bist ein wichtiges Glied in der Kette dieser Geheimnisse. Sonst hättest du die Karte nicht gefunden. Was wolltest du denn nachschauen?"

Jetzt war es Lukas, der sie neugierig anschaute.

„Nun, ich war ja heute mit den Hunden unterwegs, so wie du es mir empfohlen hast. Da die Beiden sehr zielstrebig vorausliefen, bin ich ihnen einfach gefolgt. Ich dachte, sie werden mich schon wieder heil nach Hause bringen. Was sie auch taten. Allerdings führten sie mich zuerst an einem unheimlichen Wald entlang und dann entdeckte ich zufällig diese verborgene Mauer. Sie war sehr hoch und mit allerlei Gestrüpp verwachsen. Außerdem schien sie ein endlos weites Gelände einzugrenzen.

Das machte mich neugierig. Deshalb habe ich nach einer Karte gesucht, die mir verraten würde, was sich hinter der Mauer verbirgt. Dabei fiel mir dann dieses alte Stück in die Hände."

Bei ihrem kurzen Bericht waren Lukas' Augen immer größer geworden. Lena merkte ihm an, dass er viele Fragen an sie hatte. Doch dann zuckte er nur resigniert mit den Schultern und meinte:

„Leider müssen wir unsere Aussprache verschieben, obwohl es viel zu bereden gäbe. Aber das holen wir so schnell wie möglich nach."

Er ging in Richtung des Büros davon, um das Bildnis von Anne zu holen, Lena schaute ihm grübelnd nach, dann gab sie sich einen Ruck und suchte ihr Zimmer auf um sich umzuziehen.

Die Kantine war voller Menschen, alle, die für das Gestüt arbeiteten waren da. Das Kantinenteam hatte die Tische und Stühle umgestellt, damit jeder einen Platz fand. Neben der Theke war ein Rednerpult aufgestellt, daneben stand eine Staffelei mit Annes Bild. Lena saß in der ersten Reihe, was ihr nicht sehr behagte. Aber Lukas hatte darauf bestanden. Sein Stuhl an ihrer rechten Seite war leer. Wie es in seinem Beruf oft vorkommt, gab es gerade dann Probleme bei einer Geburt, wenn er etwas anderes vorhatte. Nach einer kurzen Entschuldigung an die Gäste war er in Richtung der Stallungen geeilt.

Da alle Anwesenden wussten, dass die Pferde, besonders die gebärenden Stuten, hier oberste Priorität besaßen, regte sich niemand über die Verzögerung auf. Die beiden Reporter der Zeitung, die ebenfalls hier waren, nahmen die Verzögerung zum Anlass solange einige der Anwesenden zu interviewen und Fotos zu machen.

Derweil saß Lena etwas steif auf ihrem Stuhl, sie hoffte inständig, dass kein Reporter zu ihr kommt, um sie zu befragen.

Als sich jemand auf den freien Stuhl an ihrer linken Seite setzte, drehte sie den Kopf und erstarrte. Es war Julian, der neben ihr Platz genommen hatte. Doch jetzt sah er ganz verändert aus. Verblüfft starrte sie ihn an, was ihn zum Lachen brachte.

„Ich bin es wirklich" meinte er mit breitem Grinsen und fuhr sich mit der Hand durch seine jetzt sauberen Haare, die in einem hellen Blond erstrahlten. Seine grünen Augen kamen durch die Bräune seines Gesichts besonders zur Geltung. Er trug helle Jeans und ein Shirt, das seinen muskulösen Körper erahnen ließ. „Kein Wunder, dass du mich für einen Landstreicher gehalten hast."

Lachend schüttelte er den Kopf und schaute sie reumütig an.

„Ich habe erst im Bad beim Blick in den Spiegel bemerkt wie verdreckt ich war. Musste mich 'ne Stunde in der Wanne einweichen, damit ich den ganzen Schlamm wieder loswerden konnte. Ich hoffe nur, ich habe den Abfluss von Papas Bad nicht damit verstopft. Wo ist er denn überhaupt? Ich fürchtete schon zu spät zu seiner Rede zu kommen."

„Äh, im Stall. Eine Komplikation bei einer Pferdegeburt..."

Mit Gewalt musste Lena sich zwingen ihn nicht weiter anzustarren. So toll sieht er jetzt auch wieder nicht aus, versuchte sie sich einzureden. Doch eine Stimme in ihrem Kopf meinte: Doch, er sieht einfach fantastisch aus!

An der Eingangstür entstand Bewegung und Lena, dankbar über die Ablenkung, drehte sich um. Es war Lukas, der zur Tür hereinkam und er trug ein kleines schneeweißes Fohlen auf den Armen. Er ging damit bis vor Annes Bild und sank dort in die Knie. Seine Augen blickten fest in die Augen der Frau, die er geliebt hatte und noch immer liebte. Da Lena genau hinter ihm stand konnte sie die leisen Worte hören die er sagte, während er das weiße Fohlen anhob, als wolle er es Anne überreichen.

„Deine Hoffnung wurde erfüllt, Anne. Lanzelot hat seine erste Tochter geschickt."

Er stand auf und drehte sich zu Lena um, hielt ihr das kleine Wesen hin. Es schaute Lena aus wunderschönen blauen Augen an und in seinem Blick lag grenzenloses Wissen. Sie hörte ein leises Wiehern, wie einen Gruß an sie. Wie unter Zwang hob sie die Hand und legte sie leicht an die Stirn des Fohlens, dort wo sich der goldene Wirbel befand. Sobald sie ihn berührte, durchlief sie ein heißer Freudenschauer, der sie mitten ins Herz traf.

Kapitel 5: Offenbarungen

Lukas gab das neugeborene Fohlen an einen Pferdepfleger weiter, damit der es wieder zu seiner Mutter brachte. Bevor er zum Rednerpult ging versuchte er halbherzig die Spuren der Pferdegeburt von seiner Kleidung zu wischen. Scherzhaft erwähnte er, dass er es genau aus diesem Grund vermieden hatte sich heute in Schale zu werfen. Er erntete dafür beifälliges Gemurmel und Gelächter, denn es war keiner der Gäste in festlicher Kleidung erschienen. Wie Lena erfahren hatte war das ihrer Tante nie wichtig gewesen. Zu Festen auf Gestüt Baldomar durfte jeder so erscheinen wie er mochte.

Noch immer sichtlich berührt begann Lukas mit seiner Rede. Er erinnerte an die Anfänge des Gestüts und was es für seine Besitzerin bedeutet hatte. Wie stolz Anne auf ihre Zuchterfolge gewesen war, dass ihr aber immer das Wohl ihrer Pferde wichtiger gewesen war als jeder Preis, den sie gewonnen hatten.

Lena hörte ihm gebannt zu, denn noch immer wusste sie nur wenig über das Herzensprojekt ihrer Tante. Dass die Pferde quasi Annes Kinder gewesen waren, hatte sie jedoch schon immer vermutet.

Ach Tante Anne, dachte sie mit einem Anflug von Traurigkeit, warum musstest du so früh gehen? Ich hätte dich so gerne richtig kennengelernt. Wir wären ein prächtiges Gespann gewesen, wir zwei.

Ihre Augen wanderten von Lukas zu Annes Bildnis auf der Staffelei. In diesem Moment drang ein Strahl der untergehenden Sonne durch eines der Fenster und traf auf das Bild. Er ließ Anne erstrahlen und für einen kurzen Moment schien sie lebendig. Lena hätte geschworen, dass ihre Tante ihr in diesem Augenblick zulächelte.

Auch in dieser Nacht erschien ihre Tante Lena im Traum, doch was sie zu ihr sagte, schien am Morgen wieder aus ihrem Gedächtnis verschwunden. Dabei, erinnerte sie sich vage, war es durchaus wichtig was sie ihr mitgeteilt hatte. Doch so sehr Lena ihr Gehirn auch anstrengte, es wollte ihr nicht wieder einfallen. Mit einem Seufzer warf sie die Decke zurück und stand auf, was für Brandy und Chris das Signal war sich ebenfalls von ihren Hundebetten zu erheben. Wie jeden Morgen begrüßten sie ihr Frauchen stürmisch, obwohl sie die ganze Nacht mit ihr im selben Zimmer geschlafen hatten. Lena nahm es mit Humor und knuddelte die Beiden lachend, um sie dann in die Küche zu schicken, wo ihr Frühstück in Form von ein paar Hundekeksen bereitlag. Sie selbst ging ins Bad und als sie später in die Küche kam, dösten die Hunde bereits wieder auf einem flauschigen Teppich. Ach ja, Hund müsste man sein, dachte Lena und lächelte. Allerdings, so war ihr bewusst, gab es auch sehr viele Hunde auf der Welt, deren Leben alles andere als beneidenswert war. Dagegen führten diese beiden Exemplare der Gattung Hund ein Leben wie Gott in Frankreich.

Ehe sie länger über die vielen Ungerechtigkeiten auf der Erde nachdenken konnte vertrieb die Türklingel ihre Gedanken.

Lukas stand vor der Tür, das Bildnis ihrer Tante in der Hand.

„Ich will es nur schnell wieder an seinen Platz hängen, dann bist du mich gleich wieder los."

Er wollte an ihr vorbeigehen, doch sie hielt ihn auf.

„Nein, warte! Ich habe mir überlegt, dass dieses Bild eigentlich bei dir sein sollte. Du hast sie geliebt und sie dich, da ist es doch selbstverständlich, dass es zu dir gehört."

Er schaute sie mit großen Augen stumm an, erst nach einer Weile sagte er mit rauer Stimme:

„Bist du sicher, dass du es mir geben willst? Es ist nämlich so, dass es sonst kein einziges Foto von Anne gibt. Sie hasste es fotografiert zu werden und hielt immer die Hand vors Gesicht oder drehte den Kopf weg, wenn jemand sie ablichten wollte. Ich weiss nicht wieso sie das tat, aber so war sie nun einmal."

„Und wie kam es dann zu diesem Bild?"

Lena schaute ihn neugierig an und fuhr fort:

„Auf ihm ist sie sehr gut getroffen und schaut ganz natürlich aus. Man sieht ihr an, dass sie in dem Moment glücklich war."

Ein wehmütiges Lächeln huschte über Lukas' Gesicht.

„Das hat ein Fotograf aufgenommen der eigentlich hier war um Baldomar zu fotografieren. Das ist der erste Deckhengst der weißen Friesen, den Anne selbst gezogen hat und deshalb hat sie das Gestüt nach ihm benannt. Er hatte damals gerade seine Körung mit Bravour erreicht und Anne war so stolz auf ihn, dass sie sich überreden ließ, sich mit ihm fotografieren zu lassen."

Lukas lachte als er hinzufügte:

„Ich glaube der Fotograf hatte sich ein bisschen in deine Tante verknallt. Denn als er mit dem Artikel erschien um ihn von Anne absegnen zu lassen, brachte er außerdem dieses Bildnis mit und schenkte es ihr."

Jetzt war es an Lena zu grinsen, als sie in scheinheiligem Ton fragte: „Ach, und du warst kein bisschen eifersüchtig? Wie hat Tante Anne denn darauf reagiert?"

Er schaute ihr betont gleichgültig in die Augen.

„Eifersüchtig? Ich? Niemals! Ich wusste ja er war nicht ihr Typ. Nun, sie hat sich artig bedankt für das Bild. Wollte es aber, als er weg war, gleich wegwerfen. Ich konnte es ihr ausreden und sie war schließlich einverstanden, dass ich es im Büro auf-hängen durfte. Dort hielt sie sich kaum einmal länger auf als sie musste." Ernst sah er sie an und fragte:

„Bist du sicher, dass du es mir geben willst? Ich würde mich natürlich sehr darüber freuen, aber ich möchte es dir nicht weg-nehmen."

„Du nimmst es mir doch nicht weg. Ins Büro, wo es hing, komme ich sowieso kaum einmal hin. Nein, bei dir ist es gut aufgehoben und wenn ich dir eine Freude machen kann, dann freue ich mich auch. Und Tante Anne würde es sicher auch freuen."

Nachdem Lukas sich sichtlich gerührt bedankt hatte, ging er zurück zu seinem Haus. Lena sah ihm kurz lächelnd hinterher, dann drehte sie sich zu den Hunden um.

„Na, wie ist es, wollt ihr heute gar nicht in den Kindergarten gehen? Ihr liegt noch so faul da rum."

Chris sprang gleich auf und kam zu ihr an die Tür, Brandy streckte sich erst noch gemütlich, um dann ihr Fell in Ordnung zu schütteln. Dann trabte sie ihrem Sohn hinterher, der schon ungeduldig am Gartentor stand. Nachdem Lena ihnen das Tor geöffnet hatte, machten sich die Beiden im Hundetrab auf den Weg und verschwanden schnell um die nächste Ecke.

Mit einem Seufzer schloss sie das Tor hinter ihnen um zurück ins Haus zu gehen. Sie wollte sich für den Arbeitstag fertigmachen.

Wie immer war sie fasziniert von dem, was sie Neues hörte. Heute Morgen war sie mit Miriam, der Stallchefin, unterwegs, die alle nur Mia nannten. Sie kannte sich sehr gut mit allem was die Pferde und ihre Pflege anging aus. Das hatte auch Tante Anne erkannt und die Frau schon vor einigen Jahren eingestellt. Lena ließ sich gerne von Mia in die kleinen und großen Geheimnisse der Pferdezucht einweihen, sie fand es äußerst spannend und lehrreich, was sie ihr mitteilte.

Zwar dachte sie manchmal sich nie alles merken zu können, doch Mia meinte das wäre auch nicht nötig. Schließlich sollte Lena ja mal das Gestüt leiten, da war es wichtig, dass sie wusste wer von ihren Leuten für was zuständig war. Dann könne sie ja fragen was sie wissen wollte.

Das leuchtete Lena ein und sie war froh, dass ihre Tante bei der Wahl ihrer Bediensteten immer auf großes fachmännisches Wissen gezählt hatte. Sie nahm sich vor das einmal ebenfalls so zu handhaben.

Zum Mittagessen traf sie sich mit Lukas und Julian in der Kantine, danach ging sie mit den Beiden durch die Ställe, wo Lukas seine tägliche Visite machte. Im Stall standen nur kranke Tiere oder Stuten mit neugeborenen Fohlen, die anderen Pferde waren auf der Weide oder es wurde mit ihnen gearbeitet. Julian begleitete seinen Vater um sich anzuschauen wie das auf Gestüt Baldomar ablief. Er fragte viel und Lukas gab ihm ausführliche Antworten, denn irgendwann sollte Julian die Visite auch einmal alleine machen.

Etwas gelangweilt folgte Lena den Beiden, sie verstand die medizinischen Ausdrücke meist nicht, die sie verwendeten. Deshalb hörte sie kaum mehr zu, sondern konzentrierte ihr Augenmerk hauptsächlich auf die Pferde. Sie konnte sich an den edlen Geschöpfen kaum sattsehen und wenn sie ein Fohlen sah, war sie jedes Mal verzückt.

Als sie bemerkte, dass die beiden Tierärzte sich jedes Mal amüsiert angrinsten, wenn sie wieder ein Fohlen entdeckte und vor Entzücken die Hände durchs Gatter streckte um es zu berühren, wurde sie puterrot. Himmel, ich benehme mich wie ein kleines Mädchen, fuhr es ihr durch den Sinn. Was würden die Beiden nur von ihr denken? Ärgerlich biss sie sich auf die Lippen. Gerne hätte sie es mit einem lockeren Spruch abgetan, doch es wollte ihr nichts Passendes einfallen.

„Äh, ich..." versuchte sie irgendetwas zu sagen, vergaß aber ihre Worte, als sie neben Julian das kleine weiße Fohlen stehen sah. Es hatte seinen Kopf durch die Holme gesteckt und versuchte ihn an seinem Tierarztkittel zu packen.

„Ist, dass das Jubiläumsfohlen?"

Schnell machte sie ein paar Schritte zu ihm hin. Es drehte den Kopf zu ihr und sah sie aus himmelblauen Augen an. Es war wunderschön, aber auch irgendwie anders als die anderen Fohlen. Sehr groß, dafür dass es erst ein paar Tage alt war. Und der goldene Haarwirbel auf seiner Stirn schien dichter und länger geworden zu sein. Lena entdeckte einen kleinen Knubbel, so als würde dort etwas wachsen. Ein seltsames Tier, dachte Lena, seltsam aber wunderschön und irgendwie... perfekt.

Sie hielt ihm ihre Hand hin, damit es daran schnuppern konnte. Es schnaubte leise und sie konnte sehen, dass seine Nüstern innen von hellem Rosa waren.

„Ja, das ist das Fohlen" gab ihr Lukas zur Antwort. Täuschte sie sich oder klang seine Stimme andächtig?

„Es ist eine kleine Stute und sie hat noch keinen Namen. Möchtest du ihr einen Namen geben?"

„Sag ihm ich möchte Kassiopeia heißen" hörte Lena eine Stimme in ihrem Kopf.

Erschrocken sah sie das Fohlen an. Es blickte ihr fest in die Augen und wiederholte gedehnt:

„K a s s i o p e i a ! Sag es schon."

„Kassiopeia" brachte sie leise heraus um es nach einem Räuspern nochmals laut zu sagen:

„Ich möchte, dass sie Kassiopeia heißt!"

Lukas sah sie seltsam an, dann nickte er.

„Kassiopeia - ist das nicht ein Sternbild in der Milchstraße? Ein ungewöhnlicher Name. Aber gut, dann soll sie so heißen. Ich finde der Name passt zu ihr."

An das Fohlen gewandt fragte er:

„Gefällt dir dein Name Kassiopeia?"

Wie zur Bestätigung hob die kleine Stute den Kopf und wieherte hell.

Als sie weitergingen sah Lena noch einmal zurück, auch Kassiopeia schaute ihr nach. Und wieder hörte sie die Stimme in ihrem Kopf sagen.

„Du kommst mich doch wieder besuchen?! Ich warte auf dich."

Das hörte sich nicht bittend an, sondern fordernd.

Verwirrt drehte sie sich um und lief eilig hinter Lukas und Julian her, denen scheinbar nichts Ungewöhnliches aufgefallen war. Von der restlichen Visite bekam Lena nur wenig oder eigentlich gar nichts mit. Immer wieder musste sie daran denken, dass ein kleines Fohlen mit ihr gesprochen hatte. Aber hatte es das wirklich? Vielleicht war sie ja überreizt und bildete sich das alles nur ein. Oder wurde sie etwa verrückt? Das sollte sich ja manchmal durch Stimmen bemerkbar machen, die außer einem selbst niemand hörte.

Der Gedanke machte sie nervös, so nervös, dass sie meinte keinen Schritt mehr laufen zu können. Ihre Rippen schienen plötzlich ihre Lungen zusammenzudrücken wie in einem Schraubstock, so dass sie nur noch mühsam atmen konnte. Sie wollte Lukas Namen rufen damit er ihr half, doch sie brachte nur ein stöhnendes Geräusch über die Lippen. Dann wurde ihr schwarz vor Augen.

Sie schien zu schweben, leicht wie eine Feder glitt sie dahin. Um sie herum war alles strahlend blau. Sie fühlte sich so gut wie schon lange nicht mehr, nein, eigentlich hatte sie sich noch nie so gut gefühlt. Plötzlich überkam sie die unbändige Lust zu tanzen, sie hob die Arme an und bewegte ihre Beine wie bei einem Tanz. Sie hatte noch nie getanzt, sich nie getraut, doch es war ganz leicht. Von irgendwoher drangen wunderschöne Klänge in ihre Ohren, leise aber doch mächtig und sie konnte nicht anders, als sich darin zu wiegen. Verzückt tanzte sie mit geschlossenen Augen durch das unendliche Blau.

„Hat dir schon einmal jemand gesagt wie wunderschön du bist?"

Die Stimme war ganz nah und Lena riss die Augen auf. Vor ihr sah sie ihre Tante, die sie anlächelte.

„Tante Anne? Was machst du hier? Bist du nicht..."

Lena traute sich nicht, das Wort auszusprechen.

„Tot? Doch das bin ich. Sonst wäre ich nicht hier."

„Aber... aber heißt, dass ich auch... tot bin?"

Nur mit Mühe konnte Lena es aussprechen. Aus ihrer Stimme klang pure Verzweiflung als sie hauchte:

„Ich will noch nicht tot sein, ich habe doch noch gar nicht richtig gelebt. Was ist mit der Aufgabe, die du für mich hast? Dein Gestüt - wer soll es leiten?"

Mit jedem Wort wurde sie lauter. Doch ihre Tante lächelte weiterhin, dann legte sie den Arm um Lenas Schulter.

„Nein, hab keine Sorge, du bist nicht tot. Manchmal kann man auch einen kurzen Blick in den Himmel werfen, ohne sterben zu müssen. Deine Ohnmacht ist recht tief, das nutzte deine Seele um auf eine außerkörperliche Reise zu gehen. Doch es bleibt eine Verbindung zwischen ihr und deinem Körper bestehen, die man die Silberschnur nennt, sie wird dich wieder in ihn zurückführen."

Eine kleine Weile blickte Lena ins Gesicht ihrer Tante. Was sie darin sah war reine ehrliche Zuneigung, die ihre inneren Ängste zur Ruhe brachten.

„Aber warum bin ich hier? Dafür muss es doch einen Grund geben. Kannst du ihn mir erklären?"

Ein strahlendes Lächeln erhellte Annes Gesicht und Lena wurde erst jetzt bewusst, dass ihre Züge überirdisch schön waren. Sie erinnerte sich noch gut an ihre Tante, obwohl sie die vor vier Jahren zuletzt gesehen hatte. Sie war eine sehr gut aussehende Frau gewesen, nicht perfekt, doch welcher Mensch war das schon. Doch jetzt war ihr Antlitz, ein besseres Wort fiel Lena nicht ein, wunderschön und engelgleich.

Die Antwort ihrer Tante riss sie aus ihren Gedanken. Anne sagte lächelnd:

„Es gibt einen Grund für deinen Besuch hier oben. Einen sehr wichtigen Grund. Ich habe dir ja bereits in deinen Träumen einiges erklärt, es aber mit dem Schleier des Vergessens belegt, weil es dich sonst zu sehr verwirrt hätte. Du wirst auch das, was ich dir heute mitteile, wieder vergessen, doch nur für kurze Zeit. Wenn du das Wissen benötigst, dann wird es da sein und dir weiterhelfen. Aber lass uns keine Zeit verlieren, es gibt sehr viel was ich dir zu sagen habe und du kannst nicht allzu lange hier bleiben. Also komm mit mir."

Zu Lenas Verwunderung erhob sich ihre Tante in die Luft und schwebte davon und sie tat es ihr einfach nach. Ohne eigenes Zutun begann sie ebenfalls aufzusteigen. Doch obwohl sie erwartet hatte längere Zeit zu schweben, dauerte es nur einen einzigen Wimpernschlag, dann befand sie sich plötzlich inmitten einer wunderschönen Landschaft. Anne stand neben ihr und lachte über das verdutze Gesicht ihrer Nichte.

„Hier reicht es aus an einen Ort zu denken, schon ist man da" erklärte sie und breitete die Arme aus.

„Das hier ist Feenland" sagte sie mit Andacht in der Stimme.

„Feenland? Also sind wir nicht auf der Erde?"

Lena schaute über das endlose Gelände, das in ein wunderschönes Licht getaucht war. Nein, beantwortete sie ihre eigene Frage in Gedanken, das konnte unmöglich auf der Erde sein. Auf den ersten Blick erschien es so, doch bei genauem Hinsehen war alles irgendwie... anders. Schöner, friedlicher, so kam es ihr zumindest vor. Es war alles pure Natur, soweit ihr Auge reichte. Sie sah Bäume, Wälder, Wiesen und einen See. In der Ferne ragten bizarre Berge in den Himmel. Und die

Farben, die Atmosphäre berauschten ihre Sinne. Noch niemals hatte sie etwas Vergleichbares gesehen.

„Es ist auf der Erde, aber es ist nicht für jedermann sicht- oder gar betretbar. Vielleicht hast du schon einmal das Wort Parallelwelt gehört? Das ist es nämlich, eine parallele Welt neben oder über der Erde. Ein Unbefugter sieht sie nicht, selbst wenn er mitten drin steht. Aber jemand wie du und ich kann sie sehen und sich darin aufhalten.

Ihre Tante sah ihr bei diesen Worten prüfend ins Gesicht.

„Es ist so wunderschön" meinte Lena und schaute sich mit Tränen in den Augen um. Wo sie auch hinschaute, es gab überall etwas Ungewöhnliches zu entdecken. Die Bäume etwa sahen nicht aus wie gewöhnliche Bäume, sondern irgendwie... lebendig. Bäume sind lebendig, dachte sie genervt über ihre kindischen Gedanken. Genauso wie Blumen und Tiere, das hast du doch schon im Kindergarten gelernt, Lena. Trotzdem, wenn sie genau hinschaute...

„In Feenland ist alles anders als auf der Erde" sagte Anne in tröstlichem Ton, „Daran gewöhnst du dich schnell."

„Kannst du meine Gedanken lesen?" wollte Lena irritiert wissen. „Und was meinst du damit, ich würde mich schnell daran gewöhnen? Heißt das ich muss hierbleiben? Das will ich aber nicht, auch wenn es noch so schön hier ist. Gibt es überhaupt Menschen hier? Ich sehe weit und breit nichts was darauf schließen ließe. Keine Straßen oder Häuser, nirgendwo Felder, noch nicht einmal Tiere. Nur Landschaft."

Sie hatte sich ein bisschen in Rage geredet, was sie ihrer Angst zuschrieb.

Jetzt fügte sie kleinlaut hinzu:

„Bring mich bitte nach Hause."

Anne sah sie mitleidig an und nahm sie dann in die Arme. Schluchzend barg Lena ihr Gesicht an ihrer Schulter.

„Natürlich bringe ich dich zurück, das habe ich dir doch gesagt. Doch es ist wichtig, dass du Feenland kennenlernst, denn du musst hierher zurückkehren, um deine Aufgabe zu erfüllen. Bis es soweit ist wirst du alles wieder vergessen, was du heute erlebt hast. Doch sobald du es brauchst, fällt es dir wieder ein. Und jetzt komm, ich muss dir noch viel zeigen und erklären."

Stumm sah Lena ihre Tante aus verweinten Augen an, dann wischte sie sich entschlossen die Tränen aus dem Gesicht und sagte: „Dann lass es uns angehen."

Wieder flogen sie eine Weile über die wunderschöne Landschaft, an der sich Lena gar nicht sattsehen konnte. Sie hatte immer gedacht die Natur der Erde sei so schön, dass sie durch nichts zu toppen war. Doch hier war einfach alles... perfekt. Aber es musste etwas hier geben das ganz und gar nicht perfekt war. Sonst wäre sie sicher nicht hier, noch dazu in Begleitung ihrer Tante, die doch eigentlich tot war.

Endlich kamen Häuser in Sicht, wenn auch nur ein paar wenige. Sie standen weit verstreut, wie es bei Bauernhäusern, so üblich war. Bei jedem Haus gab es ein, zwei Nebengebäude, neben manchen waren kleine eingezäunte Weideflächen für Haustiere angelegt. Bei anderen sah sie kleine Gärten, die ebenfalls mit Holzzäunen versehen waren. Und alles sah sehr sauber und gepflegt aus, selbst die Misthaufen neben einigen Ställen wirkten akkurat aufgeschichtet.

Lena wurde an ein Bilderbuch erinnert, dass sie als kleines Kind besessen hatte. In dem sah das Dörfchen ähnlich aus, allerdings wurde es von Wichteln bewohnt. Hier wohnten aber bestimmt keine der kleinen Menschlein, denn diese Häuser waren von normaler Größe. Trotzdem sahen sie irgendwie anders aus, so als wären sie aus einer längst vergangenen Zeit.

„In Feenland ist die Zeit stehengeblieben", sagte ihre Tante, so als hätte sie ihre Gedanken gelesen.

„Oder besser gesagt, hier spielt Zeit keine Rolle, denn sie existiert nicht."

Als sie Lenas verständnislosen Blick sah lachte sie leise, bevor sie zu erklären versuchte.

„Wir sind hier in der Welt der Naturwesen. Feen, Elfen, Zwerge, Gnome und ich weiß nicht was noch, leben hier friedlich zusammen. Hier wird niemand älter, alle bleiben im besten Alter, wie man zu sagen pflegt. Es leben hier weder Kinder noch alte Leute. Wenn ein Mensch hierherkommt, dann hat eine besondere Aufgabe zu erfüllen und kann erst wieder in sein normales Leben zurückkehren, wenn er sie erfüllt hat. Das kann manchmal Jahre dauern, doch der Mensch wird keinen Tag älter. Und wenn er seine Aufgabe erfüllt hat und zurück in sein Leben kommt, ist nicht mehr als eine Sekunde verstrichen."

Lena sah sie sprachlos an, sie war zu verwirrt um Fragen zu stellen. Ihre Tante legte tröstend den Arm um sie und sagte beruhigend:

„Mach dir keine Gedanken darüber, es ist für Menschen nicht wirklich zu verstehen. Und noch ist es nicht so weit."

„Aber wenn wird es soweit ist, bin ich dann ganz auf mich alleine gestellt? Oder wirst du dann auch hier sein?"

Voller Hoffnung sah sie Anne ins Gesicht. Doch die schüttelte lächelnd den Kopf.

„Hier ist nicht mein Platz, ich darf nur jetzt hier sein um dir alles zu zeigen und zu erklären. Danach gehst du zurück in deine Welt und ich in die meine. Aber du wirst trotzdem nicht allein sein. Die Wesen, die hier leben, werden dich in jeglicher Hinsicht unterstützen. Außerdem wird dich jemand hierher führen um gemeinsam mit dir die Aufgabe zu erfüllen. Wer das sein wird kann ich dir jedoch nicht sagen. Also komm mit zu der Bank dort am See, dort ist es besonders schön. Ich sage dir was du wissen musst, und dann schicke ich dich zurück in deine Welt."

„Gott sei Dank, sie wird wach..." hörte sie eine männliche Stimme und identifizierte sie als die Julians. Er schien aufgeregt und sie fragte sich warum. Neugierig öffnete sie die Augen und sah in die Gesichter von Lukas und Julian, die beide besorgt auf sie niederstarrten. Lena wunderte sich darüber, bis ihr klar wurde, dass sie auf dem Stallboden lag.

Wie, um Himmelswillen, war sie denn dahin gekommen? War sie gestolpert und gefallen? Sie konnte sich nicht erinnern. Eilig wollte sie sich erheben. Doch Lukas, der neben ihr kauerte, ließ es nicht zu. Mit beiden Händen drückte er auf ihre Schultern, nicht sehr stark, aber so dass sie sich nicht erheben konnte.

„Bleibe noch einen Moment liegen, nicht dass du nochmal umkippst. Wie fühlst du dich? Ist dir übel oder schwindelig? Tut dir etwas weh?"

Während er das fragte lagen seine Finger prüfend auf ihrem Handgelenk um den Puls zu fühlen. Dann zog er eine kleine Lampe aus der Tasche und leuchtete ihr damit in die Augen.

Lena blinzelte geblendet und drehte den Kopf zur Seite.

„Mir geht es gut", sagte sie etwas brüsk, und versuchte erneut sich aufzurichten. Diesmal ließ Lukas es zu, gemeinsam mit Julian half er ihr auf die Beine. Sie hielten Lena jedoch noch immer an den Armen fest. Erst als sie energisch versuchte ihre Hände abzuschütteln, ließen sie endlich los.

„Mir geht es gut!" wiederholte sie und es war die Wahrheit. Sie fühlte sich gut, so als sei nichts gewesen.

„Ich kann mir nicht erklären was geschehen ist und habe keinerlei Erinnerung. Wie lange war ich denn weg?"

„Nicht lange, höchstens ein paar Minuten" antwortete Julian und fuhr in lockerem Ton fort: „Hättest du nicht dieses seltsame

Geräusch von dir gegeben, hätten wir überhaupt nicht bemerkt, dass du da liegst."

„Na, super" murmelte sie mehr zu sich selbst, um dann lauter zu sagen: „Hoffentlich habe ich euch damit nicht allzu sehr beim Fachsimpeln gestört."

Julian sah sie einen Moment verblüfft an, dann grinste er schief, was sie wohl als Entschuldigung werten sollte. Sie musste lachen, dann meint sie selbstkritisch:

„Eigentlich ist es ja nicht meine Art mich in der Nähe von Männern auf den Boden zu werfen. Ich werde mich bemühen, es nicht mehr zu tun."

Er lachte ebenfalls ehe er sie fragte:

„Passierte dir das schon öfter?"

„Nein, noch nie", murmelte Lena nachdenklich. „Ich fühle mich auch absolut so wie immer. Komisch, nicht wahr?"

Lukas mischte sich ein.

„Nun ja, das muss man jetzt nicht überbewerten, so etwas passiert hin und wieder und man findet keinen Grund dafür. Vielleicht liegt es an der Wetterlage, oder an der Wärme im Stall. Die Ausdünstungen der Tiere können auch der Grund sein. Oder der Anblick des Fohlens, das dich ungewöhnlich zu beeindrucken schien..., Kassiopeia. Wie bist du eigentlich so schnell auf diesen außergewöhnlichen Namen gekommen?"

Er sah sie bei seinen Worten intensiv an. Oder bildete sie sich das nur ein?

Lena zuckte die Schultern, dann meinte sie nachdenklich:

„Ich weiß es selbst nicht, ich glaube das Fohlen hat ihn mir gesagt."

Sie brach in unsicheres Lachen aus, dann wurde sie wieder ernst. „Vielleicht war diese Halluzination der Grund für meine Ohnmacht aber ich hörte das Fohlen tatsächlich sprechen. Verrückt oder?"

Sie hielt einen Moment inne, bevor sie Lukas erschrocken anblickte und murmelte:

„Meinst du ich werde verrückt?"

„Nein, das wirst du ganz bestimmt nicht" antwortete Lukas in beruhigendem Tonfall, wobei er sie jedoch ernst ansah.

„Ich denke eher du besitzt eine sehr seltene Gabe. Darüber sollten wir uns einmal in Ruhe unterhalten. Doch nicht jetzt und hier, der Stall ist nicht der richtige Ort dafür. Es könnte ein längeres Gespräch werden, für das wir uns lieber einen gemütlicheren Ort aussuchen sollten. Auf jeden Fall scheint es an der Zeit dich umfassend aufzuklären."

Seine Worte beruhigten Lena nicht, doch egal, was er ihr zu sagen hatte, sie wollte es hören. Deshalb schlug sie vor die Aussprache bei ihr zu Hause abzuhalten. Lukas war einverstanden und wandte sich an Julian, der ihnen stumm zugehört hatte. Man sah ihm deutlich an, dass auch er verwirrt war.

„Was ich zu sagen habe betrifft auch dich, Julian. Deshalb bitte ich dich es dir ebenfalls anzuhören."

Einen Moment starrte Julian seinen Vater an, dann nickte er. Gemeinsam verließen sie die Stallungen, schweigsam, jeder in seine Gedanken versunken. Erst als sie bei Lenas Haus angekommen waren und sich im Wohnzimmer niedergelassen hatten, brach Lukas das Schweigen:

„Es wird ein langes Gespräch werden und es wird uns allen viel abverlangen. Ich werde versuchen heute nur die wichtigsten Fakten zu erzählen, die Einzelheiten haben noch etwas Zeit. Es besteht kein Zeitdruck, zumindest momentan noch nicht. Wenn ihr also eine Pause braucht so sagt es mir, auch wenn ihr das Gefühl habt nicht mehr richtig aufnahmefähig zu sein.

Es ist wichtig, dass ihr euch alles merken könnt. Er schaute von Lena zu Julian und lächelte beruhigend, als er ihre angespannten Gesichter sah.

„Ihr werdet sicher denken, dass sich manches sehr unwahrscheinlich anhört, was ich euch sagen werde. Doch es ist alles die reine Wahrheit."

Er seufzte leicht, dann holte er tief Luft bevor er fortfuhr:

„Ihr seid beide noch sehr jung und habt noch euer ganzes Leben vor euch, wie man so schön sagt. Da ist man normalerweise mit Fragen über das Leben beschäftigt und denkt kaum einmal daran, dass es irgendwann endet. Außer man wird, wie du Lena, damit konfrontiert. Der Tod deiner Eltern und deiner Tante waren einschneidende Erlebnisse für dich. Vermutlich hast du deswegen schon mal darüber nachgedacht, ob es ein Leben nach dem Tod gibt."

Traurig schaute Lena zu ihm hin und zuckte die Schultern bevor sie leise meinte:

„Natürlich habe ich darüber nachgedacht, sehr oft sogar. Doch ich bin mir eigentlich sicher, dass danach nichts mehr ist. Schließlich ist noch niemand zurückgekehrt, oder?"

Lukas wiegte den Kopf.

„Nein, das ist noch niemand, zumindest nicht als Lebender. Trotzdem bin ich davon überzeugt, dass das Leben nach dem Tod weitergeht. Dass die Verstorbenen uns sogar besuchen, um es uns mitzuteilen. Leider werden die meisten nicht gehört, weil wir Menschen es nicht hören wollen."

„Willst du damit sagen, dass dich Tante Anne besucht? Und mit dir über ein Leben nach dem Tod zu reden? Und du kannst sie sehen und hören?"

Sie schaute ihn an als hätte er behauptet es gäbe rosa Elefanten. Auch Julian meldete sich zu Wort und fragte seinen Vater:

„Wie kannst du das behaupten? Du hast schon viele tote Tiere vor dir liegen gehabt, du weißt um den Prozess des Sterbens. Da gibt es kein Zurück, weder bei Tieren, noch bei Menschen. Oder glaubst du, dass sie als Geister zurückkehren?"

Er lachte und schüttelte ungläubig den Kopf.

„Mein Vater glaubt an Geister..."

Doch Lukas ließ sich nicht provozieren, sondern nickte ernst und sagte mit fester Stimme:

„Ja, ich glaube an Geister. Und an ein Leben nach dem Tod. Und ja, Anne ist oft bei mir um mich zu beraten. Ich kann sie zwar nicht sehen, doch ich höre ihre Stimme. Nicht mit den Ohren, sondern in meinem Kopf. Aber das kann bei jedem anders sein, ich weiß es nicht. Ich weiß auch nicht ob sie zu mir käme, gäbe es nicht unser großes gemeinsames Projekt, dass ihr so sehr am Herzen lag. Es hat sie das Leben gekostet, bevor wir es zu Ende - oder besser gesagt, zu einem neuen Anfang bringen konnten. Deshalb hat sie euch Beide auserwählt, ihr seid in der Lage alles zum Guten zu wenden. Sie ist hier bei uns im Raum und sie wird uns sagen, was zu tun ist. Vielleicht kannst du sie spüren, Lena. Anne sagt, sie steht neben dir und hat ihre Hand auf deine Schulter gelegt."

„Ich kann sie tatsächlich spüren" flüsterte Lena ergriffen.

„Ich dachte aber ich bilde es mir nur ein, dass jemand meine Schulter berührt. Kann ich sie auch hören?"

„Das weiß ich nicht, das liegt an dir und deinem Glauben an das, was du spürst oder hörst. Auf jeden Fall hat sie es versucht mit dir Kontakt aufzunehmen und ist in deine Träume gekommen. Das ist am ehesten der Fall, wenn Verstorbene Kontakt mit uns aufnehmen möchten."

Mit leicht gerunzelter Stirn schaute Lena ihn an und meinte nachdenklich:

„Geträumt habe ich schon öfter von Tante Anne. Leider konnte ich mich aber schon gleich nach dem Erwachen nicht mehr erinnern, um was es in dem Traum gegangen ist. Was ich wirklich sehr schade finde, denn ich hatte stets das Gefühl es war etwas Wichtiges, was sie mir mitteilt."

„Darüber musst du dir keine Sorgen machen. Wenn du das Gehörte brauchst, so wird es wieder da sein", erwiderte er beruhigend.

Doch so einfach ließ sich Lena nicht beruhigen. Sie schaute Lukas an, als hielte sie ihn für einen Zauberer. Oder auch für einen Hexer. Ja, genau das war es. Sie hatte einmal eine Trilogie über einen Hexer gelesen, von dem sie sehr beeindruckt war. Lukas sah sogar so ähnlich aus, wie sie sich diesen Hexer während des Lesens immer vorgestellt hatte. Sie wollte ihm gerade die Frage stellen ob er über magische Kräfte verfügte, doch Julian kam ihr zuvor.

Er starrte seinen Vater misstrauisch an, bevor er ihn fragte:

„Du hast mit Anne gesprochen? Nach ihrem Tod meine ich. Du sagst es so, als sei das alles nichts Besonderes für dich. Hast du noch mehr übersinnliche Fähigkeiten? Du wirst mir direkt ein bisschen unheimlich."

„Unheimlich bist du mir nicht", warf Lena ein. „Aber ich finde, dem Gestüt haftet schon etwas Geheimnisvolles an. Da ist zum Beispiel das kleine Fohlen, dass zu mir sprach. Oder der gruselige Wald, der sich auf dem Steilhang über dem Strand erstreckt. Nicht zu vergessen die alte Mauer, die ich auf meinem Spaziergang mit den Hunden entdeckt habe und die außer mir niemand zu sehen scheint."

Lukas sah sehr ernst von ihr zu seinem Sohn und nickte bedächtig.

„Ihr habt Recht, alle Beide. Und es wird Zeit euch über all diese Dinge aufzuklären. Auch über meine übersinnlichen Fähigkeiten. Ich werde euch alles berichten, was ihr Wissen müsst. Das wird eine ziemlich lange Nacht werden, fürchte ich. Also gehen wir es an…"

Kapitel 6: Lukas' Geheimnis

Lukas suchte sich eine möglichst gemütliche Sitzposition in seinem Sessel und streckte seine Beine aus. Er saß Lena und Julian gegenüber, so dass sie sich gegenseitig im Blickfeld hatten. Sein Blick war nachdenklich und er wirkte etwas unschlüssig, so als wisse er nicht genau, wie er beginnen sollte. Doch dann räusperte er sich, holte tief Luft und begann zu reden:

„Was ich euch heute über mich sagen werde, habe ich stets vor meinen Mitmenschen verschwiegen. Deshalb wäre es mir Recht, wenn ihr darüber ebenfalls Stillschweigen halten würdet. Natürlich ist es nichts Ungesetzliches oder Schlimmes, das vorweg. Dennoch habe ich es mein Leben lang so gut es mir möglich war vor anderen Menschen verborgen. Sogar vor meiner Familie..."

Sein Blick suchte die Augen seines Sohnes und er seufzte leise als er dessen ungläubig gerunzelte Stirn sah.

„Dafür gab es gute Gründe. Denn bei deiner Mutter und noch mehr bei ihrer Familie wären meine ungewöhnlichen Talente nicht sehr gut angekommen", meinte er mit entschuldigendem Grinsen an Julian gewandt. „Du weißt selbst, wie fromm deine Großeltern sind, auch deine Mutter steht allem skeptisch gegenüber, was übernatürlich scheint. Sie hätten mich im wahrsten Sinne zum Teufel gejagt, hätten sie etwas geahnt."

Julian musste trotz seiner Angespanntheit lachen.

„Ja, das kann ich mir besonders bei Oma sehr gut vorstellen. Als ich noch ein Kind war hat sie mich ständig in die Kirche geschleppt, sie wollte unbedingt, dass ich Pfarrer werde. Ich denke es hat sie ziemlich enttäuscht, dass ich wie du Tierarzt wurde. Dafür hat sie nie Verständnis aufgebracht.

Als ich ihr einmal erwiderte Tiere seinen ebenso Gottes Geschöpfe wie wir, hat sie sich bekreuzigt und gemeint, Tiere hätten keine Seele, sie seien lediglich den Menschen zum Nutze auf der Welt und sonst nichts."

Lukas nickte wissend.

„Ja, ich habe zu Anfang meiner Ehe so manchen Disput mit ihr geführt, aber gegen ihre Überzeugungen kam ich nicht an, das kostete mich nur Nerven."

Er schwieg einen Moment, dann wandte er sich erneut an Julian.

„Du fragst dich sicher weshalb ich nie versucht habe mit dir über mich zu sprechen. Nun, ganz einfach gesagt, zuerst warst du zu jung dafür und nach der Scheidung von deiner Mutter wollte ich dich nicht noch zusätzlich verunsichern. Dann begannst du zu studieren und wir haben uns lange nicht mehr gesehen. Und es dir während eines Telefonats zu offenbaren erschien mir auch nicht richtig."

„Nun, jetzt ist der richtige Zeitpunkt gekommen, also schieß los!"

Julian gab sich lässig, aber in seinen Augen lag Unsicherheit.

Auch Lena krampfte angespannt die Hände zusammen, ihre Augen waren ebenfalls in die von Lukas gerichtet.

„Nun, dann will ich euch nicht länger auf die Folter spannen und mein Geheimnis preisgeben", sagte der. „Meine Gaben hätte man im Mittelalter wohl als Hexerei bezeichnet und vermutlich wäre ich dafür auf dem Scheiterhaufen gekommen."

„Du bist ein Hexer? Wow!"

Voller Bewunderung sah Lena ihn an.

Nüchterner war Julians Frage an seinen Vater: „Und was genau sind das für Gaben? Kein Hokuspokus denke ich."

„Nein, kein Hokuspokus", bekam er zur Antwort.

Lukas klang jetzt, da er sein Geheimnis losgeworden war, wieder wie immer. Er begann aufzuzählen:

„Als Erstes und was für meinen Beruf als Tierarzt sehr nützlich ist, dass ich mit Tieren reden kann. Ebenso ist es mir möglich über Gedanken mit Verstorbenen und Naturwesen zu kommunizieren."

„Was sind Naturwesen?" wollte Lena wissen „Wilde Tiere? Oder so etwas wie Zwerge? Ich dachte eigentlich die gibt es nur in Märchen."

Mit einem Lächeln schüttelte Lukas den Kopf.

„Mit Zwergen hatte ich bisher noch nichts zu tun. Aber du hast Recht, sie zählen zu den Naturwesen. Genauso wie Elfen, Feen, Trolle, Devas und wie sie alle heißen", gab er bereitwillig Antwort und lachte, als sie ihn ungläubig fragte, ob es solche Wesen tatsächlich gäbe.

„Ja, die gibt es wirklich. Diese und noch etliche mehr. Viele Wesen, die wir aus Sagen und Märchen kennen gibt es tatsächlich. Allerdings begegnen wir ihnen in unserer Welt meist nicht, obwohl sie sich durchaus hier aufhalten. Sie zeigen sich jedoch nur wenigen Menschen, denen sie vertrauen. Naturwesen sind im Allgemeinen freundlich und hilfsbereit. Doch es gibt auch leider noch andere Wesenheiten, die uns Menschen nicht wohlgesinnt sind. Allen voran die Dämonen. Es sind Ausgeburten der Hölle, deren einziger Daseinszweck es ist, die Menschheit ins Verderben zu führen. Dämonen können fast jede Gestalt annehmen, bevorzugen jedoch die menschliche. So getarnt geben sie sich dann als angebliche Wohltäter aus. Ihre Opfer sind Politiker, Großindustrielle, hohe Kirchenmänner, einfach alle Menschen, die Macht und Einfluss haben. Denen flüstern sie ihre Lügenparolen und Versprechungen ein, solange bis sie ihnen hörig sind. Ziel der Dämonen ist es sich die Erde, samt ihren Menschen, untertan zu machen. Das tun sie nicht nur für sich selbst, denn eigentlich sind sie nur Handlanger einer viel größeren Macht, der des Teufels.

Aber das ist ein so ausführliches Thema, dass wir es gesondert behandeln müssen. Ich hoffe nur, die Zeit reicht noch dafür aus."

„Ja, bleiben wir lieber erst einmal bei deinen besonderen Fähigkeiten", warf Julian ein. „Dass du mit Wesen sprechen kannst, die in einer anderen Welt leben als der unseren, ist doch bestimmt nicht alles, oder?"

Er schien ein wenig enttäuscht, so als habe er sich etwas spektakuläreres vorgestellt.

Sein etwas abfälliger Tonfall entlockte seinem Vater ein leichtes Schmunzeln. Seine Antwort klang aber durchaus ernst.

„Also mir hätte es gereicht mich nur mit Feen und Trollen zu unterhalten, das sind nämlich sehr interessante Wesen. Warum ich euch von ihnen erzählte ist, dass ihr mit ihnen zusammenarbeiten müsst, wollt ihr eure Aufgabe erfüllen. Aber du hast natürlich Recht, Julian, es gibt noch mehr über mich zu erzählen. Vielleicht habt ihr schon einmal von Paralleluniversen gehört. Die von unserer Erde nur durch eine Art Folie getrennt sind. Für die meisten Menschen ist diese Folie jedoch undurchdringbar. Doch einige Auserwählte können hindurchgehen, manche tun es, ohne es zu bemerken. Und ja, ich gehöre zu diesen Auserwählten. Es gibt viele dieser Nebenwelten. Man muss sie nicht unbedingt alle kennen. Einige sind so speziell, dass kaum ein Mensch darum weiß. Von anderen hört man schon hin und wieder in Medien oder in Romanen, doch die meisten Menschen glauben nicht wirklich daran. Spirituell veranlagte Menschen suchen oft nach Wegen in die obere Welt. Davon habt ihr sicher schon gehört. Es ist die Welt der Engelwesen und der Seelen der Verstorbenen."

„Warst du schon in dieser Welt?"

Lena beugte sich nach vorne und sah Lukas gespannt an. Als er nickte wollte sie wissen:

„Wie ist es dort, in der oberen Welt? Hast du dort die Seelen von Verstorbenen getroffen? Konntest du mit ihnen reden? Und könnte ich auch dorthin gelangen?"

Lukas sah sie voller Mitgefühl an, dann sagte er.

„Vermutlich ginge das, aber nur unter besonderen Umständen. Ich weiß, dass du gerne deine Eltern wiedersehen würdest und sicher auch viele Fragen an sie hast. Aber das reicht als Grund nicht aus, denn die Gefahr ist sehr groß, dass du nicht mehr umkehren kannst. Deshalb sind es meist die Seele der Verstorbenen die von dort in unsere Welt kommen, etwa um eine wichtige Botschaft zu überbringen. Doch meist passiert das während wir schlafen und nach dem Erwachen wähnen wir es als Traum. Ganz sicher hattest du schon Besuche dieser Art aus dem Jenseits, auch wenn du dich nicht mehr daran erinnern kannst. Doch das Gesagte ist noch da, tief in deiner Seele gespeichert. Und wenn du es brauchst, dann kannst du es dort abrufen."

„Ich werde dir gerne mehr darüber erzählen, doch nicht jetzt. Einverstanden?"

Er legte ihr tröstend die Hand auf den Arm und lächelte sie an. Als sie zögernd nickte, sagte er an Julian gewandt:

„Eine Fähigkeit, die ich stets sehr sorgsam verbarg und noch immer verberge, ist die des Gedankenlesens. Ich höre die Gedanken aller Menschen um mich herum. Aber nur, wenn ich das auch möchte. Deshalb braucht ihr keine Angst zu haben, ich war nie und bin auch jetzt nicht an euren Gedanken interessiert."

Den letzten Satz hatte er sehr eindringlich gesprochen, denn der Blick in Lenas und Julians Gesichter zeigte ihm, wie erschrocken die beiden auf diese Offenbarung reagierten.

Julian fing sich zuerst wieder und hakte nach:

„Du kannst wirklich jeden Gedanken lesen, den jemand denkt? Wie soll ich mir das vorstellen? Dir muss doch ständig der Kopf schwirren, wenn du von anderen Menschen umgeben bist. Wie hast du das erlernt? Oder kann man es nicht lernen?"

„Wie ich schon sagte: Es ist eine Gabe – die hat man oder eben nicht. Ich habe sie seit ich denken kann. Das ignorieren dieser Gabe musste ich hingegen mühsam erlernen. Vermutlich kann ich euch nicht annähernd nahebringen, wie es mir als Kind damit erging. Auf mich prasselten sämtliche Gedanken meiner Familie ein, ich wusste oft nicht, ob etwas zu mir gesagt wurde oder ob die Stimmen in meinem Kopf waren. Meine Eltern vermuteten, dass etwas mit mir nicht stimmte, da ich mich so seltsam benahm. Verzweifelt schleppten sie mich von einem Arzt zum anderen, helfen konnte mir keiner. Als ich in die Schule kam wurde es so schlimm, dass ich mir die Ohren zuhielt und weglief. Schließlich landete ich in einer Psychiatrischen Anstalt für Kinder. Dort machte man alle möglichen Tests und Untersuchungen an mir, die alle kein Ergebnis brachten. Ich war körperlich vollkommen gesund. Nur mit meinem Gehirn schien etwas nicht zu stimmen. Man steckte mich schließlich in ein winziges Zimmer, in dem ich allein war. Darin herrschte Totenstille und siehe da, die Stimmen in meinem Kopf waren weg. Erst wenn jemand ins Zimmer kam waren sie wieder da. Ich war bereits dreizehn Jahre alt als mir endlich klar wurde, dass es die Gedanken meiner Mitmenschen waren die ich hörte. Doch ich traute mich nicht das jemandem zu erzählen, aus Angst für immer in der Anstalt bleiben zu müssen. Ich versuchte also mühsam zu ignorieren was ich hörte. Irgendwann gelang es mir so gut, dass es keinen Grund mehr gab, mich noch länger dort festzuhalten. Ich wurde endlich wieder nach Hause geschickt.

Was jedoch mein Leben nicht einfacher machte, denn meine Eltern fühlten sich mit mir überfordert. Sie beobachteten mich heimlich und schienen jegliches Vertrauen in mich verloren zu haben. Das sagten sie mir natürlich nicht, aber ich konnte es spüren. Und auch hören, denn seit ich wusste was die Stimmen in meinem Kopf auslösten, nutzte ich diese Gabe bewusst.

Da ich immer ein sehr guter Schüler war der keine Schwierigkeiten mit dem Lernen hatte, machte ich meinen Eltern schließlich den Vorschlag in ein Internat für Hochbegabte zu gehen. Da ich ein Stipendium bekam, mussten sie nichts bezahlen und waren einverstanden. Es war der richtige Weg für mich, ich hatte ein eigenes Zimmer, in dem mich keine lästigen Stimmen störten und lernte ziemlich schnell mit meinen Gaben umzugehen. Nach Abitur und Studienzeit war ich Tiermediziner. Und um mich weiterzubilden arbeitete ich in mehreren großen Tierkliniken.

Ich verliebte mich, heiratete und Julian wurde geboren. Dass die Ehe nicht hielt war meine Schuld. Ich bekam ein Angebot aus dem Ausland und ich zog meine Karriere meiner Familie vor."

Schuldbewusst sah er Julian an, doch der sagte nichts dazu. Lukas quittierte sein Schweigen mit einem tiefen Seufzer, dann sprach er weiter:

„Mein tierärztliches Interesse galt mehr und mehr den Pferden, was mich bald zu einem begehrten Spezialisten machte. Ich reiste durch die Welt und behandelte hauptsächlich die sündhaft teuren Sportpferde schwerreicher Leute. Dann merkte ich irgendwann, dass das eigentlich nichts mehr mit meinem einstigen Berufswunsch zu tun hatte. Ich wollte doch kranken Tieren helfen, und nicht nur überzüchtete Gäule dazu bringen für ihre Besitzer noch einige Rennen zu gewinnen, bevor sie viel zu früh den Weg zum Schlachter antreten mussten, weil sie mit fünf Jahren kaputt geritten waren.

Es war für mich deshalb wie ein Wink des Himmels als ich zufällig Annes Stellenausschreibung las. Sie suchte einen Tierarzt in Festanstellung der sich besonders gut mit Pferden auskannte für ihr Gestüt. Obwohl Vorahnungen nicht zu meinen Gaben zählen wusste ich sofort, dass diese Anzeige nur für mich galt. So war es dann auch. Und ich bekam nicht nur den Job, sondern verliebte mich auch in die wunderbarste Frau, die mir je in meinem Leben begegnet ist. Es war als würden wir uns schon seit ewigen Zeiten kennen, eine karmische Verbindung, die Anne genauso spürte wie ich. So dauerte es auch nicht lange und sie weihte mich in das geheime Ziel ein, dem sich Gestüt Baldomar verschrieben hat."

Lena schaute Lukas befremdet an bevor sie fragte:

„Ein geheimes Ziel? Welches geheime Ziel? Sagtest du mir nicht das Ziel von Gestüt Baldomar wäre es die inzwischen fast ausgestorbene Rasse der weißen Friesenpferde nachzuzüchten? So dass sie irgendwann wieder in den Rassestandard aufgenommen werden. Dass Tante Anne dieses Ziel mit größter Leidenschaft und Gewissenhaftigkeit verfolgte und das auch von mir als ihrer Erbin verlangte."

Einen Moment starrte Lukas sie an, als sähe er sie zum ersten Mal. Bisher hatte er sie noch nie so energisch erlebt. Endlich, so dachte er bei sich, kommt die Lena zum Vorschein die Anne prophezeit hatte.

Natürlich, so gestand er sich ein, war es zum großen Teil seine eigene Schuld, dass sie die ganze Zeit so verzagt gewesen war. Wegen ihrer tragischen Vorgeschichte hatte er es nicht übers Herz gebracht sie sofort mit ihrer wahren Aufgabe hier zu konfrontieren.

„Nun, dann will ich euch nicht länger auf die Folter spannen und das Geheimnis von Gestüt Baldomar preisgeben."

Lukas spürte die Spannung seiner Zuhörer und merkte, wie er selbst nervös wurde. Wie würden sie es aufnehmen? Was sollte er tun falls sie es ablehnten sich darauf einzulassen? Schließlich war es nicht ungefährlich was von ihnen verlangt wurde.

Er wollte auf keinen Fall, dass ihnen etwas zustieß. Aber sie waren nun einmal die Auserwählten. Er konnte ihnen nur beratend beistehen.

„Nun erzähl schon endlich", riss ihn Julians ungeduldige Stimme aus seinen Gedanken.

Lukas seufzte unbewusst, dann fragte er in festem Tonfall.

„Was wisst ihr beide über Einhörner?"

Verblüfft rissen Lena und Julian die Augen auf, sie starrten ihn beide stumm an, als hielten sie ihn für übergeschnappt.

„Das ist eine ernsthafte Frage", sagte er eindringlich und wiederholte:

„Also: Was wisst ihr über Einhörner?"

„Ich denke es sind Märchenwesen", antwortete Lena etwas zögerlich mit gerunzelter Stirn. „Weiße Pferde mit einem goldenen oder silbernen Horn auf der Stirn. Hat man nicht drei Wünsche frei, wenn man einem begegnet? Sonst weiß ich leider nichts darüber. Tut mir leid."

Lukas nickte nur und schaute seinen Sohn an. „Und du?"

„Pfff, da fragst du mich was", kam die ratlose Antwort.

„Ich dachte eigentlich Einhörner sind so ein Mädchenkram. Spielzeugpferde aus Plüsch mit einem Horn auf der Stirn, bunter Mähne und Schweif. Man sieht sie zurzeit auf allen möglichen Sachen für kleine Mädchen. Auf Taschen, Schulranzen, Tassen, T-Shirt und was weiß ich noch. Ansonsten kann ich dir nichts darüber sagen. Ich hoffe doch du willst nicht behaupten, es gäbe sie wirklich."

Er lachte, doch es klang nicht lustig.

„Ich muss deine Einschätzung leider korrigieren, denn es gibt sie tatsächlich. Nicht aus Plüsch, sondern aus Fleisch und Blut. Ihr beiden habt erst heute eines gestreichelt."

„Kassiopeia? Du behauptest Kassiopeia sei ein Einhorn? Aber ihre Mutter ist doch eine ganz normale Stute, wie kann die ein

Einhorn gebären? Und was hat unser Gestüt damit zu tun? Gibt es noch weitere Einhörner hier?"

Lena wusste nicht ob sie freudig erstaunt oder schockiert sein sollte. Doch sie wollte alles wissen was Lukas wusste und zwar sofort. In ihrem Kopf kreisten wirre Gedanken und sie war sich plötzlich sicher, dass sie ein inneres Wissen über Einhörner in sich trug. Ein Wissen, dass ihr ihre Tante übertragen hatte und das jetzt ans Licht kommen wollte.

Die Anspannung in Lukas' Zügen ließ nach als er Lenas glühendes Interesse bemerkte. Insgeheim hatte er immer noch Zweifel gehegt ob ein siebzehnjähriges Mädchen wirklich die Auserwählte sein konnte, auf die Anne und er so lange gewartet hatten. Jetzt erkannte er den Wandel der in ihr vorging. Sein Blick glitt zu seinem Sohn, dem zweiten Auserwählten. Doch in Julians Zügen konnte er nicht erkennen, ob er sich dessen bewusst war.

Er wandte sich wieder Lena zu um ihre Fragen zu beantworten: „Ja, Kassiopeia ist ein Einhorn, das erste, dass in diesem Jahr hier geboren wurde. Vor nicht allzu langer Zeit wurde dieses Gestüt auserwählt die Geburtsstätte von Einhörnern zu werden. Die Wiederkehr der Einhörner wurde vom Universum beschlossen. Sie waren vor langer Zeit schon einmal hier, wurden aber durch die dunkle Macht, eine aus Dämonen bestehende Armee vernichtet. Was genau damals geschah erzähle ich euch ebenfalls später, erst einmal so viel: Die dunkle Macht will die Rückkehr der Einhörner mit allen Mitteln verhindern. Wie sie davon erfuhr, dass unser Gestüt dabei eine Rolle spielt ist ein großes Rätsel, das ich noch nicht lösen konnte. Auf jeden Fall verschafften sich die Dämonen auf unbekanntem Weg Zutritt zum Gestüt und entführten alle trächtige weiße Stuten die bald fohlen sollten. Wohin sie die Pferde nach der Entführung brachten und was mit den Stuten geschehen ist wissen wir leider nicht. Doch wir haben die Hoffnung, dass die Stuten und ihre Fohlen am Leben sind. Denn wollte man sicher sein, dass keine Einhörner geboren werden, wäre es sicher einfacher gewesen die Stuten an Ort und Stelle zu töten als sie zu entführen."

„Waren alle Stuten Einhörner?", wollte Lena wissen, doch Lukas schüttelte den Kopf.

„Nein, es waren alles junge, weiße Friesenstuten aus unserer Zucht. Weibliche Einhörner sind unfruchtbar, die Fohlen werden deshalb von normalen Schimmelstuten geboren. Nur der Deckhengst muss ein Einhorn sein."

„Es gibt also einen Einhorn Hengst auf Gestüt Baldomar?"
Lenas Stimme klang andächtig.

Dann wollte sie wissen:

„Und wo ist er? Ich habe nirgendwo ein Einhorn gesehen. Wurde er ebenfalls entführt?"

Lukas zuckte die Schultern, ehe er mit leiser Stimme sagte:

„Nein, keins von Beiden, Lanzelot ist kurz nach der Entführung seiner Stuten verschwunden. Ich weiß nur, dass er sich auf die Suche nach ihnen machte. Einhorn Hengste sind sehr mächtige Tiere, die ihre Stuten und Fohlen bis zum letzten Blutstropfen verteidigen."

„Lanzelot? Er ist der Einhorn Hengst? Ich war damals bei seiner Geburt dabei."

Lena sagte es aufgeregt, runzelte dann aber irritiert die Stirn.

„Aber Lanzelot ist schwarz. Sagtest du nicht Einhörner sind immer weiß?"

„Nur die Stuten sind weiß, die Hengste meist rabenschwarz. Es gibt nur wenige Hengste, da sie eigentlich nur für die Fortpflanzung zuständig sind. Manchmal werden sie wegen ihrer unbändigen Kraft aber auch als Kriegsrösser genutzt. Wenn es zum Krieg kommt kämpfen sie gemeinsam mit ihrem menschlichen Vertrauten gegen die Dämonen. Ich glaube aber nicht, dass Lanzelot inzwischen seinen menschlichen Kampfgefährten getroffen hat. Aber genaueres kann ich momentan leider nicht sagen."

„Du sagst, du weißt, dass er sich auf die Suche nach den Stuten machte, hast du denn seither ein Lebenszeichen von ihm erhalten?" mischte sich zum ersten Mal Julian in das Gespräch ein. „Mit deinen Gaben sollte es dir doch möglich sein mit ihm Kontakt aufzunehmen."

„Das habe ich bereits getan", gab Lukas zu. „Es war aber nicht sehr positiv, was er mitteilte. Immerhin weiß ich, dass er lebt und es ihm gut geht. Er hat die Stuten gefunden, ihnen geht es ebenfalls gut, sie haben alle bereits gefohlt und alle Fohlen sind Einhörner. Aber sie befinden sich im Reich der Schatten, einer düsteren Nebenwelt, die von den Dämonen beherrscht wird. Lanzelot ist es zwar gelungen dort hineinzukommen und die Stuten wieder aus den Händen der Dämonen zu befreien. Aber er kann sie nicht mehr aus dem Dämonenreich herausbringen. Er hält sich mit den Stuten und Fohlen im Hinterland versteckt, doch da werden sie durch eine unüberwindliche Bergformation an der Flucht gehindert. Im vorderen Landesteil hausen die Dämonen, die die Grenze ihres Reiches schwer bewachen. Er und die Stuten brauchen unsere Hilfe um von dort zu entfliehen. Wie diese Hilfe aussehen soll, konnte er mir aber auch nicht sagen." „Und, hast du schon eine Idee?"

„Momentan will mir dazu nichts einfallen. Ins Land der Dämonen einzudringen ist nicht ungefährlich. Das muss wohlüberlegt sein" antwortete er und raufte sich mit der Hand durch die Haare, so dass sie wirr von seinem Kopf weg standen. Für Lena war das ein so ungewöhnlicher Anblick, dass sie lachen musste. „Entschuldige" murmelte sie noch immer grinsend, „aber du siehst etwas verwuschelt aus. Steht dir aber gut", fügte sie schnell hinzu.

Er verzog kurz das Gesicht zu einer Grimasse, ging aber nicht auf ihre Worte ein sondern erklärte:

„Ich denke ich muss da etwas weiter ausholen da ihr ja überhaupt noch nicht wisst, um was es wirklich geht. Fangen wir mit den Einhörnern an: Es gibt sie schon mindestens so lange wie es Menschen gibt, vermutlich sogar länger. Es sind spirituelle Wesen, ähnlich den Engeln. Ursprünglich leben sie auf einem entfernten Planeten. In früheren Zeiten wurden sie vom Universum auf die Erde geschickt, um den damaligen, sagen wir, noch wilden Bewohnern, auf ihrem Weg zur Menschwerdung behilflich zu sein. Da sich die Sprache noch nicht sehr weit entwickelt hatte, verständigten sich die Einhörner telepathisch mit den Menschen, die für diese Hilfe sehr dankbar waren. Trotzdem dauerte es natürlich etliche Jahrtausende in der sich die Menschheit kontinuierlich veränderte, bis sie zu den Wesen wurden, die sich das Universum vorgestellt hatte. Dafür wurden sie belohnt durch ein Leben im Paradies.

Doch das gefiel Satan überhaupt nicht, dem war dieser Garten Eden ein Dorn im Auge. Deshalb entsandte er Dämonen aus der Hölle, deren Aufgabe war es die Menschen im negativen Sinn zu beeinflussten, indem sie Hass, Neid, Gier und Machtbesessenheit in ihre Hirne pflanzten. Satans Plan trug bald Früchte, die Menschheit zerfleischt sich seither mehr und mehr unter der Knute der höllischen Macht selbst, indem sie unzählige blutige Kriege führt. Unter der Führung mächtiger Dämonen in Menschengestalt werden immer schlimmere Gräueltaten begangen, sowohl an den Menschen als auch an den Tieren und der Erde selbst. Wir können täglich in den Nachrichten verfolgen wie seelenlose Krieger selbst vor dem Abschlachten von wehrlosen Müttern, Alten und Kindern nicht zurückschrecken. Oft unter dem Deckmantel der Religionen, aber noch öfter wegen Reichtum und Macht.

Die Einhörner versuchten leider vergeblich die Herrschaft der Dämonen zu brechen und die Menschen wieder für das Gute zu gewinnen. Die Versprechungen der dunklen Macht waren jedoch verlockender und so kam es, dass die Menschen sich immer mehr gegen die Einhörner wandten. Sie lockten sie in einen feigen Hinterhalt wo viele von ihnen, gemeinsam mit ihren menschlichen Vertrauten, hingemetzelt wurden.

Doch die Schergen konnten nur ihre Körper töten, die Seelen der Einhörner und ihrer Helfer kehrten ins Universum zurück um sich zu regenerieren.

Das Universum hatte die Freveltaten an seinen Boten mit wachsendem Zorn verfolgt und schließlich beschlossen, die Menschen dafür zu bestrafen. Es schickte unendliche Wassermassen auf die Erde, die das Meer über das Land spülten und alles Leben darauf tötete."

Lukas schwieg einen Moment bevor er fortfuhr:

„Das wird euch sicher an die Bibelgeschichte erinnern, in der Gott die abtrünnige Menschheit mit Wasser vernichtete. Es ist jedoch nicht überliefert, ob es sich dabei um die Sintflut, den Untergang von Atlantis oder vielleicht auch einen mächtigen Tsunami gehandelt hatte. Überliefert ist jedoch das vor dieser Flut alle noch lebenden Einhörner zurück auf ihren Ursprungsplaneten beordert wurden. Dort warteten bereits die Seelen der getöteten Kameraden auf sie. Denn wie bei allen Lebewesen sind auch die Seelen der Einhörner unsterblich. Und wie wir alle haben sie die Pflicht irgendwann erneut zu inkarnieren und somit die Schwingung des Universums zu erhöhen. Dieser Zeitpunkt ist nun gekommen. Die Einhörner sind bereits dabei erneut auf die Erde zu kommen um uns Menschen beizustehen. Da sie jedoch nicht einfach wie die Engel vom Himmel schweben können, müssen sie hier geboren werden. Das ist jedoch komplizierter als es sich anhört, denn obwohl Einhörner fast ausschließlich Stuten sind, können sie keine Fohlen gebären. Das übernehmen weiße Pferdestuten für sie. Wohl deshalb ist unser Gestüt auserwählt worden, da wir eine reinweiße Rasse züchten. Wir sind jedoch nicht die Einzigen. Soweit ich weiß gibt es auch auf anderen Kontinenten einige ausgewählte Pferdezuchten, doch es ist streng geheim wo sie sich befinden. Nicht ohne Grund, wie wir leider erleben mussten. Denn die dunkle Macht versucht natürlich mit allen Mitteln die Rückkehr der Einhörner zur Erde zu verhindern. Warum sie ausgerechnet hier bei uns zuschlagen konnten wissen wir nicht. Ich kann mir nur vorstellen, dass es einen Angestellten gibt, der uns verraten hat. Obwohl Anne für jeden ihrer Leute die Hand ins Feuer gelegt hätte, muss es darunter einen Verräter geben. Den gilt es zu entlarven und zwar so schnell als möglich. Denn Anne war sein erstes Opfer und es können jederzeit weitere Leben vernichtet werden."

Mit bitterem Gesichtsausdruck hielt Lukas inne, man sah ihm deutlich an das ihm allein das Aussprechen dieser Zustände seelischen Schmerz bereitete. Er starrte einen Moment schweigend vor sich hin, dann schien er wieder gefasst. Mit rauer Stimme sprach er weiter:

„Nachdem mich Anne über die Wichtigkeit der Einhörner für das Überleben der Menschheit aufgeklärt hatte, nahm sie mir das Versprechen ab, auch dann die Sicherheit der Einhörner zu gewährleisten, wenn ihr etwas zustoßen sollte. So, als hätte sie schon damals ihren viel zu frühen Tod vorausgesehen."

Er wischte sich fahrig mit der Hand über die Stirn, so als wolle er trübe Gedanken wegwischen. Dann fuhr er leise fort:

„Natürlich gab ich ihr das Versprechen, nicht ahnend, dass sie mich schon so bald damit alleine lassen würde. Im Gegenteil war ich der festen Überzeugung, dass wir es gemeinsam

meistern würden, den Einhörnern hier auf dem Gestüt einen gefahrlosen Start ins Leben zu ermöglichen."
Er machte eine erneute Pause.

„Bald nach ihrem Tod wurde mir klar, dass ich allein nicht in der Lage war sowohl das Gestüt zu leiten, als auch gleichzeitig meiner Arbeit als Tierarzt nachzukommen. Von den Einhörnern ganz zu schweigen. Ich musste mich entscheiden welcher Posten der wichtigere war und entschied das Gestüt hätte erste Priorität. Also machte ich mich auf die Suche nach einem tierärztlichen Nachfolger. Wie wenn sie darauf gewartet hätte, stand wenige Tage später Dr. Katrin Steuber vor mir und bewarb sich um die Stelle. Sie hat mir sehr gute Zeugnisse vorgelegt die mir sagten, dass sie die Richtige für den Posten ist. Ich stellte sie sozusagen vom Fleck weg ein. Zu ihrer Unterstützung stellte ich noch Dr. Mona Brandl ein, ebenfalls eine hervorragende Pferdespezialistin. Es war wirklich ein wahrer Glücksgriff, die beiden Tierärztinnen ergänzen sich so wunderbar in der Pferdeklinik, dass meine Anwesenheit dort nur noch selten nötig ist."

„Also bleiben noch die Einhörner übrig", meinte Julian in nüchternen Tonfall.

„Wer, hast du gedacht, soll es übernehmen sie zurückzuholen?"

„Wenn es mir nachginge so würde ich es selbst versuchen", murmelte Lukas düster.

Dabei schaute er auf seine Hände, die er zu Fäusten geballt hatte. Dann schaute er Julian ins Gesicht und sagte sehr ernst:

„Aber mein Part ist es scheinbar so weiterzumachen wie bisher, das Gestüt zu leiten und herauszufinden wer der Verräter ist. Ihr Beide seid hingegen ausgewählt die Einhörner zurückzubringen."

„Aber wer ist derjenige der das anordnet, wenn nicht du?"
Julian schaute seinen Vater zweifelnd an.

„Es gibt doch niemanden, der dir etwas zu sagen hat, oder?"

„Hier auf dem Gestüt nicht", gab Lukas zu. „Zumindest was den Ablauf hier und die Pferde betrifft. Aber was die Einhörner betrifft, gibt es eine höhere Instanz. Das ist die Königin der Elfen und ihr Königreich ist Elfenland. Wie der Name schon vermuten lässt leben dort Elfen aber auch andere Naturwesen, darüber haben wir ja schon gesprochen. In früheren Zeiten waren dort auch die Einhörner während ihrer Mission auf der Erde zuhause und dahin sollt ihr sie zurückbringen, nachdem ihr sie aus den Fängen der dunklen Macht befreit habt."

„Und wie finden wir Elfenland?" wollte Lena wissen.

Je länger sie Lukas' Ausführungen zuhörte, desto unwahrscheinlicher kam es ihr vor diese Aufgabe bewältigen zu können. Wo fand man Einhörner um sie zu befreien? Wo fing man mit der Suche danach an? Immer mehr kam ihr das alles vor wie ein Albtraum, aus dem es kein Erwachen gab. Plötzlich fröstelte sie und sie kreuzte die Arme über ihrer Brust, ihre Hände lagen auf ihren Schultern und rieben unbewusst darüber.

Mitfühlend sah Lukas sie an, doch er konnte nur ratlos die Schultern zucken.

„Ich weiß es nicht", lautete seine leise Antwort. „Ich kann dir nur sagen was ich von Anne weiß; dass sich alles fügen wird. Vielleicht hilft euch ja die alte Karte weiter die plötzlich wieder aufgetaucht ist. Schaut sie euch morgen in Ruhe an, möglich, dass ihr darauf etwas findet was mir verborgen blieb."

„Fällt dir ebenfalls eine Aufgabe zu? Hat dir die Königin der Elfen diesbezüglich etwas gesagt?", fragt Julian seinen Vater. Doch der schüttelt nur den Kopf.

„Bis jetzt habe ich nichts anderes von ihr gehört, als das, was ich euch gesagt habe. Es bleibt mir nur abzuwarten."

Nach einer Weile des Schweigens wollte Lena von Lukas wissen:

„Dieses Elfenland, in das wir die Einhörner bringen sollen, wie muss ich mir das vorstellen? Es ist doch keine reale Welt, in die man einfach so reisen kann, oder? Wie kommt man dort hin?"
Auch Julian schien Interesse an den Antworten zu Lenas Fragen zu haben, neugierig schaute er seinem Vater ins Gesicht:
„Ja, das möchte ich auch gerne wissen. Kannst du es uns sagen?"
„Ich kann euch nicht allzu viel darüber sagen, nur was ich persönlich erlebt habe. Aber ich versuche mein möglichstes", antwortete Lukas, froh, das Schweigen zu durchbrechen.
„Zuerst: Elfenland ist eine Nebenwelt, für Menschen ist sie nicht real, für die Bewohner dort schon. Es ist nicht einfach dort hinzukommen, so wie in ein anderes Land auf der Erde. Trotzdem ist es unter gewissen Umständen möglich es zu betreten. Es ist nie sehr weit entfernt, es liegt sozusagen nebenan. Am ehesten kommt man in Begleitung eines Wesens dorthin, dass von dort stammt, also einer Elfe, einem Gnomen oder was es sonst dort gibt. Dieses Wesen muss natürlich damit einverstanden sein das wir mitkommen. Meist holt es uns sogar ab, weil man unsere Hilfe braucht. Wie lange man dort bleibt hängt davon ab wie schnell die gestellte Aufgabe erfüllt werden konnte. Es soll jedoch auch schon vorgekommen sein, dass jemand nicht mehr heimgekehrt ist. Ob derjenige dort umgekommen ist oder in der Anderswelt bleiben wollte kann niemand sagen. Doch zu eurer Beruhigung - die meisten kehrten unversehrt zurück."
Lukas schaute die Beiden eindringlich an.
„Ich bin mir sicher, dass ihr die euch gestellte Aufgabe meistert. Ihr werdet die Stuten und Fohlen nach Elfenland bringen. Die Einhörner werden dortbleiben und ihr könnt mit den Stuten hierher zurückkehren. Das ist jedenfalls der Plan so wie ich ihn kenne. Wann es losgeht kann ich allerdings nicht sagen.

Es kann heute, in einigen Tagen, oder auch Wochen sein. Allerdings denke ich es wird bereits in den nächsten Tagen geschehen. Die Zeit ist reif, die jungen Einhörner müssten sich inzwischen schon gut entwickelt haben und bereit für ihre Aufgabe sein. Alles weitere steht in den Sternen..."

Kapitel 7: Kassiopeia

Einige Tage nach dem Gespräch, das bis weit in die Nacht gedauert hatte, saß Lena morgens in der Küche. Die Hunde waren
schon bei ihren Spielkameraden in der Tagesstätte. So konnte
sie sich ganz der alten Landkarte, die vor ihr auf dem Tisch
ausgebreitet lag, widmen. Ihre Augen glitten immer wieder über
die bunte Zeichnung, doch sie konnte sich nicht wirklich vorstellen welchen Teil des weitläufigen Geländes um das Gestüt
sie darstellte.
Schließlich griff sie nach der starken Lupe, die sie sich von
Lukas ausgeliehen hatte. Sie lag schwer und unhandlich in ihrer
Hand. Da sie aber mit einem hellen Licht ausgestattet war
konnte sie damit auch die kleinen Zeichen, Zahlen und Buchstaben auf der Karte sehr deutlich erkennen. Wenn ich jetzt auch
noch die alte Schrift entziffern könnte brächte mich das sicher
weiter, ging es ihr durch den Kopf. Die Karte schien wirklich
steinalt zu sein. Sie begann die Karte systematisch mit der be-
leuchteten Lupe abzusuchen, beginnend am oberen Rand.
Wobei sie sich jedes kleinste Zeichen genau ansah. Schließlich
meinte sie die Bucht zu erkennen, an der sie damals Brandy aus
dem Wasser gezogen hatte. Ihr Herz machte vor Freude einen
Sprung, von der Bucht ausgehend würde sie sich sicher zurechtfinden. Mit neuerwachtem Eifer fuhr sie mit dem Finger über
das Papier. Die winzigen gezeichneten Tannen sollten wohl den
Wald auf dem Hügel darstellen, der ihr so unheimlich vorgekommen war, er reichte bis zum Meer hinunter. Aber was war
das für eine Gestalt die zwischen die Bäume gezeichnet war?
Neugierig hielt Lena die Lupe darüber.
„Mein Gott, was ist denn das? Das sieht ja aus wie ein Zombie.", murmelte sie erschrocken als sie das Wesen deutlicher

sah. Sofort erinnerte sie sich an die schrecklichen Geräusche die sie vernommen hatte als sie dort vorbei ging. Es war keine Einbildung gewesen, wie sie sich damals selber weismachen wollte. Bei dem Gedanken lief es ihr eiskalt über den Rücken. Als sie sich wieder gefangen hatte suchte sie weiter die Karte ab. Ihr Finger fuhr den Weg entlang, den sie mit den Hunden gelaufen war. Seltsam, dass es ihn schon damals gegeben hatte. Einen einfachen sandigen Weg, der ins Nirgendwo zu führen schien. Gestüt Baldomar war auf der Karte nicht verzeichnet und auch sonst war weit und breit keine menschliche Behausung. Auf der Karte war nur der Meeresstrand verzeichnet, der mal aus Felsen, mal aus Wald oder Wiesen mit niederen Büschen bestanden hatte. Dort wo sie das Gestüt vermutete war damals eine karge Heidelandschaft gewesen.

Lena widmete ihre Aufmerksamkeit wieder dem Weg, der dem Verlauf des Meeres folgte. Allerdings, wie sie schätzte, mindestens ein- bis zweihundert Meter vom Ufer entfernt. Er verlief in mal größeren, mal kleineren Biegungen vom linken bis zum rechten Rand der Karte. Lenas Finger fuhr ihn langsam entlang. Dann stockte sie plötzlich und hielt die Lupe wieder nahe an das Papier. Was war das für ein seltsamer Streifen, der da etwas abseits des Weges zwischen den Bäumen verlief? Ihr fiel die Mauer wieder ein, die sie gesehen hatte. Konnte es sein, dass es sie vor so langer Zeit schon gegeben hatte? Warum hatte außer ihr noch niemand diese Mauer entdeckt?

Sie hatte einige Zureiter danach gefragt, die, wie sie wusste, öfter dort mit den jungen Pferden unterwegs waren. Die Umgebung und die Beschaffenheit des Weges sei ein ideales Ausbildungsgelände für die Tiere, hatte man ihr gesagt. Aber eine Mauer war noch keinem dort aufgefallen. Aus welchem Grund sollte auch jemand da eine Mauer aufstellen? Es gäbe doch nur ein paar Büsche und Bäume und dahinter das Meer. Sie hatte sich sicher getäuscht. Die Lichtverhältnisse dort im Wald würden manchmal etwas vorgaukeln, was gar nicht da war. Letztendlich war Lena sich selbst nicht mehr sicher gewesen ob sie die Mauer tatsächlich gesehen hatte. Doch hier war sie auf der Karte eingezeichnet, also war sie doch kein Trugschluss.

Sie lief aufgeregt zum Stall, denn gerade hatte einer der Stallburschen bei ihr angerufen und ihr stotternd gebeichtet, dass ihm Kassiopeia ausgebüxt sei. Er hätte niemand außer sie erreichen können, sie solle schnell kommen. Auf dem Weg fragte Lena sich wie das Fohlen hatte ausbüxen können. Das war doch eigentlich gar nicht möglich. So junge Fohlen blieben doch immer dicht bei der Mutter.
Doch als sie atemlos im Stallgebäude ankam war dort niemand zu sehen. Die paar Pferde, die im Stall bleiben mussten, standen dösend in ihren Boxen. Und als sie vor der Box von Kassiopeia und ihrer Mutter stand sah sie das Einhorn Fohlen schlafend im Stroh liegen.

Was war hier los? Wer hatte sie angerufen? Lena runzelte die Stirn und schaute sich um. Aber noch immer war kein Mensch zu sehen und sie fragte sich, ob sich jemand einen Scherz mit ihr erlaubt hatte. Aber wer sollte das tun - und warum? Witzig fand sie es nicht. Erbost drehte sie sich um, wollte den Stall wieder verlassen, da hörte sie eine Stimme.
„Oh, du bist schon da. Ging ja schneller als ich gedacht hätte."
Schnell drehte sie sich wieder um und schaute zu Kassiopeia, die sich gerade von ihrem Strohlager erhob und sich schüttelte. Ein paar Halme fielen aus ihrer Mähne, die schon beachtlich gewachsen war. Nicht nur die Mähne, stellte Lena mit Erstaunen fest, aus dem Fohlen war bereits ein ansehnliches Jungpferd geworden.

„Da guckst du, nicht wahr? Wir Einhörner wachsen schnell, wenn es sein muss."

Kassiopeia stieß ein helles Wiehern aus, das fast wie ein Lachen klang. Sie kam nah zum Gatter und streckte ihren Kopf darüber. Ihre samtweichen Nüstern blähten sich und sie pustete Lena ihren warmen Atem ins Gesicht. Er roch nach Heu und Sommerblumen.

Lena schaute das Fohlen noch immer wortlos an. Sie fragte sich ob es tatsächlich real war, dass das Einhorn mit ihr sprach. Ihr Verstand sagte ihr: Nein, das kann nicht sein! Das ist unmöglich.

Doch tief in ihrem Herzen wusste sie, dass es so war. Schließlich gab sie sich einen Ruck und sagte in möglichst normalem Tonfall, wie sie hoffte:

„Wie kommt es, dass du so schnell wächst? Es ist doch kaum zwei Wochen her, dass du geboren wurdest."

Kassiopeia tänzelte am Gatter entlang und drehte sich hin und her, so als wolle sie sich Lena von allen Seiten präsentieren.

„Findest du mich schön?" wollte sie wissen, und ihre strahlend blauen Augen blickten direkt in Lenas Gesicht.

„Wunderschön!", gab sie zur Antwort und es war ehrlich gemeint. „Du bist das schönste Pferd, oder besser gesagt Einhorn, das ich je gesehen habe."

Wobei du natürlich auch das einzige Einhorn bist, das mir bisher begegnet ist, fügte sie im Geiste hinzu.

„Wir Einhörner sind alle wunderschön."

Kassiopeia nickte, zumindest sah es so aus. Dann fuhr sie fort:

„Und wir wachsen alle sehr schnell. Noch habe ich zwar meine volle Größe nicht erreicht, doch das dauert nicht mehr lange. Und mein Horn ist leider noch viel zu kurz. Bis es nicht mindestens die Länge von einem Meter erreicht hat bin ich nicht perfekt. Ich wünschte das Wachstum ginge schneller voran."

Sie sah Lena an als erwarte sie eine Antwort. Doch die hatte stattdessen eine Frage an sie:

„Wieso sagte man mir am Telefon ich solle schnell herkommen, weil du ausgebüxt seist? Ich kann mir nicht vorstellen, dass du mich angerufen hast. Außerdem bist du ja hier..."

Kassiopeia gab ein Geräusch von sich, das sich anhörte als kichere sie. Dann nickte sie erneut.

„Natürlich war ich das, wer sonst. Wenn der Prophet nicht zum Berg kommt, dann muss der Berg zum Prophet kommen. Das ist ein Sprichwort von euch Menschen. Du bist nicht zu mir gekommen, also musste ich dich dazu bringen. Das habe ich getan."

Unschuldig blickten ihre blauen Augen Lena an.

„Aber wie hast du das gemacht? Du hast doch weder ein Telefon, noch ein Handy."

Und warum stehen wir beide hier im Stall und unterhalten uns als wäre es das Normalste von der Welt, fügte sie in Gedanken hinzu. In ihrem Kopf drehte sich plötzlich alles, so dass sie befürchtete erneut in Ohnmacht zu fallen.

Kassiopeias Antwort kam sofort und sie bewies ihr damit auch, dass sie nicht nur mit ihr sprechen, sondern auch ihre Gedanken lesen konnte.

„Du fällst jetzt nicht in Ohnmacht", meinte sie rigoros.

„Und am besten gewöhnst du dich schnell daran, dass ich mit dir sprechen, deine Gedanken lesen und auch sonst noch einige Dinge kann, die momentan noch nicht relevant sind."

Ihr Tonfall wurde wieder weicher als sie weiter erklärte:

„Wir haben nicht allzu viel Zeit für Erklärungen, denn wir müssen die Stuten und ihre Einhorn Fohlen befreien. Ich sage dir jetzt nur so viel. Ich bin ein magisches Wesen und deshalb betreibe ich Magie, wenn es nötig ist. Und auch du hast magische Fähigkeiten von denen du bisher nichts ahnst. Aber wenn du sie benötigst dann spürst du sie. Wir Beide wurden von den guten Mächten zusammengebracht um die böse Macht zu bekämpfen. Wir werden uns sofort auf den Weg machen, es ist höchste Zeit. Ich erkläre dir gerne alles weitere auf unserem Weg. Machst du das Gatter für mich auf?"

Wie ferngesteuert griff Lena zu und öffnete das Gatter. Sie wusste nicht ob sie wach war oder vielleicht träumte, alles fühlte sich unwirklich und gleichzeitig wahr an.

„Warte noch einen Moment, ich muss mich noch von Marie verabschieden und ihr für ihre Fürsorge danken" sagte Kassiopeia und drehte sich zu der weißen Stute um. Sie stellte sich ihr gegenüber und senkte ihren Kopf, so dass sie mit ihren Nüstern die ihrer Mutter berührte. Die beiden Pferde schauten sich in die Augen, es schien Lena so, als hielten sie ein stummes Zwiegespräch. Dann ging Kassiopeia ein paar Schritte zurück, streckte ein Vorderbein vor und knickte mit dem anderen nach hinten ein. Ihr Kopf senkte sich, so dass ihre Nüstern den Boden berührten. Es war ein vollendetet Knicks, den sie vor ihrer Mutter machte.

Fasziniert schaute Lena zu wie das Einhorn sich wieder erhob um stolz erhobenen Hauptes durch das Gatter zu schreiten. Im selben Moment traf ein Sonnenstrahl durch eines der Fenster auf Kassiopeias noch kleines Horn und ließ es golden aufblitzen. Die junge Einhorn Stute hob den Kopf noch höher und stieß ein kraftvolles Wiehern aus, das durch den großen Stall hallte. Dann stob sie aus dem Stand davon, rannte den Stallgang entlang und verschwand durch das offene Tor.

Einen Augenblick schaute Lena ihr verdutzt hinterher, verschloss dann eilig das Gatter und rannte los. Am Tor blieb sie einen Moment stehen, weil die Sonne sie blendete. Dann sah sie Kassiopeia, die jetzt gemächlich den Weg entlanglief, der zum

Eingangstor des Gestüts führte. Weit und breit war niemand zu sehen der sie aufhalten konnte. Also lief Lena ihr eilig hinterher, um sie kurz vor dem Tor einzuholen.

„Hey, ich bin kein Pferd, also passe dein Tempo gefälligst meinem an", schimpfte sie schnaufend und packte die Stute an dem leichten Halfter, das sie trug. Es gelang ihr sie anzuhalten, doch Kassiopeia schüttelte heftig den Kopf, so dass Lena das Halfter schnell wieder losließ.

„Mach mir das Ding ab", forderte das Einhorn mürrisch und schüttelte erneut den Kopf. „Ich bin ein freies Wesen. Ich brauche so etwas nicht."

„Dann sei auch so vernünftig und renne nicht vor mir her. Ich dachte wir sollen gemeinsam die Einhörner und ihre Mütter befreien. Das wird aber nichts, wenn ich ständig hinter dir her-renne und außer Atem bin. Ich bin ein Mensch, kein Pferd oder Einhorn. Ich gehe auf zwei Beinen, da ist man nicht so schnell. Und bei uns Menschen ist es so, dass sich der Schnellere dem Langsameren anpasst und nicht umgekehrt. Wo müssen wir überhaupt hin? Sollten wir das nicht erst herausfinden?"

Lena war richtig sauer und setzte sich auf einen großen Stein, der am Wegrand lag. Sie schirmte ihre Augen mit der Hand gegen die Sonne ab, um dann die Umgebung abzusuchen. Nach was genau wusste sie allerdings nicht, deshalb holte sie erst einmal tief Luft. Dann schaute sie erneut das Einhorn an, das unbewegt dastand.

„Wir müssen zusammenarbeiten, Kassiopeia", sagte sie schließlich eindringlich. „Wir können nur gegen die dunkle Macht gewinnen, wenn wir an einem Strang ziehen. Himmel! Wenn ich nur mehr wüsste über unsere Mission. Alles ist viel schneller gegangen als ich gedacht habe. Ich fühle mich über-rumpelt und fürchte, dass ich mich an nichts mehr erinnern kann, was Lukas mir erklärt hat."

Sie stand auf und stellte sich neben Kassiopeia, die jetzt mit hängendem Kopf dastand. Lena wurde es ein bisschen flau im Magen. Waren ihre Worte zu streng für die junge Einhorn Stute? Vielleicht quälten sie ja ebenfalls Ängste und Bedenken, was ihren Auftrag betraf. Langsam schob sie die Hand unter die weiße Mähne, dort wo das Halfter lag, und streifte es vorsichtig über die Ohren. Doch es rutschte nicht herab, da es vom Horn aufgehalten wurde.

„Hey! Dein Horn ist ja ein ganzes Stück gewachsen, seit du den Stall verlassen hast."

Beeindruckt betrachtete sie das elfenbeinfarbene Gebilde, das aus Kassiopeias Stirn herausragte. Es erinnerte sie mit seinen Windungen an den Zahn eines Narwals.

„Darf ich es einmal anfassen?" fragte sie leise.

„Nur zu, du musst ja sowieso das Halfter darüber schieben. Hoffentlich geht es noch drüber, ich will nicht ewig damit rumlaufen."

Wenn Lena gemeint hatte Kassiopeia sei ebenso nachdenklich wegen ihrer beider Mission, so merkte sie jetzt nichts mehr davon. Die Einhorn Stute klang unbeeindruckt wie zuvor. Mit einem leichten Frustseufzer versuchte Lena das Halfter über das Horn zu schieben, es gelang aber erst als sie energischer daran zerrte. Sie hielt es Kassiopeia hin und meinte betont:

„So, jetzt bist du frei."

Die Stute schnaubte und warf den Kopf hoch. Dann sah sie Lena an.

„Danke", sagte sie in zufriedenem Ton „nun fühle ich mich besser."

„Und, wie geht es nun weiter? Wir sollten uns einig sein wie wir vorgehen, damit wir nicht sinnlos herumirren. Leider habe ich keinen Schimmer in welche Richtung wir uns wenden sollen. Weißt du wohin wir gehen müssen?"

Lena hängte das Halfter achtlos an den tiefhängenden Ast eines alten Baumes, der am Wegrand stand. Dann folgte sie der Stute, die bereits langsam den Weg entlang trottete. Jetzt konnte sie mit ihr Schritt halten ohne in Atemnot zu geraten.

„Ja, ich weiß wohin wir uns wenden müssen. Erst einmal immer diesen Weg entlang. Ist das Tempo so gut? Wir haben noch eine weite Strecke vor uns. Wenn du müde wirst so können wir auch gerne mal Rast machen. Sag mir einfach Bescheid."

Das waren ja ganz neue Töne. Erstaunt wandte Lena den Kopf zu Kassiopeia hin. Die wieherte leise, was wie ein Lachen klang.

Dann meinte sie: „Du wunderst dich sicher über mich. Ich weiß, dass ich dir zickig vorkomme, aber ich bin es nicht wirklich. Ich wollte austesten wie du reagierst."

„Und? Habe ich den Test bestanden?"

„Ja, hast du. Dafür, dass du zum ersten Mal mit einem sprechenden Einhorn zu tun hast, bist du recht cool geblieben. Ich habe da schon ganz andere Dinge erlebt..."

„Ja? Wann denn? Du bist doch erst ein paar Tage alt..."

Und schon so groß wie ein ausgewachsenes Pferd, fügte Lena in Gedanken hinzu. Sie warf einen schnellen Seitenblick zu Kassiopeia, die ruhig neben ihr lief und stellte fest, dass ihr elfenbeinfarbenes Horn schon wieder ein Stück gewachsen war. Sehr seltsam, ging es ihr durch den Sinn. Sie hatte noch nie gehört oder gelesen, dass ein Lebewesen so schnell wachsen konnte.

„Ich bin ja auch kein Lebewesen im herkömmlichen Sinn", bekam sie prompt die Antwort auf ihre unausgesprochenen Gedanken.

Kassiopeia warf den Kopf hoch so dass ihre Mähne, die natürlich ebenfalls schon wieder ein Stück gewachsen war, ihren Kopf umwehte. Sie schnaubte laut, dann erläuterte sie:

„Ich bin ein himmlisches Wesen, ähnlich den Engeln und schon tausende Jahre alt. Es gibt sehr viele von uns, doch wir waren schon lange nicht mehr auf der Erde. Du hast vielleicht schon von dem großen Gemetzel unter uns Einhörnern gehört. Damals wurden wir alle auf unseren Heimatstern zurückbeordert. Das ist schon lange her und seither sind nur ein paar von uns hier gewesen um zu überprüfen, ob und wann unsere erneute Reinkarnation nötig wird. Dieser Zeitpunkt ist nun gekommen. Doch wir können nicht einfach so vom Himmel herabfallen, was uns zwar nichts ausmachen würde. Aber für euch Menschen sind wir Fabelwesen, ihr bekämt Angst vor uns und würdet uns vermutlich sofort bekämpfen. Um das nicht zu riskieren, werden wir ganz normal geboren. Nur wenige Menschen sind darüber eingeweiht und wissen was wir sind. Sie betreuen uns während unserer Entwicklung. Wir bleiben solange bei ihnen bis unser Auftrag, für den wir ausgewählt wurden, beginnt. Für mich war es heute soweit, und da ich dafür alle meine Kräfte benötige, wachse ich jetzt sozusagen im Eiltempo."

„Dann weißt du also was auf uns zukommt?", wollte Lena voller Hoffnung wissen. „Ich weiß es nämlich nicht. Mich hat man - wie man so sagt - einfach ins kalte Wasser geschmissen..."

Das Einhorn schnaubte erneut, ehe es antwortete:

„Da muss ich dich leider enttäuschen. Ich weiß so viel wie du auch, dass wir die entführten Stuten samt ihren Fohlen befreien und in Sicherheit bringen sollen. Doch mach dir darüber keine Sorgen. Wir werden von unsichtbaren himmlischen Wesen begleitet und geführt."

„Dein Wort in Gottes Ohr", murmelte Lena vor sich hin. Kassiopeia schüttelte neben ihr den Kopf, so dass Strähnen ihrer Mähne Lenas Gesicht streiften. In belehrendem Ton meinte sie:

„Gott hat mit unserem Auftrag nichts zu tun, seine Aufgabe ist eine viel größere. Er regiert das unendliche Universum mit Tausenden von Welten..."

„Das ist doch nur eine Redensart, Kassiopeia. Sei doch nicht so pingelig mit allem was ich sage. Erzähle mir lieber noch etwas über euch Einhörner. Seht ihr alle gleich aus oder gibt es Unterschiede?"

„Natürlich gibt es Unterschiede zwischen uns. Wir sind doch keine Fabrikware, wo ein Ding aussieht wie das andere. Was uns verbindet ist unser pferdeähnliches Aussehen, das weiße Fell und natürlich unser Horn. Ansonsten sind wir so unterschiedlich wie ihr Menschen auch."

„Äh, Moment mal", warf Lena ein. „Du sagst alle Einhörner sind weiß? Ich kenne jedoch einen Hengst, der schwarz wie die Nacht ist. Es ist Lanzelot – dein Vater. Lukas sagte mir, er sei ebenfalls ein Einhorn."

„Ach ja, die Hengste sind schwarz. Aber es gibt nur sehr wenige, deshalb zählen sie quasi nicht."

Sie drehte den Kopf zu Lena hin, dann erklärte sie:

„Bei uns Einhörnern werden die Hengste nur zur Fortpflanzung gebraucht. Weil aber selten sehr viele von uns gleichzeitig geboren werden braucht es nur wenige Hengste. Deshalb gibt es auch nur zwei oder drei, die für einen ganzen Landstrich zuständig sind. Sie besuchen nacheinander die ausgewählten Gestüte und tun dort ihre Pflicht. Ansonsten führen sie normalerweise ein ruhiges Leben. In Ausnahmesituationen jedoch, wie der Entführung der trächtigen Stuten, ist es Sache der Hengste ihren Herden zu Hilfe zu kommen. Sie kämpfen um das Leben jeder Stute und jedes Fohlens, auch wenn es sie selbst das Leben kostet. Wenn ein Hengst stirbt, so wird das zuletzt von ihm gezeugte Fohlen als schwarzer Hengst geboren. Als sein Nachfolger."

„Ich war damals dabei als Lanzelot geboren wurde", sagte Lena mit Andacht in der Stimme. „Ich war noch ein Kind, doch es hat mich tief ergriffen. Ich glaube ich wusste damals schon tief im Innersten bei welch einem einmaligen Wunder ich Dabeisein durfte. Ich kniete neben ihm im Stroh und er legte ganz selbstverständlich seinen Kopf in meinen Schoß. Ich habe ihn berührt, an dieser kleinen runden Stelle auf seiner Stirn, aus der ein kleines Büschel goldener Haare wuchs. Seine Augen waren von einem tiefen Dunkelblau und sein Atem roch nach Sommerblumen..., genau wie deiner."

Kassiopeia senkte den Kopf und schaute Lena tief in die Augen. „Du bist auserwählt, das hat Lanzelot gespürt. Genau wie ich auch! Ich erkannte es sofort, als ich dich zum ersten Mal sah."

„Auserwählt? Ich? Warum ausgerechnet ich? Ich bin noch nicht einmal volljährig und wurde schon auserwählt das Gestüt zu leiten, obwohl ich davon keine Ahnung habe. Jetzt soll ich Einhörner retten, wovon ich noch weniger Ahnung habe. Ich kenne noch nicht einmal den Weg den wir gehen, geschweige denn wohin er mich führt..."

Mit jedem Wort spürte sie wie Panik in ihr hochstieg um sie zu überfluten. Murmelnd betete sie:

„Lieber Gott, bitte lass das alles nur einen bösen Traum sein und mich schnell daraus erwachen!"

„Beruhige dich, Lena. Ich bin doch bei dir, gemeinsam werden wir alles schaffen."

Kassiopeia pustete ihr tröstend ihren warmen Atem ins Gesicht und sofort hüllte sie wieder der Duft nach Sommerblumen ein. Er hatte eine beruhigende Wirkung auf ihre verstörten Gefühle. „Wieso weißt du das eigentlich alles?", wollte sie von der weißen Stute wissen. „Du wurdest doch erst vor wenigen Tagen geboren. Kommen alle Einhörner so ... wissend auf die Welt?"

Sie sah in Kassiopeias hellblaue Augen und meinte darin die Antworten auf alle Fragen der Welt zu sehen.

„Alle!" nickte die Stute ernst. „Wir sind uralte Wesen, die schon hunderte Male geboren wurden. So, wie ihr Menschen übrigens auch. Nur legt sich bei eurer Geburt der Schleier des Vergessens über euch. Bei uns ist das nicht der Fall, wir erinnern uns an fast alles, was wir jemals gehört oder gesehen haben."

„Oh, das stelle ich mir anstrengend und schrecklich vor. In so vielen Leben ist dir doch sicher auch viel Schlimmes passiert. Sich an alles zu erinnern muss doch furchtbar sein. In meinen siebzehn Jahren Lebenszeit habe ich schon einiges erlebt, an das ich mich am liebsten gar nicht mehr erinnern würde. Der Unfalltod meiner Eltern bereitet mir noch immer Alpträume. Ich würde viel dafür geben, wenn sie mir erspart bleiben würden. Selbst jetzt, da ich dir darüber erzähle, treibt mir die Traurigkeit Tränen in die Augen."

Mit der Hand wischte sie sich über die nassen Wangen und schaute zu Boden.

Kassiopeias Stimme klang sehr mitfühlend als sie sagte:

„Ja, das war leider ein sehr einschneidendes Ereignis in deinem jungen Leben. Und ich fürchte es wird auch noch eine Weile andauern, bis du besser mit den traurigen Erinnerungen umgehen kannst. Aber glaube mir, es wird besser, irgendwann. Glaube fest daran, dass deine Eltern und auch deine Tante nicht wirklich tot sind. Sie sind zwar nicht mehr für dich sichtbar, aber noch immer bei dir. Du kannst mit ihnen sprechen, sie um Rat bitten. Sie werden dir antworten, denn du wirst lernen sie zu hören. Du besitzt die Gabe dazu ihre Antworten zu hören oder zu fühlen. Doch das braucht alles seine Zeit."

Eine Weile gingen sie schweigend nebeneinander den von der Sonne ausgetrockneten Weg entlang. Die Hufe der Einhorn Stute wirbelten kleine Staubwolken auf. Lena schaute öfter zu

ihr hin, sie konnte sich an dem schönen Geschöpf kaum sattsehen. Während ihres Marsches schien Kassiopeia noch weiter
gewachsen zu sein, auch ihr Horn war viel länger und kräftiger
als zu Beginn ihrer Wanderung. Ihre Mähne war nun lang und
fiel üppig gelockt über ihren Hals. Ebenso üppig war ihre Stirnmähne die jetzt so lang war, dass sie die blauen Augen fast ver-
deckten. Es juckte Lena richtig in den Händen, gar zu gerne
hätte sie hin gefasst um zu spüren wie sich die Haare anfühlten.
„Nur zu, greif ruhig hinein, du kannst meine Mähne gerne anfassen und etwas zur Seite legen, damit ich besser sehen kann.
Manchmal stört sie ein wenig, daran muss ich mich erst wieder
gewöhnen. Und bitte kratz mich auch mal zwischen den
Nüstern, da hat mich eine Mücke gestochen und es juckt."
Lena musste lachen, das ließ sie sich nicht zweimal sagen und
griff mit beiden Händen in Kassiopeias Mähne. Sie fühlte sich
wunderbar weich an, gar nicht so, wie sie vermutet hätte.
„Ich könnte dir Zöpfchen flechten", schlug sie grinsend vor.
„Ich habe immer ein paar Haargummis einstecken, damit ich
meine Haare zusammenbinden kann, wenn sie mich stören."
Kassiopeia wieherte kurz und nickte mit dem Kopf.
„Ja, mach mal. Zöpfchen hat mir bisher noch niemand geflochten. Aber schön locker flechten, ich mag nicht, wenn es
ziept. Am besten ist es wir gehen solange dort unter den Baum
in den Schatten. Dahinter fließt ein kleiner Bach, ich bin durstig
und du kannst sicher auch einen Schluck Wasser vertragen."
Ohne auf Lenas Antwort zu warten trabte sie los.

Jetzt merkte auch Lena, dass sie Durst hatte, sie folgte der Stute
unter das grüne Blätterdach einer großen Linde. Hier war es
angenehm kühl. Ein paar große Steine luden sie ein sich hin-
zusetzen. Kassiopeia war ein Stück weit weg von ihr, sie stand
mit tief gesenktem Kopf im Bachbett und trank. Nach einer

Weile kam sie unter die Linde zu Lena und senkte ihren Kopf, damit die Zöpfe in ihre Mähne flechten konnte.

Es machte Lena richtig Spaß die üppigen seidenweichen Strähnen zu flechten. Zum Abschluss wickelte sie bunte Haargummis um die Spitzen, damit die Zöpfe nicht aufgingen. Lachend betrachtete sie dann ihr Werk.

„Sehr schön", meinte sie zufrieden. „Zöpfchen stehen dir sehr gut."

Doch kurz darauf kam ihr plötzlich in den Sinn, dass es angesichts ihrer ernsten Mission doch recht kindisch war dem Einhorn Zöpfe zu flechten. Röte stieg ihr ins Gesicht, doch bevor sie eine Entschuldigung murmeln konnte, schüttelte Kassiopeia energisch den Kopf.

„Du machst dir zu viele Gedanken", sagte sie streng. „Was spricht dagegen einmal kindisch zu sein, wie du es nennst. Ich nenne es: Spaß haben. Es ist nicht verboten Spaß zu haben oder einmal etwas albern zu sein. Das ist gut für die Psyche. Solange wir auf dem Weg sind können wir nichts tun, außer eine möglichst angenehme Zeit dabei zu verbringen. Wir wissen nicht was auf uns zukommt, deshalb können wir vorab nicht planen was wir tun werden. Also ist es doch besser wir lenken uns ab."

Kapitel 8: Das Land hinter der Mauer

Sie setzten ihren Weg ins Ungewisse fort und mit jedem Schritt wurden sie vertrauter miteinander. Bald kam es Lena ganz natürlich vor sich mit dem Einhorn zu unterhalten. Sie hatte viele Fragen an Kassiopeia und die gab ihr bereitwillig Antwort. Die Einhorn Stute war sehr klug und wurde nicht müde den Wissensdurst ihrer jungen Weggefährtin zu stillen.

Sie gingen bereits längere Zeit auf einem Weg, der Lena unbekannt war. Und sie fragte sich wie viele Wege und kleinere Pfade es auf dem Gelände von Gestüt Baldomar wohl noch geben mochte. Immer mehr kam es ihr wie ein geheimnisvoller Park vor, der wie ein riesiger Irrgarten angelegt war.

Jetzt standen sie plötzlich vor einer Kreuzung, von der aus mehrere Pfade in alle Richtungen führten. Sie blieben stehen um sich erst einmal zu orientieren. Doch eigentlich wusste Lena schon eine ganze Weile nicht mehr, wo sie sich überhaupt befanden. Von der Seite sah sie das Einhorn an, in der Hoffnung, es wüsste welcher Weg der richtige war. Es blähte seine Nüstern auf so als wolle es erschnuppern wie sie weitergehen mussten. Das trug nicht dazu bei Lenas Nerven zu beruhigen. Ihre Stimme klang etwas schrill als sie fragte:

„Wohin sollen wir uns denn nun wenden? Das sind fünf Wege und alle sehen aus, als wäre da schon ewig keiner mehr entlanggegangen. Was machen wir den jetzt?"

Ratlos drehte sie sich langsam um die eigene Achse.

„Wir müssen diesen Weg nehmen", sagte Kassiopeia, wobei sie mit dem Kopf auf einen kaum noch zu erkennenden schmalen Pfad zeigte, der von Gras und Unkraut überwuchert zwischen dunklen Tannen entlangführte. Er sah unheimlich aus und erinnerte Lena an ihren Spaziergang mit den Hunden, als sie an dem düsteren Wäldchen vorbeigekommen waren. Unbewusst schauderte sie, während sie mehr zu sich selbst murmelte: „Das soll ein Weg sein? Sieht ja ziemlich gruselig aus…"

„Hab keine Angst, hier gibt es nichts vor dem du dich fürchten musst".

Kassiopeia sagte es so überzeugt, dass Lena sofort wieder ruhiger wurde. Trotzdem blieb sie skeptisch.

„Was meinst du, ist es noch sehr weit?" wollte sie wissen. Sie wusste nicht mehr wie lange sie schon unterwegs waren. Irgendwie schien ihr Zeitgefühl völlig abhandengekommen zu sein. Ihr Bauch grummelte und sie verspürte auch leichten Hunger, also musste es schon eine ganze Weile her sein, seit sie gefrühstückt hatte. Sie schaute nach oben um den Stand der Sonne zu erkunden, doch die Bäume waren alle so hoch und dicht belaubt, dass man nicht einmal den Himmel sah.

„Mittag ist schon vorbei, dein Bauch trügt dich also nicht. Tut mir leid, ich habe gar nicht daran gedacht, dass du ja auch mal etwas essen musst. Hm, lass mich mal überlegen…"

„Zaubern gehört wohl nicht zufällig zu den Talenten von Einhörnern?" fragte Lena mit einem Anflug von Ironie in der Stimme. „Sonst könntest du mir einen Schokoriegel herbeizaubern."

Sie lachte, doch es klang ein bisschen gequält.

„Mit einem Schokoriegel kann ich dir nicht dienen aber was hältst du von einer richtigen Mahlzeit? Wenn du es noch eine Weile aushältst bis wir im Land hinter der Mauer sind, dort gibt es ein leckeres Essen für dich. Ich hoffe nur es dauert nicht mehr allzu lange bis wir dort sind…"

Sofort vergaß Lena ihren Hunger, ganz aufgeregt fragte sie:

„Das Land hinter der Mauer? Dorthin gehen wir? Es gibt diese Mauer also tatsächlich?"

„Natürlich gibt es sie, auch wenn sie nicht für jeden sichtbar ist.

Eigentlich ist sie auch nicht wirklich da, selbst Menschen, die so spirituell veranlagt sind wie Lukas, können sie nicht immer sehen. Du hast sie entdeckt, weil es für dich wichtig sein wird, dorthin zu gelangen. Wäre das nicht so, hättest du nur undurchdringlichen Wald gesehen."

„Welches Land befindet sich eigentlich hinter der Mauer? Und wie kommen wir da hinein? Die Mauer schien mir unüberwindlich, sehr hoch und endlos lang. Ein Tor oder einen Eingang habe ich nicht entdeckt. Ich käme da höchstens unter Zuhilfenahme einer langen Leiter darüber und du überhaupt nicht. Oder könnt ihr Einhörner auch klettern?"

Kassiopeia schnaubte geringschätzig:

„Warum sollten wir darüber klettern? Es gibt natürlich ein Tor, durch das wir ganz normal gehen können. Allerdings ist es nicht ständig passierbar, wir müssen den richtigen Zeitpunkt abpassen. Außerdem wird es von einem Monster bewacht, das wir zuerst überlisten müssen. Aber mach dir darüber keine allzu großen Sorgen, das klappt schon irgendwie."

„Das klappt schon irgendwie?" ahmte Lena den Tonfall der Stute nach. „Du machst mir Spaß. Ein Monster ist doch etwas Böses, oder? Was, wenn es sich von uns nicht überlisten lässt? Wenn es uns angreift und tötet oder sogar frisst?"

Lena blieb abrupt stehen und griff dem Einhorn in die Mähne, hielt es daran fest. Voller Panik zerrte sie an den langen Haarsträhnen.

Wiehernd schüttelte Kassiopeia ihren Kopf und riss sich frei.

„Aua, das tut weh, lass das gefälligst sein."

Sofort ließ Lena die Mähne los und stammelte eine Entschuldigung.

„Ich glaube ich bin nicht die Richtige für diese Aufgabe", meinte sie dann und brach unvermittelt in Tränen aus. „Warum hat man ausgerechnet mich ausgesucht um die Einhörner zu retten? Lukas oder Julian sind doch viel besser dafür geeignet. Lukas besitzt magische Fähigkeiten und weiß außerdem sehr viel über euch. Er ist auch körperlich durchtrainiert und somit viel besser für eine Aktion wie diese geeignet, und Julian ebenfalls. Schau mich dagegen an, ich bin nicht sehr groß und leider habe ich auch nicht genug Kraft um mit einem Monster zu kämpfen. Ich bin mir nicht einmal mehr sicher in dieses Land hinter der Mauer rein zu kommen. Ich bin dir gewiss keine Hilfe, im Gegenteil, ich werde dir eher zur Last fallen."

Sie ließ sich auf einem morschen Baumstamm sinken, der mit Moos und Pilzen bewachsen war, und nicht sehr einladend aussah. Aber das war ihr im Moment egal, sie fühlte sich elend und schwach.

Kassiopeia stand dicht neben ihr, den Kopf gesenkt, und schaute sie aus ihren blauen Augen mitfühlend an. Nachdem Lena aufhörte zu schluchzen, blies sie ihr sachte ihren warmen Atem ins Gesicht.

„Du riechst schon wieder nach Sommerblumen und Heu" murmelte Lena, sie hob den Kopf um das Einhorn anzusehen.

„Ist das ein besonderer Zauber von dir? Was soll er bewirken?"

„Er bewirkt das, was du im Moment am dringendsten brauchst; Kraft, Stärke, Mut – aber vor allem Zuversicht."

Sie schnaubte mit geblähten Nüstern bevor sie fortfuhr:

„Ich bin mir durchaus bewusst, dass du dich überfordert fühlst. Du hast schon viel durchmachen müssen seit dem Tod deiner Eltern und du hofftest, dass du auf dem Gestüt endlich zur Ruhe kommen würdest. Das Schicksal hat jedoch anderes mit dir vor. Du musst erst deine Aufgabe meistern, gemeinsam mit mir."

„Aber ich kenne diese Aufgabe nicht einmal und schon gar nicht weiß ich, wie ich sie bewältigen soll. Was ist, wenn ich es nicht kann, wenn ich versage? Dann habe ich weiß Gott wie viele Einhörner auf dem Gewissen und werden nie mehr meines

Lebens froh werden. Wenn ich überhaupt überleben sollte..." Die Stute schüttelte unwillig den Kopf, so dass ihre üppige Mähne flog. Die Zöpfchen hielten das nicht aus und lösten sich auf. Sanft aber bestimmt sagte sie zu Lena:

„Du wirst das überleben, dafür sorge ich und du wirst nicht versagen. Außerdem ist alles, was du wissen musst, bereits in dienem Gedächtnis gespeichert. Du wirst es zu gegebener Zeit abrufen können wie von einem Computer. Und wenn du mal nicht mehr weiterweißt, dann bin ich ja auch noch da. Gemeinsam schaffen wir alles!"

Sie hielt einen Moment inne, bevor sie Lena vorschlug:

„Normalerweise mag ich es nicht, wenn jemand auf mir reitet, doch bei dir mache ich mal eine Ausnahme. Also, wenn du möchtest, dann trage ich dich die Strecke bis zur Mauer auf meinem Rücken, damit du dich erholen kannst."

Zuerst wollte Lena ablehnen, es kam ihr nicht richtig vor auf einem Einhorn zu reiten. Außerdem wusste sie gar nicht wie sie ohne Sattel und Steigbügel auf seinen Rücken kommen sollte. Doch Kassiopeia hatte sich schon vorne klein gemacht, indem sie einen vollendeten Knicks machte.

„Beeile dich etwas", sagte sie etwas schroff. „Diese Haltung mag ich nicht besonders, aber anders kommst du nicht auf meinen Rücken."

Etwas unbeholfen kletterte Lena auf den Rücken der Stute, die sich sogleich wieder zu ihrer vollen Größe erhob. Ihren Kopf nach hinten gerichtet, wollte sie wissen ob ihre Reiterin gut saß.

„Wann hast du denn zum letzten Mal auf einem Pferd gesessen? Du machst einen sehr verkrampften Eindruck. Entspann dich, bevor wir losgehen, sonst tun dir später alle Knochen weh."

„Äh, also eigentlich bin ich überhaupt noch nicht zum Reiten gekommen, seit ich hier bin. Ich weiß gar nicht ob ich es noch kann. Vor allem ohne Sattel und Zügel."

Vorsichtshalber wickelte sie sich eine Strähne von Kassiopeias Mähne um die Finger, das gab ihr etwas mehr Sicherheit.

„Tss, wohnt schon wochenlang auf einem Gestüt und ist noch nicht einmal ausgeritten" brummelte die Stute wie zu sich selbst. Dann sagte sie lauter. „Reiten verlernt man nicht, ist wie Radfahren. Wenn man es kann, dann kann man es immer."

„Na, wenn du das sagst, dann muss es ja stimmen."

Lena konnte ein Kichern nicht unterdrücken als sie sich Kassiopeia auf einem Fahrrad vorstellte. Eine Weile blieben sie beide stumm, die Stute legte allmählich an Tempo zu und Lena balancierte ihren Körper auf den Rhythmus des Einhorns ein. Überraschend schnell saß sie so sicher auf dem Rücken der Stute, als wäre es die normalste Sache der Welt. Auch als die in einen leichten Galopp fiel, machte das Lena nichts aus. Sie hielt zwar die Mähne noch in der Hand, doch nicht mehr so verkrampft, sondern locker.

Der Wind fuhr in ihre Haare und ließ sie wehen, ebenso die Mähne des Einhorns, das immer schneller wurde. Sowohl Lena als auch Kassiopeia versetzte der wilde Galopp in einen Rauschzustand als sie den staubigen Weg entlang flogen. Ohne darüber nachzudenken ließ Lena die Mähne der Stute los und breitete beide Arme aus. Tief aus ihrer Brust erklang ein glückliches Lachen, in das Kassiopeia mit lautem Wiehern einfiel. Nach einer Weile drosselte sie das Tempo und blieb schließlich schnaubend stehen.

Mit einem Satz war Lena von ihrem Rücken und als sie dicht neben der Stute stand schlang sie in einem Impuls ihre Arme um deren Hals und drückte ihr Gesicht an Kassiopeias Kopf. Die ließ es mit einem zufriedenen Schnauben zu.

„Seltsam", murmelte Lena der Stute zu. „Mir ist als sei ich schon sehr oft so auf dir geritten. Dabei kenne ich dich erst zwei

Wochen. In meinem Herzen fühlt es sich aber an, als wären wir schon ewig zusammen."

„Dein Herz hat Recht, Lena. Du und ich wir waren schon in vielen Leben zusammen, wir sind gemeinsam durch die Welt galoppiert, haben zusammen gegen das Böse gekämpft, oft miteinander Siege errungen aber auch Niederlagen erlebt. Wir haben gemeinsam gefeiert, doch auch gelitten. Und wir sind einige Male zusammen in den Tod gegangen."

Es war als würden ihre Worte in Lenas Kopf einen Film ablaufen lassen. Sie sah sich plötzlich gemeinsam mit dem Einhorn in all den Situationen, die es ihr aufgezeigt hatte. Es waren schöne, aber auch schreckliche Bilder, die vor ihrem inneren Auge abliefen. Sie trieben ihr Tränen in die Augen und in ihrer Kehle spürte sie einen dicken Kloß. Aufschluchzend umarmte sie erneut den Hals der Stute, drückte sich so fest daran, als wolle sie die nie mehr loslassen.

„Kassie", stieß sie unter lautem Weinen hervor und eine wahre Flut von Tränen nässte das weiße Fell. Erst nach einer Weile hatte sie sich einigermaßen beruhigt und ließ das Einhorn los.

Kassiopeias Kopf war ihrem ganz nahe, aus den wunderschönen blauen Augen flossen ebenfalls Tränen, die auf den Boden tropften.

„Kassie", so hast du mich immer genannt und ich habe dich oft wegen dieser Abkürzung meines Namens gerügt. Doch weißt du was? Als ich ihn nicht mehr hören konnte, weil wir nicht mehr zusammen waren, da habe ich ihn schrecklich vermisst und hätte alles gegeben ihn nochmal aus deinem Mund zu hören. Mein Wunsch hat sich endlich erfüllt."

Lena erinnerte sich immer besser an ihre früheren Leben, je mehr das Einhorn ihr davon erzählte. Doch schon bald drängte Kassiopeia, dass sie weitergehen mussten.

„Wir haben noch ein gutes Stück Weg vor uns", sagte sie mit leisem Bedauern. „Vor Einbruch der Nacht möchte ich in Elfenland sein. Nachts ist es hier gefährlich, die böse Macht schickt dann ihre Kreaturen aus. Die töten alles was ihnen begegnet und fressen es auf. Falls wir als Monstermahlzeit enden, warten die Einhörner vergeblich auf ihre Befreiung. Soll ich dich wieder auf meinem Rücken tragen oder willst du versuchen, ob du noch so schnell laufen kannst wie damals?"

„Oh ja, ich erinnere mich wieder. Ich konnte tatsächlich sehr schnell laufen und will gerne ausprobieren ob ich es noch immer kann. Obwohl..., ich muss gestehen, dass ich in der Schule beim Sport oft kläglich versagt habe und deshalb öfter verspottet wurde."

Allein durch die Erinnerung daran fühlte Lena sich wieder verunsichert. Dann straffte sie sich jedoch und schaute die Stute herausfordernd an.

„Dann mal los, Kassie, laufen wir um die Wette."

Mit dem letzten Wort lief sie los und wurde zusehends schneller.

„Ich halte mich erst noch neben dir, falls du nicht mehr kannst."

Kassiopeia lief direkt neben ihr in leichtem Galopp, sie wurde jedoch immer schneller um mit Lena Schritt zu halten, die ebenfalls stetig schneller wurde.

„Du kannst es noch, genau wie in unserem letzten Leben."

Sie wieherte laut vor Freude und auch Lena stieß einen lauten triumphierenden Schrei aus.

Nachdem sie eine Weile wortlos nebeneinander gerannt waren kamen sie erneut an eine Weggabelung und hielten an. Beide waren sie etwas atemlos, aber Lena strahlte vor Zufriedenheit.

„Ich kann es noch, ich kann noch immer mit dir mithalten. Seltsam, dass ich nie bemerkt habe wie schnell ich eigentlich rennen kann. Ich dachte immer ich sei ungelenk und langsam."

„Das warst du auch, doch solange du ein Kind warst diente es deinem Schutz. Jetzt bist du eine junge Frau und deine Gaben kommen wieder zum Vorschein. Mache dich darauf gefasst, dass da noch einiges kommt."

„Ja? Was denn zum Beispiel?" wollte Lena wissen.

Neugierig schaute sie zu der Stute hin. Doch die schüttelte den Kopf.

„Jetzt haben wir keine Zeit zum Reden. Wir sind fast an unserem Ziel angelangt. Dort hinter dem Waldrand befindet sich die Mauer, die Feenland von dieser Welt trennt. Wir müssen das Tor suchen, durch das wir hineinkönnen. Es gibt mehrere Tore, doch nur eines steht für uns offen. Es schließt sich jedoch sobald die Nacht hereinbricht. Wenn wir es nicht rechtzeitig finden, dann müssen wir die Nacht im Wald verbringen. Das ist jedoch gefährlich, wie ich dir schon sagte. Deswegen sollten wir uns beeilen. Komm auf meinen Rücken, ich trag dich bis zum Waldrand, dann musst du wieder laufen."

Lena wollte ablehnen, dann überlegte sie es sich anders. Der schnelle Lauf hatte sie ermüdet, musste sie sich eingestehen. Immerhin kam sie jetzt ohne Problem auf Kassies Rücken, was sie als Fortschritt wertete.

„Verlange nicht gleich zu viel von dir, es braucht seine Zeit bis dein Körper wieder zu dem einer Kämpferin geworden ist."

„Ich war eine Kämpferin? Das wird ja immer unglaublicher was du mir erzählst. Ich habe noch nie eine Waffe in Händen gehalten. Bist du sicher, dass ich nicht jemand anderes bin als du glaubst?"

Das Einhorn lachte wiehernd während es den unebenen Waldweg entlang preschte. Instinktiv beugte Lena ihren Oberkörper tief über den Hals der Stute, um nicht von den tiefhängenden Ästen der Bäume am Wegrand von ihrem Rücken gefegt zu werden. Der halsbrecherische Ritt dauerte zum Glück nur ein paar Minuten, dann waren sie am Waldrand angekommen hinter dem sich die Mauer befand. Lena sprang von Kassies Rücken und stellte sich neben sie, wobei ihre Augen zwischen den dicht stehenden dunklen Tannen nach irgendwelchen Anzeichen suchten, dass sich dort die Mauer befand.

„Also ich sehe sie deutlich, du etwa nicht? Früher hattest du Augen wie ein Luchs", frotzelte das Einhorn.

„Musst du ständig meine Gedanken lesen?" murrte Lena frustriert. „Warum kann ich das eigentlich nicht bei dir?"

„Weil du dich nicht genügend anstrengst" meinte die Stute mit wieherndem Lachen, dann wurde sie wieder ernst. „Diese Gabe wird dir auch bald wieder zuteilwerden, hab ein wenig Geduld. Jetzt müssen wir uns zuerst einen Weg durch dieses Gestrüpp suchen. Ich mag Tannen nicht, die piksen schrecklich und machen außerdem eklige Flecken in mein schönes weißes Fell. Aber es nützt nichts, wir müssen da hindurch."

„Ich gehe vor", entschied Lena und begann sofort damit das Gestrüpp mit den Händen zu teilen. „Lauf direkt hinter mir, da bist du wenigstens etwas geschützt."

Die Stute brummte, blieb aber brav hinter ihr. Langsam arbeiteten sie sich durch das Dickicht aus stechenden Tannenzweigen. Lena rechnete damit, dass ihre Hände verstochen und verkratzt sein würden bis sie die Mauer erreichten und hoffte insgeheim, dass es nicht allzu lange dauerte.

Umso verwunderter war sie, dass schon nach ein paar Metern kaum noch Gestrüpp ihren Weg versperrte. Zwar standen die Bäume dicht an dicht, doch ihre Stämme waren bis gut über Kopfhöhe völlig kahl, so als hätte jemand die unteren Äste abgesägt. Sie mussten sich jetzt bloß noch zwischen den Stämmen hindurch winden. Für Lenas schlanke Figur war das kein Problem, doch Kassiopeia hatte manchmal Schwierigkeiten eine Lücke zu finden, durch die ihr mächtiger Körper passte.

Auch das lange Horn behinderte sie, was sie mit ständigem leisem Murren quittierte.

„Du bist einfach viel zu schnell gewachsen während wir unterwegs waren", kommentierte Lena. „Als wir losgingen warst du noch ein Fohlen. Warum wachsen Einhörner so schnell?"

„Das kommt immer auf die Situation an" bekam sie brummig Antwort. „Normalerweise haben wir mehr Zeit uns zu entwickeln, allerdings geht es trotzdem schneller als bei normalen Pferden. Für mich ging es auch etwas schnell, ich hätte mich eigentlich gerne noch etwas länger von meiner Mutter betreuen lassen. Doch unsere Aufgabe hat nun mal Priorität vor meinen Wünschen, da musste ich mich halt ein bisschen mit dem Wachsen beeilen."

„Apropos beeilen", wandte Lena ein. „Mir ist aufgefallen, dass wir sehr viel länger unterwegs waren bis zu der Mauer als ich damals. Sind wir einen Umweg gelaufen, und warum?"

Die Stute nickte bedächtig mit dem Kopf.

„Ich dachte mir, dass du mich deshalb fragen wirst. Die Antwort ist ganz einfach: Diese Mauer trennt ganz Elfenland von der Welt ab und Elfenland ist recht groß. Ich habe dir schon gesagt, dass wir vor Einbruch der Dunkelheit das Tor erreichen müssen. Es gibt jedoch mehrere Tore, die immer abwechselnd offen sind. Der Teil der Mauer, an der wir gleich ankommen, ist an einer völlig anderen Stelle als dort wo du warst. Und bevor du fragst wieso ich wusste zu welchem Tor wir müssen, mein Horn enthält eine Art Kompass, es führt mich zuverlässig an die richtige Stelle. Aber ganz genau kann ich es nicht erklären, es ist einfach so."

„Dein Horn ist also quasi ein Navi für Einhörner. Das hätte ich mir eigentlich denken können", murmelte Lena und nickte. „Na, dann lass uns weitergehen, damit wir das Tor noch rechtzeitig erreichen. Ich habe keine Lust, hier draußen die Nacht zu verbringen."

Was Kassiopeia ihr mit einem grunzenden Ton beipflichtete.

Tatsächlich standen sie kurz darauf vor der Mauer, die aus ungleichmäßigen Natursteinen zusammengesetzt war. Unwillkürlich fragte sich Lena wer sie wohl erbaut hatte. Sie schien uralt zu sein und war sehr hoch, ein Mensch konnte sie ohne Hilfsmittel nicht überwinden. Die unterschiedlich großen Steine waren so dicht aneinandergefügt, dass kaum einmal ein Spalt dazwischen war. Es sah aus als seien sie mit einfachem Ton miteinander verbunden, doch als Lena an einer Fuge kratzte merkte sie, dass sie hart war wie Zement. Diese Mauer war eine Festung die Elfenland umschloss. Eine Festung von der niemand etwas ahnte. Dahinter konnte man sich ganz bestimmt in Sicherheit wiegen. Sehnsüchtig wünschte sie sich, dass sie endlich das Tor dazu fanden.

„Das wird uns ebenso gelingen wie es uns gelang die Mauer zu finden. Etwas sagt mir wir müssen uns rechts halten, also komm, lass uns losgehen. Es wird bald dunkel, nicht, dass uns das Tor vor der Nase zufällt. Ich muss mich dringend ausruhen und was Kräftigendes essen, der Tag war sehr anstrengend für mich. Und für dich bestimmt auch."

Dem hatte Lena nichts entgegenzusetzen, die Müdigkeit saß lähmend in ihren Knochen und Hunger hatte sie auch. Allein der Gedanke noch weiter laufen zu müssen bereitete ihr Unbehagen. Auf was hatte sie sich bloß eingelassen, ging es ihr durch den Kopf. Doch dann lief sie los in die Richtung, die Kassiopeia vorgesagt hatte. Sie war sich sicher, dass sie stimmte.

Schweigend liefen sie den kleinen Pfad an der Mauer entlang. Während Lena immer wieder nervös den Himmel betrachtete ließ die Stute den Kopf hängen. Ab und zu rupfte sie einen

Grasbüschel ab und kaute darauf herum um ihren Hunger zu stillen, doch besonders schmackhaft schien er nicht zu sein.

„Geht es dir gut, Kassie?" fragte sie besorgt. „Du hast heute viel zu wenig gefressen. Ich vermute mal, dass du denselben Verdauungstrakt hast wie ein Pferd. Nicht dass du eine Kolik bekommst."

„Es geht schon noch. Wenn wir endlich da sind werde ich einen Berg Heu fressen, dann geht es mir wieder gut. Dein Magen ist genauso leer wie meiner, ich höre ihn ständig knurren."

Anstatt eine Antwort zu geben blieb Lena abrupt stehen und wisperte:

„Was ist das da vorne? Sagtest du nicht das Tor wird von einem Monster bewacht? Dafür erscheint dieses Wesen mir aber viel zu klein. Sieht eher aus wie ein Zwerg..."

„Das ist ein Zwerg, der Wächter des Tores. Mit dem Monster wollte ich dich nur ein bisschen veräppeln. Wir sind jedenfalls noch nicht zu spät dran, mir fällt ein Stein vom Herzen."

Kassie schien ihre Müdigkeit vergessen zu haben, sie trabte so flott auf den kleinen Torwächter zu, dass Lena kaum hinterherkam.

„Hey, warte auf mich", rief die, wobei sie versuchte schneller zu laufen. Ihre Beine fühlten sich jedoch an als wären Steine daran gebunden, sie war am Ende ihrer Kräfte.

Besorgt blieb die Stute stehen und schaute sich nach ihr um. Sie drängte:

„Komm schon, nur noch ein paar Meter dann sind wir in Sicherheit. Schau, der Wächter kündigt uns schon an. Wir müssen nur noch durch das Tor gehen. Halte dich an meiner Mähne fest, dann ziehe ich dich mit."

Lena griff mit letzter Kraft in Kassies Mähne und die zog sie durch das Tor hindurch. Der Zwerg stand stumm daneben und schaute zu. Dann legte er die Hand auf den schweren eisernen

Torriegel. Wie von Geisterhand füllte sich die Öffnung, durch die sie eben gegangen waren mit Steinen auf und kurz darauf war nur noch die Mauer zu sehen. Nichts erinnerte mehr daran, dass da eben noch ein Durchgang war.

Lena bemerkte es zwar, sie war jedoch zu kaputt um es zu kommentieren. Sie hielt sich weiter an der Mähne fest und lehnte sich an den Hals der Stute, weil sie Angst hatte sonst umzufallen. Sie konnte sich nicht vorstellen woher die bleierne Müdigkeit kam, die sie so plötzlich verspürte, fühlte sich aber zu müde um darüber nachzudenken. Die Stimme konnte sie jedoch hören, die freundlich sagte:

„Ach, da seid ihr ja endlich, wir haben euch schon eher erwartet. Herzlich willkommen in Elfenland."

Sie schaute sich um wo die Stimme herkam, sah aber niemand. Dann kam eine sehr kleine Frau um Kassiopeia herum auf sie zu.

„Oh je, Kindchen, du siehst aber müde aus", sagte die Zwergin mit besorgter Stimme. „Dieser verdammte Wald fordert seinen Tribut von Menschen. Aber keine Angst, nach einem nahrhaften Essen und einer geruhsamen Nacht fühlst du dich morgen früh wieder wie neu."

Auf ihre Aufforderung hin ging Lena, noch immer an Kassie gelehnt langsam zu einem Haus, dessen Tor einladend offenstand. Das Haus, oder besser gesagt Häuschen, denn es war kaum größer als eine Gartenhütte, bestand innen aus einem einzigen Raum. Darin stand ein Bett das groß genug für Lena war. Daneben war ein dickes Strohlager für das Einhorn aufgeschüttet. Neben dem Bett stand ein kleiner Tisch, darauf ein Teller, der mit einer silbernen Haube abgedeckt war und daneben ein Krug. Auf einem Holzbrett lagen ein Brot, ein langes Messer, sowie ein Besteck. Ein klobiger Schemel mit einem dicken roten Kissen darauf lud zum Hinsetzen ein.

Lena ließ sich mit einem dankbaren Seufzer darauf nieder, sofort stieg ihr der Duft des frischen Brotes verführerisch in die Nase.

„Ich hoffe es ist alles zu eurer Zufriedenheit" hörte sie die Zwergin sagen. „Du solltest gleich essen, Kindchen, solange es noch warm ist. Ich habe dir auch eine Wärmflasche ins Bett gelegt, nachts wird es hier oft kühl. Außerdem tut die Wärme deinen schmerzenden Muskeln gut. Geh nach dem Essen gleich schlafen, dann geht es dir morgen früh bestimmt wieder gut."

„Dir habe ich ganz frisches Gras und Kräuter in die Raufe gelegt", wandte sie sich dann an das Einhorn. „Das Heu stammt von einer Bergwiese und das Strohlager ist schön dick und warm. Wasser aus der Bergquelle ist in dem Eimer."

Sie deutete mit dem Finger darauf und schaute zu dem Einhorn auf.

„Schön, dass du wieder unter uns weilst Kassiopeia, wir haben dich alle sehr vermisst. „Und die Kämpferin hast du auch wieder gefunden. Das sind gute Vorzeichen für eure Mission. Ich bin sicher diesmal werdet ihr die dunkle Macht endgültig besiegen."

„Dein Wort in Gottes Ohr, Martha" gab die Stute zur Antwort und senkte den Kopf so weit, dass sie der Zwergin in die Augen sehen konnte. „Mit seiner Hilfe wird es uns diesmal gelingen."

Martha nickte ernst und strich liebevoll über Kassies weiche Mähne.

„Es muss gelingen. Der Terror der Dämonen wird immer schlimmer, jetzt haben sie uns sogar einen Teil von Elfenland abgenommen. Aber das werdet ihr alles morgen bei der Versammlung hören. Jetzt esst euch erst einmal ordentlich satt und schlaft gut, damit ihr wieder zu Kräften kommt."

Sie ging und schloss von außen das Tor. Es wurde dunkel in der Hütte, doch wie von Zauberhand blinkte ein kleines Licht auf, das aus Kassiopeias Horn zu kommen schien und es leuchten ließ.

„Genau die richtige Beleuchtung für ein Candellight-Dinner", meinte sie und wieherte kurz. „Lass uns essen, ich bin hungrig."

Kapitel 9: Julians Aufgabe

„Sie sind alle Beide verschwunden!" Ratlos schaute Julian seinen Vater an.

„Kurz nach zehn Uhr wurde Lena noch gesehen. Sie ging auf die Stallungen zu und durch den Haupteingang hinein. Ein paar Pferdepfleger sahen, dass sie zu Kassiopeias Box ging, allerdings haben sie nicht weiter darauf geachtet, was sie dort machte. Einige Zeit später waren sowohl Lena als auch das Fohlen verschwunden, nur die Stute war da, machte aber keinen besorgten Eindruck. Ist das nicht seltsam? Normalerweise laufen Stuten Amok, wenn ihre Fohlen verschwinden."

„Marie ist eine erfahrene Stute, die bereits schon einmal ein Einhorn geboren hat. Sie weiß, dass diese Fohlen sehr schnell wachsen und selbständig werden. Sie hatte ihre Pflicht Kassiopeia gegenüber erfüllt und ließ sie deshalb ziehen."

Als Lukas den verdutzten Gesichtsausdruck seines Sohnes sah lächelte er, bevor er erklärte:

„Es verhält sich etwas anders, wenn eine Stute ein Einhorn Fohlen zur Welt bringt. Der Einhorn Hengst wählt nämlich die Stuten aus, die ihm geeignet erscheinen und bittet sie um ihre Zustimmung ein Fohlen von ihm zu gebären. Da Einhorn Stuten ja unfruchtbar sind."

„Ich hatte mich schon gewundert, wieso hier zwei so verschiedene Pferderassen gezüchtet werden, was eigentlich völlig untypisch für ein Gestüt ist."

Lukas lachte.

„Darüber habe ich mich ebenfalls gewundert, als ich damals hier anfing. Anne erklärte es mir. Sie züchtete ja schon länger die reinweißen Friesen, weil sie es schade fand, dass diese alte Rasse so gut wie ausgestorben ist. Dass ihre Stuten die besten Voraussetzungen erfüllen um ein Einhorn Fohlen auszutragen, wusste sie damals nicht. Bis sie eines Tages, oder besser gesagt eines Nachts, Besuch von einer Fee und ihren Begleitern bekam. Die Fee stellte sich ihr als Königin des Elfenlandes vor. Sie brachte Lanzelot mit, einen wunderschönen schwarzen Einhorn Hengst. Nicht der Lanzelot, der hier geboren wurde, sondern sein Vater. Er wurde vor etwa fünf Jahren heimtückisch aus dem Hinterhalt erschossen. Doch sobald ein Einhorn Hengst stirbt, wird er im darauffolgenden Jahr wiedergeboren, sozusagen als sein eigener Sohn. Seltsamerweise kam kurz nach Lanzelots Geburt ein fremder Einhorn Hengst hier auf das Gestüt. Er sah dem alten Lanzelot ähnlich wie ein Zwilling und kümmerte sich rührend um das kleine Hengstfohlen. Wir nannten ihn Artemis. Als die Zeit dafür gekommen war verließ er mit Lanzelot das Gestüt. Er ist aber nie mehr hierher zurückgekehrt. Nur Lanzelot kam immer mal wieder zurück. Wir vermuten deshalb, dass Artemis vielleicht von Dämonen getötet wurde."

Für einen kurzen Moment schwieg Lukas, so als müsse er nachdenken. Gleich darauf fuhr er jedoch fort:

„Aber um auf die ursprüngliche Geschichte zurückzukommen. Die Fee klärte Anne über die bevorstehende Rückkehr der Einhörner auf und bat sie, diesen magischen Fabeltieren auf ihrem Gestüt die Möglichkeit zu geben, wieder zur Erde zurück zu kehren, von der sie einst vertrieben wurden. Anne war sofort begeistert und stimmte zu und die Königin übergab ihr Lanzelot. Damit der unter den weißen Stuten nicht sofort ins Auge fiel, kaufte Anne kurzerhand einige junge schwarze Friesenstuten. Zwischen denen er, wie sie hoffte, nicht allzu sehr auffallen würde. Denn die Königin hatte ihr auch von der dunklen Macht erzählt und sie gewarnt, dass die Dämonen selbst Gewalt und Mord nicht scheuen würden, wenn sie dadurch verhindern konnten, dass die Einhörner zurückkehrten."

Lukas schwieg erneut einen Moment, bevor er mit rauer Stimme fortfuhr:

„Anne versuchte zwar die Gegenwart der Einhörner auf dem Gestüt so gut als möglich zu verbergen. Sich selbst sah sie hingegen nicht in Gefahr. Im folgenden Jahr kamen die ersten Einhörner zur Welt. Sie wurden überraschend schnell groß und verließen das Gestüt nach etwa drei Monaten als prächtige schneeweiße Tiere. Wohin sie zogen blieb ihr Geheimnis, keines ist jemals zurückgekehrt. Anne wusste zwar, dass sie geboren wurden um der Menschheit zu helfen, ihre Spiritualität zu erweitern und ihren Planeten zu retten. Wie sie das tun, darüber weiß man jedoch so gut wie nichts. Aber ihr geheimes Wirken trägt in manchen Bereichen bereits Früchte, wenn auch noch sehr kleine. Leider blieb das aber bei der dunklen Macht nicht unentdeckt."

„Da wundert es mich aber, dass die Einhörner, oder besser gesagt die trächtigen Stuten, von der dunklen Macht nur entführt und nicht sofort getötet wurden", meinte Julian nachdenklich. „Das wäre für die Dämonen doch die einfachste Lösung gewesen."

Sein Vater nickte nachdenklich:

„Darüber habe ich auch schon nachgedacht. Ich fürchte, die Dämonen haben etwas vor, bei dem ihnen die Einhörner lebend nützlicher sind als tot. Vielleicht wollen sie diese als Schutzschilde oder als Geiseln benutzen. Einhörner sehen dem eigenen Tod ohne Furcht entgegen, man kann aber nicht einschätzen, wie sie in einem Fall von Geiselnahme reagieren würden."

Er trommelte nervös mit den Fingern auf die Lehne des Sessels auf dem er saß. Nach einem Seufzer erhob er sich um im Zimmer auf und abzugehen. Schließlich sagte er:

„Leider ist das nicht das einzige rätselhafte, das mir den Schlaf raubt. Mir brennt auch die Sache mit dem Verräter auf der

Seele. Ich kann mir nicht vorstellen, dass es einer unserer Mitarbeiter ist. Ich habe sie schon zigmal durchleuchtet und ich würde schwören, dass keiner zu so einem Verrat imstande ist. Aber wer kommt sonst in Frage? Da wir seit Monaten keine Pferde verkauft haben, kommen auch keine als Käufer getarnte Fremden ins Gestüt. Und unsere Lieferanten kennen wir seit Jahren, von denen ist es auch keiner. So langsam bin ich am Ende mit meinem Latein. Andererseits liegt es mir natürlich sehr am Herzen unsere Stuten zurückzuholen und die jungen Einhörner nach Elfenland zu bringen, wo sie erst einmal in Sicherheit wären. Doch leider kann ich mich nicht zerteilen und Priorität hat die Sicherheit des Gestüts. Meine ganze Hoffnung liegt deshalb auf Lena und dir..."

Julian fuhr sich nervös mit der Hand durch die Haare und schaute seinen Vater zweifelnd an.

„Ich bin mir ganz und gar nicht sicher ob ich der Richtige für diese Aufgabe bin. Bisher hatte ich mit übernatürlichen Wesen wie Einhörnern oder Dämonen nichts zu tun. Noch nicht einmal einen Film gesehen oder ein Buch darüber gelesen. Deshalb frage ich mich ob du nicht die bessere Wahl wärst..."

„Nein!" sagte Lukas ungewohnt harsch. „Das geht einfach nicht. Solange ich den Verräter nicht kenne, kann ich das Gestüt nicht verlassen. Die Elfenkönigin hat mir diesbezüglich klare Anweisungen gegeben. Außerdem ist es ein persönliches Anliegen für mich, denn dieser Kerl ist schuld an Annes Tod."

So aufgewühlt hatte Julian seinen Vater noch nicht gesehen. Zum ersten Mal wurde ihm wirklich bewusst wie tragisch das alles für ihn war, und wie sehr er um seine große Liebe trauerte. Bisher hatte er ihn stets stark und besonnen erlebt und nicht geahnt, wie schwer es ihm fallen musste Stärke zu zeigen, obwohl ihm zum Weinen zumute war.

„Es tut mir leid" murmelte er zerknirscht „Ich hatte nicht bedacht…"

Er verstummte, weil ihm die Worte fehlten. Impulsiv umarmte er seinen Vater, dann schaute er ihm fest in die Augen.

„Du hast Recht, jeder von uns muss tun zu was er berufen ist. Ich werde dem Ruf folgen, sobald ich ihn vernehme. Tue du, was deine Berufung ist. Möge das Universum uns beistehen."

Eine Weile blieben beide stumm, jeder hing seinen Gedanken nach. Schließlich brach Julian das Schweigen:

„Was meinst du, ist es mir überhaupt möglich mich mit Lanzelot zu verständigen? Ich besitze nicht deine Fähigkeiten, und er ist schließlich ein Pferd…"

Lukas antwortete ihm, jetzt wieder geduldig:

„Er ist kein Pferd, Julian, auch wenn er äußerlich viel Ähnlichkeit mit einem Pferd aufweist. Einhörner sind noch nicht einmal Tiere, aber auch keine Menschen im Pferdekostüm. Sie sind himmlische Wesen, und als solche können sie zu uns sprechen. Um sie zu hören brauchst du aber deinen festen Glauben, dass das, was du hörst, wirklich ist. Du unterhältst dich mit ihnen über Gedanken. Das klingt vielleicht kompliziert, doch das ist es nicht. Schon nach kurzer Zeit hast du dich daran gewöhnt. Die Unfähigkeit, oder besser gesagt der Unwille der Menschen ihnen zuzuhören ist ja gerade das Problem der Einhörner, denn sie kommunizieren schon seit der Urzeit mit ihnen. Dass dies nicht mehr klappt, liegt nicht an den Einhörnern. Die Menschheit ist eine noch sehr junge Spezies, gemessen am Alter der Erde oder gar des Universums. Dementsprechend unwissend ist sie noch. Doch anstatt die Hilfe dankbar anzunehmen, die ihnen vom Universum angeboten wird, hören die Menschen lieber auf die falschen Versprechungen der dunklen Macht und führen zerstörerische Kriege gegen ihre Mitgeschöpfe und die Natur."

129

„Aber es sind doch gar nicht alle Menschen schlecht", warf Julian ein.

„Und immer mehr gehen für Tier-, Umwelt- und Klimaschutz oder für Menschenrechte auf die Straße."

„Ja, das stimmt und das gibt auch Hoffnung, dass doch noch Rettung für Erde und Menschheit möglich ist. Doch die dunkle Macht versucht nach wie vor alles, um Verderben über uns alle zu bringen. Deshalb muss sie endlich gestoppt werden. Dazu braucht es jedoch die Hilfe der Einhörner, denn ihr Horn ist eine Wunderwaffe. Es kann den eigentlich unzerstörbaren Brustpanzer der Dämonen durchdringen und sie töten. Das schafft keine andere Waffe. Höchstens noch das Schwert von Erzengel Michael. Aber der hat andere Aufgaben und kann die Übermacht an Dämonen allein auch nicht besiegen."

„Na, wenn das so ist wundere ich mich nicht mehr wieso die dunkle Macht die Einhörner unbedingt eliminieren möchte. Ich konnte mir überhaupt nicht vorstellen warum sie es ausgerechnet auf diese friedlichen Fabelwesen abgesehen haben."

Lukas lachte kurz auf. „Friedlich sind sie nur gegenüber Wesen, die ihnen freundlich gesinnt sind. Feinden gegenüber sind sie furchtlos und bekämpfen sie bis zum letzten Blutstropfen. Ein einzelnes Einhorn kann allerdings nicht viel ausrichten gegen die dunkle Macht, deshalb werden sie fast alle im gleichen Zeitraum geboren und finden sich dann an einem sicheren Ort zusammen. Dieser Ort ist Elfenland. Doch direkt hinter dessen Grenzen beginnt Niemandsland, auf das, wie der Name schon andeutet, niemand Anspruch hat. Auch das Land der Schatten grenzt an Niemandsland. Deshalb ist es der ideale Ort für den Krieg zwischen den Einhörnern und den Dämonen."

„Krieg? Du meinst, es wird einen richtigen Krieg geben? Wie muss ich mir das vorstellen? Eigentlich bin ich gegen jeden Krieg."

„Ja, ich weiß, ich bin ja selbst ein Kriegsgegner. Aber das ist kein Krieg wie wir es aus den Nachrichten kennen, sondern es geht darum das Böse, also die Dämonen, aus der Welt der Menschen zu vertreiben. Nur so kann die Menschheit vor den falschen Einflüsterungen der dunklen Macht bewahrt werden. Dann wäre sie wieder eher für die Ratschläge des Universums zugänglich."

„Wie läuft so ein Krieg zwischen Gut und Böse denn ab? Und wie groß ist die Gefahr, dabei umzukommen? Ich dachte eigentlich ich hätte noch mein ganzes Leben vor mir, wie man so schön sagt. Da bin ich mir aber jetzt nicht mehr so sicher…"

In dem Blick, den Julian seinem Vater zuwarf, konnte man Angst erkennen. Und noch etwas anderes: Misstrauen. Plötzlich brach es aus ihm heraus:

„Hast du mich deshalb eingeladen, das Gestüt zu besuchen? Damit ich für dich in den Krieg ziehe?"

Die Frage traf seinen Vater bis ins Mark, er wurde bleich wie ein Laken und es dauerte eine Weile, bis er sich so weit gefasst hatte zu antworten.

„Um Himmels Willen, Nein! Was denkst du von mir? Ich habe dich eingeladen, weil ich dich gerne mal wieder bei mir haben wollte. Ich hatte dich jahrelang nicht gesehen und freute mich, dass es endlich mal klappte. Zum Zeitpunkt meiner Einladung hatte ich noch keine Ahnung, wie sich das alles entwickeln würde. Dass du und Lena Auserwählte bist, erfuhr ich erst von der Elfenkönigin. Ich war strikt dagegen, dass ihr euch in Gefahr begebt. Doch sie machte mir unmissverständlich klar, dass ich keinen Einfluss darauf habe, da ihr dieser Aufgabe schon vor eurer Geburt zugestimmt habt. Das nennt man einen Seelenvertrag und den müssen wir erfüllen. Dafür sind wir auf die Erde gekommen."

Julian starrte ihn eine Weile schweigend an, dann ließ er resigniert die Schultern sinken. Leise, wie zu sich selbst, murmelte er.

„Seit ich hier bin habe ich schon so viele seltsame Dinge gehört, die ich vorher nie für möglich gehalten hätte, warum sollte ich also nicht glauben, dass ich einen Seelenvertrag darüber abgeschlossen habe mit Einhörnern gegen Dämonen zu kämpfen. Kannst du mir meine Anschuldigung vergeben? Es tut mir sehr leid, was ich dir unterstellt habe."

Schuldbewusst und hoffnungsvoll zugleich schaute er seinem Vater in die Augen. Der schloss ihn spontan in die Arme und sagte eindringlich:

„Glaube mir bitte, dass ich ohne zu zögern für dich und Lena in den Krieg gegen die Dämonen ziehen würde. Aber es liegt nicht in meiner Macht, eigenmächtige Entscheidungen zu treffen. Ich muss mich ebenso in mein Schicksal fügen wie ihr."

Nach einer kurzen Pause hatten sich beide wieder soweit gefangen, dass sie ihr Gespräch fortsetzen konnten.

„Welche Rolle spielt eigentlich Lanzelot im Krieg der Einhörner? Hat er eine besondere Aufgabe, kämpfen die Hengste überhaupt mit oder sind sie vom Kampf ausgeschlossen? Weil es doch nur so wenige gibt, meine ich."

„Die Hengste kämpfen natürlich mit, denn der Kampf liegt sozusagen in ihrer Natur. Es gibt mehrere Anführer unter ihnen, die besonders kriegserfahren sind. Lanzelot ist solch ein erfahrener Anführer, da er in den meisten seiner früheren Leben Kämpfe bestritten hat. Es gibt aber mehr kampferprobte Anführerinnen unter den Stuten, was jedoch kein Wunder ist, da sie ja stark in der Überzahl sind. Wichtig ist nur die Kampferfahrung, die ein Einhorn mitbringt. Es gibt allerdings auch nicht wenige die nie kämpfen, das sind diejenigen, die den

Menschen beratend zur Seite stehen. In Elfenland treffen sich im Moment jedoch nur Kampfeinhörner."

„Ich vermute mal stark Kassiopeia gehört auch dazu" meinte Julian mit einem Grinsen. „Sie war schon als Fohlen so resolut."

„Ja, sie ist sehr erfahren im Kampf", bestätigte Lukas.

„Warum hat sie sich dann ausgerechnet Lena ausgesucht? Die ist doch noch viel zu jung und um in einem Krieg mitzuwirken überhaupt nicht geeignet. Sie ist ja mit allem, was sich bisher abspielte, total überfordert."

„Ich denke, da irrst du dich in ihr" wiegelte Lukas nachdenklich ab.

„Aber du kennst sie noch nicht besonders gut. Ich kann hinter ihre Fassade aus Unsicherheit, Trauer und Selbstzweifel schauen, dahinter sehe ich eine junge Frau mit scharfem Verstand, eisernem Willen und Disziplin, die furchtlos jede Herausforderung annimmt. Lena braucht nur noch etwas Zeit, sich selbst zu erkennen."

Julians Mund stand bei dieser unerwarteten Beurteilung vor Erstaunen offen. Dann fiel ihm ein, dass sein Vater sehr gut in Menschen hineinschauen und ihr wahres Wesen erkennen konnte.

„Dann ist es also von Kassiopeia wohlüberlegt mit Lena in den Krieg zu ziehen" brummelte er noch immer ungläubig. Sein Vater nickte bestätigend.

„Die Beiden sind ein ausgezeichnetes Team, das haben sie schon in vielen Leben und Kriegen bewiesen."

„Ist es bei mir und Lanzelot ebenso? Waren wir auch schon in früheren Leben ein Team? Ich habe Schwierigkeiten mir das vorzustellen, ich weiß noch nicht einmal wie er aussieht, weil ich ihn bisher nie zu Gesicht bekommen habe. Wenn ich schon Kriege mit ihm bestritten hätte, müsste ich mich nicht zumindest ein kleines bisschen daran erinnern?"

Er seufzte frustriert: „Anscheinend hast du mir überhaupt nichts von deinen Gaben vererbt."

Sein Vater lächelte nun beruhigend, bevor er geduldig meinte: „Ich kann deine Aufregung und Frust gut verstehen. Aber glaube mir, ohne diese >Gaben< lebt es sich leichter. Ich würde gerne darauf verzichten. Ich wurde gleich, als ich auf das Gestüt kam, mit meiner Jahrtausende währenden Verbindung zu den Einhörnern konfrontiert. Ich habe es schließlich akzeptiert, so wie du es auch irgendwann akzeptieren wirst."

Er zögerte kurz, dann gab er sich einen Ruck und gestand: „Da gibt es noch etwas, dass ich dir mitteilen muss. Eigentlich war ich immer der menschliche Partner von Lanzelot und du der von Artemis. Da der aber leider auf mysteriöse Weise verschwand und ich hier nicht abkömmlich bin, befahl die Elfenkönigin, dass du und Lanzelot gemeinsam in diesen Krieg ziehst."

Er schaute Julian intensiv in die Augen bevor er etwas widerwillig erklärte:

„Ich habe dir ja gesagt, dass mir das alles auch nicht gefällt. Wir müssen uns jedoch beide der höheren Macht beugen. Du wirst also in Kürze Lanzelots Ruf vernehmen und diesem folgen. Dann wird dir sicher einiges wieder einfallen, was früher war. Mit Artemis wäre es sicher einfacher für dich, er könnte dir helfen, deine Erinnerung aufzufrischen."

Julian dachte einen Moment nach, dann meinte er resigniert: "Nun, wenn es halt nicht zu ändern ist. Aber wie komme ich zu Lanzelot, wenn er mich ruft? Hoffentlich nicht zu Fuß, denn ich kenne mich auf dem Gelände kaum aus. Oder holt er mich ab?"

„Er kann dich nicht abholen, weil er sich noch im Land der Schatten aufhält. Aber keine Angst, du musst nicht laufen. Im Stall wartet Marius darauf dich zu Lanzelot zu bringen. Ich hoffe du kannst ohne Sattel reiten, denn Marius ist ein wenig eigen, ließ sich noch nie satteln. Anne hat ihn vor einigen Monaten aus sehr schlechten Verhältnissen befreit, er war nur noch Haut und Knochen. Aus einer Ahnung heraus stellte sie ihn zu Lanzelot. Es war eine gute Entscheidung, denn die zwei verstanden sich prima und Marius erholte sich überraschend schnell. Seither sind die beiden dicke Freunde. Immer wenn Lanzelot auf das Gestüt zurückkehrt, gesellt er sich zu Marius und verbringt jede freie Minute mit ihm. Ich bin mir deshalb sicher, der alte Marius weiß wo er Lanzelot findet und wird dich zu ihm bringen."

Julian wälzte sich im Bett herum und drückte auf den Licht-knopf des Weckers. Es war kurz nach drei. Er seufzte leise, denn bisher hatte er noch kein Auge zugemacht. Obwohl er sich müde fühlte, wollte der Schlaf einfach nicht kommen. Das Gespräch mit seinem Vater kreiste durch seine Gedanken. Ein-hörner, Elfen, Dämonen und noch andere Gestalten, immer wieder sah er sie vor seinem geistigen Auge vorüberziehen. Würden sie so aussehen wie er sie sich vorstellte? Wollte er überhaupt auf sie treffen? Eigentlich nicht, gestand er sich ein, schon gar nicht auf die Dämonen.
Ein Frösteln überlief seinen Körper und er zog sich die Decke über die Schulter. Alles, was er am Abend gehört hatte, kam ihm wie ein verworrener Traum vor. Und je mehr er darüber nachdachte, desto sicherer wurde er sich, dass er gar nicht tun wollte, was man von ihm verlangte. Er spielte sogar kurz mit dem Gedanken einfach aufzustehen und nach Hause zu fahren, zurück in sein normales Leben.
Doch er lag noch immer hier im Bett und starrte die Zimmer-decke an, über die manchmal seltsame Lichterscheinungen liefen, ähnlich wie sie die Scheinwerfer von Autos projek-tierten. Was eigentlich nicht sein konnte, denn an seinem

Zimmer führte keine Straße vorbei. Sicher war es das Mondlicht, das durch das Fenster schien, grübelte er. Schließlich musste es doch eine natürliche Ursache für die Lichter geben. Genervt drehte er sich vom Rücken auf die Seite, schloss seine Augen und gähnte herzhaft. Er war so müde, da sollte ihn der Schlaf doch endlich übermannen, überlegte er träge. Er musste die Augen nur eisern geschlossen halten. Vielleicht half es ja Schäfchen zu zählen, das sollte ein altes Hausmittel gegen Schlaflosigkeit sein. Intensiv versuchte er sich einige Schafe vorzustellen. Stattdessen erschien aber plötzlich ein schwarzes Pferd vor seinem inneren Auge. Es drehte ihm den Kopf zu und sah ihn aus golden schimmernden Augen an. Und mitten auf seiner Stirn prangte ein langes, goldenes Horn.

„Zum Schafe zählen hast du heute keine Zeit, zum Schlafen auch nicht. Steh auf und zieh dich an, bevor der Morgen graut musst du das Land der Schatten erreicht haben."

Das schwarze Einhorn drehte sich um und galoppierte mit wehender Mähne davon.

Ohne nachzudenken sprang Julian aus dem Bett und zog in Windeseile seine Kleidung an. Die Grübeleien, die ihn die halbe Nacht wachgehalten hatten, waren wie weggewischt. Ebenso der Gedanke nach Hause zu fahren. Lanzelot hatte ihn gerufen und er würde ihm folgen. Er öffnete die Zimmertür und schloss sie leise hinter sich, er wollte seinen Vater, der im Zimmer nebenan schlief, nicht aufwecken.

Als er aus der Haustür trat sah er vor dem Gartentor eine große schattenhafte Gestalt stehen, die sich als Marius entpuppte. Der alte Hengst hob den Kopf und schnaubte, als er ihn sah. Er trug weder Sattel noch Zaumzeug, wie Julian erkannte. Hoffentlich kann ich ihn so reiten, dachte er mit gemischten Gefühlen. Er hatte schon sehr lange kein ungesatteltes Pferd mehr geritten. Zuletzt als er noch ein Junge war und es war ein Pony gewesen.

„Reiten verlernt man nicht", hörte er eine Stimme. Sie konnte nur zu Marius gehören, der nun drängte: „Beeile dich etwas, damit wir pünktlich ankommen."

Ohne weiter darüber nachzudenken wieso er plötzlich ein Pferd reden hören konnte lief Julian los und sprang zuerst über das niedrige Gartentor, und dann mit einem verwegenen Satz auf den Rücken des Pferdes.

„Na, dann leg los" brummte er entschlossen und griff schnell in Marius' Mähne, als der aus dem Stand los galoppierte. Seine Hufe waren nicht beschlagen und gaben nur dumpfe Geräusche ab, als er den Weg entlang und durch das offene Tor stob. Julian klammerte sich an seiner dichten Mähne fest und versuchte das Gleichgewicht zu halten. Doch schon nach ein paar Minuten saß er so sicher auf dem Pferderücken, als wären er und Marius ein alteingespieltes Team. Seine Müdigkeit war wie weggeblasen, genauso wie die schweren Gedanken, die ihn geplagt hatten. Er stieß einen triumphierenden Schrei aus, in den Marius mit lautem Wiehern einfiel, während sie ihrem Ziel entgegen preschten.

Es war noch dunkel als Marius langsamer wurde und dann stehen blieb. Er atmete laut, der rasante Lauf mit einem Reiter auf seinem Rücken hatte ihn sichtlich angestrengt. Julius sprang ab und stellte sich besorgt neben ihn. Eigentlich hätte er den alten Hengst gerne abgehört, aber in der Eile hatte er nicht einmal daran gedacht, seine Notfalltasche mitzunehmen.

„Geht es dir gut?", fragte er und war sich gar nicht bewusst, dass er es für ganz selbstverständlich hielt, dass Marius ihm antwortete. Der gab ein Schnauben von sich bevor er sprach:

„Geht schon, ja. Bin bloß schon lange nicht mehr so weit und schnell gelaufen. Aber wir sind noch rechtzeitig an unserem Ziel angekommen, bevor der Morgen graut. Jetzt müssen wir nur noch den getarnten Eingang finden und den Wächter überlisten. Die Kreaturen der dunklen Macht sind jede Nacht unterwegs, um Unheil zu verbreiten, erst kurz nach dem Morgengrauen kommen sie zurück um zu schlafen. Bis sie erscheinen müssen wir im Land der Schatten sein, dann haben wir den ganzen Tag zur Verfügung Lanzelot zu finden. Also komm, versuchen wir unser Glück."

Julian hätte ja gerne mehr erfahren, vor allem, wie zum Teufel sie den Wächter überlisten sollten. Falls Marius diesbezüglich einen Plan hatte, dann behielt er ihn für sich. Was Julian etwas ärgerte, schließlich war er hierhergekommen, weil er Lanzelot unterstützen sollte, Marius hingegen nur...

„Sei vorsichtig mit deinen Gedanken!" hörte er den Hengst in seinem Kopf. „Ich bin nicht nur ein dummes Pferd das dich hergebracht hat, sondern ein guter Freund von Lanzelot. Ich sage dir was wir tun, sobald ich mir die Situation angesehen habe. Wie ich schon sagte müssen wir den Wächter in die Irre führen. Keinesfalls darf er verletzt oder getötet werden, dann wüsste die ganze Schar der dunklen Macht das etwas nicht stimmt, das würde unseren Plan zunichtemachen, bevor wir angefangen haben."

Beschämt murmelte Julian eine Entschuldigung doch Marius prustete nur verhalten.

„Mach dich nicht verrückt", meinte er dann. „Ich bin nicht so empfindlich. Aber bleib mal stehen und sei leise..."

Marius blieb im tiefen Schatten eines Buschwerks stehen und verschmolz ganz mit der Dunkelheit. Julian trat neben ihn, er zog sich vorsorglich die Kapuze seines dunklen Sweaters über den Kopf, um seine hellen Haare zu verbergen. Angestrengt blickte er in die Richtung, in die der Hengst neben ihm schaute. Zuerst entdeckte er nichts, dann erkannte er eine Gestalt, die langsam hin und herlief. Dabei hielt sie immer wieder nach allen Seiten Ausschau.

„Wie sollen wir an dem vorbeikommen?" wisperte er in Marius' Ohr und schaute ihn ratlos von der Seite an. Der gab ein leises grunzendes Geräusch von sich ehe er antwortete:

„Ich habe schon einen Plan, der hoffentlich gelingt. Also pass gut auf. Du gehst langsam zu den hohen Büschen dort unten und hältst dich möglichst im Schatten der Sträucher. Glücklicherweise ist der Mond heute Nacht von vielen Wolken verdeckt, das hilft dir ungesehen bis zu dem Tor zu kommen, das der Kerl bewacht."

„Und was machst du? Wirst du nicht mitkommen?"

Unsicher schaute er Marius an. Dass er allein ins Land der Schatten gehen sollte, damit hatte er nicht gerechnet. Doch der Hengst brummte beruhigend:

„Ich lass dich nicht alleine, keine Angst. Ich will diese Kreatur nur von hier weglocken, damit du ungesehen das Tor passieren kannst. Dahinter wartest du auf mich..."

Julian sah ihn skeptisch an, er wollte weder neugierig noch misstrauisch wirken, doch dann platzte er heraus:

„Wie willst du den Wächter denn ablenken, ist das nicht zu gefährlich?"

„Das ganze Leben besteht aus Gefahren", bekam er die gleichmütige Antwort. „Ich erkläre es dir kurz, denn die Zeit wird langsam knapp. Wenn wir es heute nicht schaffen hineinzukommen, verlieren wir einen ganzen Tag. Also, ich habe am Geruch erkannt, dass der Wächter ein Ghoul ist. Die stinken nach Aas, weil sie sich meist von Aas ernähren. Ich werde also auf ihn zu torkeln und so tun, als wäre mein letztes Stündlein nicht mehr fern. Er wird sofort seine Aufgabe vergessen und mich verfolgen. Denn frisches Fleisch ist eine Delikatesse für Kreaturen wie ihn, die sie so gut wie nie bekommen. Er wird mich verfolgen aber natürlich passe ich auf, dass er mir nicht zu nahekommt. Während er hinter mir herläuft, gehst du durch das

Tor und versteckst dich hinter den Büschen. Sobald ich den Kerl weit genug von hier fortgelockt habe, galoppiere ich den Weg zurück und durch das Tor. Bis er wieder zurückgelaufen ist, sind wir schon drin und können uns in Ruhe ein Versteck suchen."

Er schaute Julian an, als erwartete er dessen Zustimmung.

„Ja gut, dann machen wir das so", kam dessen Antwort etwas schleppend. Dann holte er tief Luft.

„Ein besserer Plan wird uns wohl auf die Schnelle nicht einfallen. Meinst du, du bist schnell genug, um dieser Kreatur zu entwischen? Ich will nicht, dass dir etwas zustößt."

„Keine Angst, es besteht keine Gefahr, dass er mir nur in die Nähe kommt. Ghoule sind ziemlich träge, was von dem fauligen Fleisch kommt, das sie fressen. Da fällt mir ein: Hast du ein Messer bei dir?"

„Äh ja, ein Taschenmesser. Warum fragst du?"

„Weil du mir damit einen Schnitt zufügen musst. Damit der Kerl mein Blut riecht. Der Geruch von Blut wird ihn alles andere vergessen lassen und er wird mir nachlaufen. Also bitte ein Schnitt der schön blutet, aber für mich nicht hinderlich ist. Du bist Tierarzt und wirst wissen wo du mich schneiden musst."

Nach kurzem Zaudern entschloss sich Julian einfach zu tun, was Marius von ihm verlangte. Obwohl es ihm widerstrebte, klappte er sein Taschenmesser auf und setzte die Spitze der Klinge an den Hals des Hengstes, dort wo die Schlagader war. Entschlossen stieß er zu und sofort lief ein kleiner Strahl Blut aus dem kleinen Loch. Marius rührte sich nicht, nur ein Muskel an seiner Schulter zitterte kurz.

„Ist gleich vorbei", murmelte Julian beruhigend und beobachtete, wie das Blut floss.

„Das dürfte reichen", meinte er dann und drückte die kleine

Wunde mit dem Finger ab. Dann verteilte er das Blut, indem er es mit der Hand über den Pferdehals verteilte.

„So riecht der Kerl es besser und denkt, du bist schwer verwundet."

„Gut. Ich danke dir. Wir treffen uns in ein paar Minuten im Land der Schatten."

Marius verließ den Schutz der Büsche, die ihnen Deckung gaben und lief langsam in Richtung des Tores.

„Geh los!" ermahnte er Julian noch, dann begann er zu humpeln und wankte mit tief gesenktem Kopf über die Wiese. Als hätte er nur darauf gewartet, trat der Mond aus der Wolkendecke hervor und hüllte ihn in mattes Licht.

Sich dicht im Schatten der Büsche haltend lief Julian langsam in Richtung des Tores. Dann waren die Büsche zu Ende und er musste etwa zwanzig Meter über eine Wiese laufen bis er in den Schatten der Bäume eintauchen konnte. Zuvor wollte er sich jedoch vergewissern, ob Marius' Plan aufging und der Wächter ihn tatsächlich verfolgte. Durch eine Lücke in den Büschen hatte er eine gute Sicht auf Marius.

Die Kreatur hatte ihn längst entdeckt und schlich sich immer näher an ihn heran. Dabei witterte sie immer wieder in die Luft, der Blutgeruch lockte sie an.

„Verdammt, lass den Kerl nicht gar zu nahe an dich heran", murmelte Julian beschwörend als er sah, dass der Zombie mit seltsam ruckartigen Bewegungen auf das scheinbar verwundete Pferd zulief. Doch anstatt zu fliehen, ließ sich Marius plötzlich zu Boden fallen und schlug mit den Hufen in die Luft.

„Was machst du, Himmel noch mal?!"

Er musste sich beherrschen es nicht herauszuschreien. Dann endlich, als der Wächter schon fast bei ihm war, sprang Marius auf und brachte sich mit einem mächtigen Satz aus der Gefahrenzone. Dann lief er, jetzt wieder torkelnd, vor seinem

Verfolger davon. Der Zombie hatte im wahrsten Sinn des Wortes Blut geleckt und eilte hinter ihm her. Dass der Abstand zu seinem vermeintlichen Opfer stetig größer wurde, schien er in seinem Blutrausch nicht zu bemerken.

Jetzt endlich konnte Julian aufatmen und machte sich eilig wieder auf den Weg. Zügig überquerte er die Wiese und taucht dann in den tiefen Schatten der hohen Bäume ein. Bis zu der Stelle, wo er das Tor vermutete, war es nicht mehr weit. Nachdem er sich vergewissert hatte, dass dort kein weiterer Wächter war, lief er schnell darauf zu. Eine letzte Hürde lag noch vor ihm, mit einem Stoßgebet auf den Lippen trat er zwischen den Bäumen hervor.

Vor sich sah er einen unwirtlich wirkenden Platz, den er unschwer als den Aufenthaltsort des Wächters erkannte. Ein fauliger Gestank hing schwer in der Luft und als er sich vorsichtig umsah entdeckte er abgenagte Knochen, die achtlos in der Gegend verstreut lagen. Sie waren von größeren Tieren und an einigen hingen noch Haut- und Fellfetzen. Er hätte sie gerne näher betrachtet, besonders die Zahnabdrücke interessierten ihn, die teilweise tiefe Löcher in den Knochen hinterlassen hatten. Was viel über die Beisskraft dieser Kreaturen aussagte. Doch er hatte keine Zeit, er musste das Tor finden.

Angestrengt blickte er in die Finsternis, konnte aber nur einen unscheinbaren Trampelpfad entdecken, der ins Nirgendwo zu führen schien. Von einem Tor gab es keine Spur, also lief er den Pfad entlang in der Hoffnung, er würde ihn an das Tor führen. Was ihm jedoch plötzlich den Weg versperrte war eine alte Mauer, vor der er irritiert stehen blieb. Sie war sehr hoch und bestand aus Natursteinen die so verwittert und mit Efeu und sonstigen Pflanzen bewachsen waren, dass man sie erst sah, wenn man genau davorstand. Kurz kam ihm Lena in den Sinn, die von solch einer Mauer erzählt hatte. Es gab sie also wirklich.

Dahinter vermutete er das Land der Schatten, doch wie sollte er ohne ein Tor hineinkommen?

Ratlos lief er an der Mauer entlang, irgendwo musste sich doch eine Öffnung befinden, durch die man hineinkam. Was sonst hätte der Wächter bewachen sollen? Julian tastete sich an den Steinen entlang, da griff er plötzlich ins Leere. Freude durchzuckte ihn als er erkannte, dass er den Eingang endlich gefunden hatte. Er war sehr gut hinter langen, stacheligen Brombeerranken verborgen, die auf den ersten Blick undurchdringlich wirkten. Jetzt war er froh, dass er den Sweater übergezogen hatte, dessen fester Stoff und Kapuze ihn weitgehend vor den Dornen schützen würden.

„Dicke Arbeitshandschuhe wären auch nicht schlecht", murmelte er zu sich selbst, doch die hatte er nicht dabei. Also musste er halt besonders aufpassen. Er seufzte, für einen Tierarzt war es wichtig, unverletzte Finger zu haben. Aber vielleicht gab es ihm ein wenig Schutz, wenn er sich die Bündchen der Ärmel soweit als möglich über die Hände zog. Sobald das erledigt war machte er sich daran die Ranken zu teilen, wozu er nicht nur seine Arme, sondern auch die Ellenbogen und Schultern benutzte. Es ging einfacher, als er befürchtet hatte, er kam zügig voran.

Plötzlich hörte er Geräusche hinter sich, erschrocken drehte er sich um und erkannte Marius, der sich ebenfalls durch das Brombeergestrüpp kämpfte.

„Kannst du die Ranken etwas für mich zur Seite halten, bitte. Sie bleiben in meiner Mähne hängen und das ziept ganz eklig." Wortlos versuchte Julian sein Bestes der Bitte des Hengstes nachzukommen. Obwohl er sich dabei selbst die Hände zerkratzte. Er war froh, dass Marius es ebenfalls geschafft hatte das Tor zu durchqueren. Es wurde allmählich heller, der Eingang würde sich sicher bald verschließen und er fragte sich, ob es die

Dämonen der dunklen Macht das Tor ebenfalls schon passiert hätten. Waren sie ihnen am Ende schon dicht auf den Fersen? Alarmiert durch seine Gedanken fragte er Marius:

„Was meinst du, müssen sich die Dämonen ebenfalls durch die Brombeerranken arbeiten? Bemerken sie dann nicht sofort, dass sich Eindringlinge in ihrem Land befinden? Bestimmt können sie uns doch riechen, oder?"

Doch der alte Hengst schien sorglos.

„Beruhige dich", meinte er. „Die zwängen sich bestimmt nicht durch die kratzigen Büsche. Nein, sie haben sich unter den Büschen durch einen Tunnel gegraben, durch den sie durch-kriechen. Vermutlich führt er bis zu ihren Schlafhöhlen. Ob sie so gute Nasen haben, dass sie uns riechen können, weiß ich nicht. Vermutlich verlassen sie sich ganz darauf, dass ihre Kreaturen ihnen alles vom Hals halten. Und nein, der Wächter wird ihnen ganz bestimmt nicht verraten, dass er das Tor im Stich gelassen hat um hinter mir herzurennen."

Er brummte amüsiert als er Julians verblüffte Gesichtszüge sah und fügte hinzu:

„So, das Schlimmste haben wir erst einmal hinter uns. Jetzt müssen wir bloß noch einen guten Unterschlupf finden, der uns bis morgen früh sicheren Schutz vor Entdeckung bietet. Am besten machen wir uns gleich auf die Suche danach, ich bin müde und habe Hunger."

Ohne eine Antwort abzuwarten, stapfte er los. Sein hängender Kopf und die kleinen Staubwolken, die seine Hufe aufwirbel-ten, weil er sie kaum noch heben konnte, zeigten dem Tierarzt überdeutlich wie erschöpft der alte Hengst war. Er brauchte dringend Ruhe und kräftiges Futter, damit er sich erholte.

Deshalb fragte er ihn: „Willst du nicht etwas von dem Gras fres-sen, das hier doch überaus üppig wächst?"

Marius' Antwort war ein müdes Kopfschütteln, während er unbeirrt weitertrottete erklärte er:

„Nein, nicht dieses Gras hier. Es sieht zwar lecker aus, doch es riecht nach Tod. Die Dämonen haben aus Angst vor heimlichen Eindringlingen den äußeren Landstrich um ihr Reich vergiftet. Wir dürfen hier weder Wasser trinken, noch irgendeine Frucht essen. Selbst wenn wir uns ins Gras legen würden oder du dich auf einen Baumstumpf setzt, kann dich das krank machen oder sogar töten. Erst wenn wir weiter ins Landesinnere kommen, ist alles genießbar. Dann können wir unbesorgt essen und trinken."

„Vergiftet? Woher weißt du das? Wie lange müssen wir denn noch laufen, bis wir im ungefährlichen Landesinneren sind?", will Julian wissen. „Da sind wir vielleicht noch ewig unterwegs. Hältst du das überhaupt so lange durch?"

Besorgt sah er Marius von der Seite an. Doch der lachte nur wiehernd auf, sagte dann aber in dankbarem Tonfall:

„Schön, dass du dich um mich alten Gaul sorgst. Das tut meiner Seele gut. Du musst dir aber keine allzu großen Sorgen machen, ich bin zäher als es den Anschein hat. Zudem ist das Land der Schatten nicht besonders groß. Bis vor kurzem war es noch ein Teil von Elfenland, das sich die dunkle Macht einfach angeeignet hatte. Von hier aus kommen sie ungehindert in die Menschenwelt. Und hierher haben sie die gestohlenen Stuten verschleppt. Die Dämonen können hier ganz unbesorgt ihr Unwesen treiben, zumindest solange, bis sie von den Einhörnern vertrieben werden. Damit das bald geschehen kann, sind wir hier."

Julian fand besonders die Aussicht nicht tagelang hier herumirren zu müssen beruhigend. Es gab jedoch noch eine Menge anderer Fragen, die ihn beschäftigten. Marius wiegelte aber ab und vertröstete ihn auf später. Wenn sie einen sicheren

Unterschlupf gefunden hätten, meinte er, hätte er Zeit alles zu erzählen, was er über das Land der Schatten wusste.

Schweigend liefen sie den holprigen Weg entlang, der mit Steinen und Wurzeln übersät war. Immer öfter bemerkte Julian, dass der Hengst stolperte, was ihn beunruhigte. Schließlich fragte er ihn:

„Geht es dir gut, Marius? Du machst einen sehr erschöpften Eindruck. Hoffentlich finden wir bald einen Ort, wo wir uns erholen können."

Marius schaute ihn aus müden Augen an, sein Kopf schien ihm zu schwer zum Anheben zu sein und seine Unterlippe bebte. Alles Anzeichen von starker Erschöpfung. Wie alt mochte er wohl sein?

„Alt genug um diese Welt endlich zu verlassen" bekam er prompt Antwort. „Aber eine Weile muss ich noch aushalten um meine Aufgabe zu erfüllen. Eher kann ich nicht gehen."

Er schnaufte laut und röchelnd, dann sprach er weiter.

„Es ist nicht mehr weit, ich erkenne die Gegend wieder. Noch ein paar Minuten Fußmarsch, dann kommen wir an eine gut getarnte Höhle. Dort sind wir sicher, es gibt eine kleine Quelle mit reinem Wasser und saftiges Gras. Da erhole ich mich schnell. Für dich finden wir auch etwas Essbares, wenn nicht, kannst du gerne von meinem Gras etwas abhaben."

Er quittierte seinen Witz mit einem kurzen Wiehern.

„Also komm schon, wir wollen nicht noch mehr Zeit vergeuden."

Marius sollte recht behalten, nach einer Weile veränderte sich die Landschaft. Statt verdorrtem Gestrüpp wuchsen plötzlich grüne Büsche, einige trugen sogar Früchte. Eine Wiese, auf der Blumen blühten, erstreckte sich bis zu einer Felswand, die fast senkrecht in die Höhe wuchs. Die düsteren Wolken, die sie die ganze Zeit begleitet hatten, waren blauem Himmel und wärmenden Sonnenstrahlen gewichen. Erst jetzt wurde es Julian bewusst, wie trüb und ungemütlich es während ihres Weges hierher gewesen war. Durch seine Grübeleien und die Sorgen um Marius war es ihm gar nicht aufgefallen.

Der alte Hengst stand schon mitten in der Wiese und rupfte das saftige Gras. Als er den Kopf hob, hing ein großes Büschel aus seinem Maul.

„Mmh, herrlich saftig und ganz zart", schwärmte er kauend. Seine Lebensgeister schienen auf einen Schlag zurückgekehrt zu sein. Mit dem Kopf deutete er auf einen Baum, inmitten der Wiese, dann rief er Julian zu: „Dort, ein Apfelbaum! Da kannst du dich sattessen. Bring mir einen Apfel mit, wenn du zurückkommst."

Sogleich senkte er den Kopf wieder in das saftig grüne Gras.

Es hingen so viele Äpfel an dem Baum, dass seine Äste fast brachen. Groß und rotbäckig glänzten sie in der Sonne. Normalerweise zog Julian deftige Mahlzeiten Obst vor, doch so hungrig wie er war, würden ihm die Äpfel sicher gut schmecken. Er pflückte einen vom Baum und biss hinein. Mmh, wirklich köstlich, er pflückte noch zwei weitere Äpfel und machte es sich damit im Gras bequem.

Welch ein herrliches Fleckchen Erde, dachte er, und schaute sich um. Dabei hatte er sich das Land der Schatten ganz anders vorgestellt, dunkel, kalt, nass und ungemütlich, so wie es auf dem Weg hierher gewesen war.

„Das liegt daran, dass die dunkle Macht diesen Landstrich besetzt hat. Er gehörte bis vor nicht allzu langer Zeit zu Feenland, das dort hinter der Felsenwand liegt."

Marius hatte eine dünne Schneise ins Gras gefressen, jetzt stand er noch immer kauend neben Julian.

„Kann ich den haben?" fragte er, während seine Nüstern begehrlich an dem Apfel schnupperten.

„Klar, nimm ihn dir, ich kann uns auch noch mehr holen, sie sind wirklich sehr lecker und saftig."

Er stand auf um nochmals zum Baum zu gehen. Mit drei weiteren Äpfeln kam er zurück und setzte sich wieder ins Gras. Der alte Hengst ließ sich neben ihm ins Gras sinken, wobei er leise ächzte.

„Ach, meine alten Knochen", stöhnte er, und machte den Hals lang, um sich noch einen Apfel zu nehmen. Nachdem er ihn geräuschvoll verzehrt hatte, erzählte er weiter.

„Die Dämonen haben diese Abtrennung erschaffen indem sie die Felsen aus der Erde wachsen ließen. So verschlossen sie das Tal und trennten diesen Landstrich vom restlichen Feenland ab. Dann brachten sie die gestohlenen Stuten hierher. Hier haben sie genug Futter und Wasser, können aber nicht weg, da die Felsen zu hoch sind, um sie zu überwinden."

„Und wie sollen wir sie dann von hier wegbringen?", wollte Julian wissen.

Er betrachtete die Felswand genauer und erkannte schnell, dass kein Pferd diese sich hoch auftürmenden Steinmassen überwinden konnte. Auch ein Mensch kam da sicher nur mit entsprechender Bergsteigerausrüstung hinauf. Und auf der anderen Seite sah die Felswand vermutlich ähnlich aus.

„Hast du eine Ahnung wie man die Stuten hierhergebracht hat? Und wo mögen sie sein", fragte er Marius.

Der antwortete trocken:

„Ich vermute sie sind auf demselben Weg hereingekommen, den auch wir genommen haben, nämlich durch das Tor. Aber heraus können sie halt nicht mehr, weil die Dämonen den vorderen Teil bewohnen. An denen gibt es kein Vorbeikommen. Ansonsten hätte Lanzelot sie längst herausgeführt."

„Lanzelot, an den habe ich gar nicht mehr gedacht. Wo er wohl ist? Meinst du, wir finden ihn?"

Er schaute sich nach allen Seiten um.

Der Hengst lachte wiehernd:

„Wenn Lanzelot nicht entdeckt werden will, dann findet ihn keiner. Ich vermute jedoch er ist bei den Stuten und Fohlen, um sie im Notfall zu verteidigen. Aber komm, wir müssen uns ein Versteck suchen. In der Felswand gibt es jede Menge Höhlen und Spalten, da finden wir bestimmt einen passenden Unterschlupf. Sobald Lanzelot auftaucht wird er uns in seinen Plan einweihen."

Tatsächlich war die Felswand löcherig wie ein Schweizer Käse, doch sie war noch viel höher und mächtiger als Julian es sich vom ersten Anblick her vorgestellt hatte. Jetzt, da sie direkt davorstanden sah es aus, als hätte ein Riese mit Felsbrocken um sich geworfen. Die Steine schienen wahllos verstreut, manche waren aufeinandergetürmt wie Bauklötze, andere lagen so weit voneinander entfernt, dass es eine breite Schneise dazwischen gab.

„Da muss es doch zumindest einen Pfad geben der ins Elfenland führt", war Julian überzeugt. „Wir müssen ihn nur finden. Dann könnte man versuchen hinüberzukommen."

Doch Marius widersprach:

„Wenn es den gäbe dann bräuchte Lanzelot vermutlich unsere Hilfe nicht. Diese Felswand ist unüberwindlich. Aber schau mal, da ist ein Spalt zwischen den Steinen der breit genug ist, dass ich durchkomme. Vielleicht ist das ja ein gutes Versteck für die Nacht."

Ohne eine Antwort abzuwarten, stapfte er über das Geröll und verschwand in dem Spalt.

Julian folgte ihm mit einem leisen Seufzer nach. Doch dann schaute er sich überrascht um. Das war kein düsteres Loch, wie er gemeint hatte. Nein, das sah eher aus wie eine Terrasse.

149

Ein lichtüberfluteter Platz, dahinter eine Höhle, die ihnen Schutz bieten würde. Marius trottete darauf zu und verschwand darin. Julian beeilte sich ihm nachzugehen und fand den alten Hengst inmitten der Höhle stehend.

Er drehte ihm den Kopf zu und meinte:

„Das ist doch ideal, oder was meinst du? Platz ist genug und trocken ist es auch. Schau mal diese ausgedehnte Sandkuhle, darin können wir beide schlafen. Sand ist weicher als felsiger Boden."

Er knickte etwas umständlich die Beine ein und ließ sich dann einfach in den feinen Sand plumpsen.

„Wunderbar, und warm ist er auch noch. Was braucht Pferd mehr" schwärmte er. Dann lies er sich auf die Seite fallen und schlief auf der Stelle ein.

Kapitel 10: Elfenland

Als Lena am Morgen erwachte fühlte sie sich wunderbar erholt. Sie dehnte sich wohlig, dann schlug sie die Decke zurück, um aufzustehen. Sie war allein in der Stube, stellte sie fest. Vermutlich war Kassiopeia nach draußen gegangen, um ihre Morgentoilette zu erledigen, ihr Strohbett war jedenfalls nicht beschmutzt.

„Gutes Einhorn", murmelte Lena lächelnd und griff auf den Hocker neben dem Bett, um ihre Kleider anzuziehen. Doch die waren nicht mehr da. Vielleicht hatte Martha sie mitgenommen, um sie zu waschen? Aber was sollte sie dann anziehen?

Sie schaute sich in der Stube um und entdeckte ein Bündel Kleider fein säuberlich zusammengelegt und aufeinandergestapelt auf dem Tisch. Mit gemischten Gefühlen ging sie darauf zu, um die Sachen zu betrachten.

„Na, der neuesten Mode entsprechen die nicht", murmelte sie. „Hoffentlich passen sie mir wenigstens."

Wenn alle Bewohner hier Marthas Größe hatten, war das sicher nicht der Fall. Doch als sie die Stücke auseinanderfaltete sah sie, dass sie ihr wahrscheinlich passen würden.

Auf dem Tisch lag auch noch ein Zettel, auf dem in altmodischer Schrift geschrieben stand: Das Badezimmer befindet sich hinter dem Vorhang. Sie schaute sich um, tatsächlich war da ein Vorhang, der sich farblich kaum von der Wand abhob. Dahinter befand sich die seltsamste Dusche die sie jemals gesehen hatte. Sie bestand aus einer flachen Wanne zum hineinstellen und einer Gießkanne, die mit einer Schnur an der Decke befestigt war. Am Ausgießer der Kanne war eine längere Schnur befestigt, an der man ziehen konnte, um vom Wasser berieselt zu werden. Auf einem Schemel an der Wand lagen weiche Tücher zum Abtrocknen, ein Waschlappen sowie ein kleines Stück duftende Seife.

Lena überlegte kurz, ob sie das Abenteuer Dusche wagen sollte und entschied sich dafür. Nachdem sie ihre Unterwäsche abgelegt hatte, stellte sie sich in die Wanne und zog beherzt an dem Strick. Doch zu ihrer Überraschung war das Wasser angenehm warm.

Nach der Dusche wickelte sie sich eines der Handtücher um den Körper und ging ins Zimmer zurück, um sich anzuziehen. Die Unterwäsche war für ihre Begriffe zu groß und statt einem BH gab es ein langes weiches Tuch, dass sie sich um die Brust wickelte und feststeckte. Die helle Bluse mit halblangen Ärmeln war aus robustem Leinen, ebenso der dunkle Hosenrock der ihr bis zu den Knien reichte. Wollsocken und Schuhe aus festem Leder rundeten ihr Outfit ab. Seltsamerweise fühlte sie sich in den Kleidern kein bisschen unwohl, eher war das Gegenteil der Fall. Ihr war, als hätte sie diese Sachen schon ihr Leben lang getragen.

„In all deinen vorherigen Leben hattest du immer ähnliche Kleidung wie diese an, nämlich die einer Kriegerin. Fehlen nur noch die Gürteltasche und das Kurzschwert. Das holen wir später beim Schmied ab."

Es war natürlich Kassiopeia, die das von der Tür her sagte. Sie kam herein, wobei sie den Kopf herunternehmen musste. Weil dieses Häuschen für ein so großes Pferd, oder besser gesagt Einhorn, nicht gebaut war. Erneut staunte Lena was aus dem Fohlen geworden war, mit dem sie gestern das Gestüt verlassen hatte.

„Wächst du immer noch weiter oder hast du deine volle Größe erreicht?" fragte sie neugierig, wobei sie ihre Gefährtin voller Bewunderung musterte. Kassiopeia stellte sich sofort in Pose und reckte stolz ihr Horn in die Höhe. Fast hätte sie dabei die alte Petroleumlampe aufgespießt, die an der Zimmerdecke hing. Spielerisch gab sie ihr einen Schubs.

„Gefalle ich dir?" wollte sie von Lena wissen, bevor sie weitersprach, ohne deren Antwort abzuwarten:

„Du warst immer sehr stolz auf mich. Wir waren aber auch ein tolles Team und wurden von allen geschätzt und bewundert, wenn wir in den Krieg gegen die dunkle Macht gezogen sind."

Als sie Lenas verwirrten Gesichtsausdruck sah, meinte sie: „Das hast du alles vergessen, aber bald wirst du dich wieder erinnern können. Bis du soweit fertig?" wechselte sie dann das Thema. „Draußen warten ein paar Leutchen auf uns. Wir müssen besprechen, wie wir weiter vorgehen."

Auf dem Versammlungsplatz ging es betriebsam her. Lena meinte zuerst es wäre eine Schulklasse dort zusammengekommen. Als sie näherkamen, drehten sich alle neugierig zu ihnen um. Mit der Bezeichnung Leutchen hatte Kassiopeia nicht unrecht gehabt, stellte Lena fest, denn keiner der Anwesenden war größer als ein sechs- oder siebenjähriges Schulkind. Die ihnen freundlich entgegensehenden Gesichter waren jedoch ausnahmslos die von Erwachsenen.

„Sind das Zwerge?" flüsterte Lena der Stute zu und die nickte. „Zwerge oder Gnome, so genau weiß ich es auch nicht. Hier leben einige Zwergwesen friedlich miteinander, dazu noch Elfen, Feen und Heinzelmännchen. Fast alles was du aus Märchenbüchern kennst ist hier vertreten. Bis auf die Feen sind alle klein. Du darfst sie aber nicht unterschätzen, es sind liebe und hilfsbereite Wesen die oft über erstaunliche Kräfte verfügen. Sie werden uns helfen, einen Weg ins Reich der Schatten zu finden."

Sie wurden überaus freundlich von den Zwergwesen begrüßt. Lena bekam einen Platz auf einem abgesägten Baumstumpf angeboten, auf den man eine Wolldecke gelegt hatte, damit sie es bequem hatte. Die herzliche Art der kleinen Leute trug schnell dazu bei, dass sie ihre Scheu vor ihnen verlor.

Da sich nichts weiter tat, als dass alle herumstanden oder -saßen und sich unterhielten, fragte sie das Einhorn, worauf sie denn warten würden.

„Na, auf die Königin der Feen und Elfen" bekam sie zur Antwort. „Aglaia hat im Elfenland das Sagen, alle hören auf ihre Worte. Sie wird jetzt bald kommen", meinte Kassiopeia mit einem Blick zum Himmel.

Lena folgte ihrem Blick, konnte aber nichts außer blauem Himmel mit einigen weißen Wölkchen sehen. Doch ehe sie etwas sagen konnte wurde sie aufgeklärt:

„Elfen und Feen sind Lichtwesen, sie lieben die Sonne. Aglaia verlässt ihren Palast erst wenn es ihr warm und sonnig genug ist. Ach schau, da kommt sie schon."

Das allgemeine Geplapper verstummte und alle schauten in eine Richtung, auch Lena. Erstaunt riss sie die Augen auf, als sie die Königin von Elfenland sah. Sie war sehr anmutig, groß, schlank und überirdisch schön. Begleitet wurde sie von acht wunderschönen jungen Frauen, die in zarte, durchsichtig scheinende Stoffe gekleidet waren, die ihre filigranen Körper umschmeichelten. Dazu trugen alle auf ihren Rücken durchscheinende Flügel, denen der Libellen ähnlich. Nur die Königin war flügellos, dafür überragte sie ihre Hofdamen um einiges, neben ihr sahen sie aus wie Kinder.

„Mach den Mund zu, das ziemt sich nicht", murmelte Kassiopeia neben Lena, dabei stieß sie ein glucksendes Geräusch aus, als verbeiße sie sich ein Lachen. Dann fuhr sie mit leiser Stimme fort:

„Sie ist schon eine imposante Erscheinung, unsere Königin Aglaia, findest du nicht auch? Wunderschön, sehr klug und gerecht."

„Warum ist sie so viel größer als ihre Begleiterinnen", wollte Lena wissen. Sie ließ dabei Aglaia nicht aus den Augen, denn sie war wirklich faszinierend in ihrer Anmut.

„Sie ist eine Fee, die anderen sind Elfen. Hier im Elfenland wohnen alle Wesen friedlich zusammen, obwohl sie völlig verschiedenen Völkern angehören. Da sie alle sehr viel kleiner als Menschen sind, wäre das Leben in der Menschenwelt zu gefährlich für sie. Besonders Zwerge und Heinzelmänner halten sich zwar oft in der Welt der Menschen auf, doch Menschen kommen nicht nach Elfenland, nur Besondere, so wie du. Deshalb lebten diese Wesen hier eigentlich immer sicher. Doch vor einiger Zeit ist eine Rotte Dämonen hier eingedrungen und hat einen Teil des Landes für sich beansprucht. Sie drohten mit Mord und Krieg, deshalb überließen die Bewohner ihnen schweren Herzens den Landstrich hinter den Bergen. Doch natürlich wollen sie ihn den Dämonen nicht für immer lassen. Deshalb sind heute die Bewohner von Elfenland zusammengekommen um zu beraten, was sie gegen die Invasoren tun können. Und da auch wir Einhörner betroffen sind, denn Elfenland ist auch unsere Heimat solange wir auf der Erde weilen, ist es für uns Ehrensache den Bewohnern beizustehen. Ich bin sozusagen Repräsentant für meine Artgenossen hier."

Inzwischen hatte die Königin inmitten ihrer Untertanen Platz genommen und die Versammlung wurde eröffnet. Es ging sehr diszipliniert zu, wer etwas zu sagen hatte trat vor, die anderen hörten schweigend zu. Danach begannen die Beratungsgespräche, die ziemlich lange dauerten. Für Lena waren sie langweilig, weil sie zu wenig über die Themen wusste und besonders, weil die Bewohner von Elfenland zwar Deutsch, aber in einem Dialekt redeten, den sie kaum verstand.

Kassiopeia beteiligte sich hingegen engagiert daran, zuvor hatte sie Lena versprochen, sie später umfassend aufzuklären.

Irgendwann war die Besprechung zu Ende, die Königin und ihre Hofdamen gingen zurück zum Palast, die meisten Bewohner suchten ihre Häuschen auf. Übrig blieb außer Lena und Kassiopeia ein Trupp Zwerge von kräftiger Statur. Sie sahen so aus wie man sich Zwerge allgemein vorstellte, wenn sie in Märchen beschrieben wurden. Nur Zipfelmützen trugen sie keine auf ihren Köpfen, dafür hatten alle lange Haare, die sie zu Zöpfen geflochten hatten.

„Die Zwerge führen uns zu dem Steinwall, den die dunkle Macht aufgetürmt hat, um das Stück Land dahinter abzugrenzen. Wie ich erfuhr halten sie dahinter die Stuten und Fohlen gefangen und Lanzelot wird bei ihnen vermutet. Sobald wir dort sind versuche ich mit ihm Kontakt aufzunehmen. Wir müssen eine Weile laufen bis wir den Steinwall erreicht haben, der Weg geht teilweise steil bergauf. Möchtest du zu Fuß gehen oder soll ich dich tragen? Du siehst müde aus."
Fragend sah sie Lena ins Gesicht.
„Nein, ich laufe", bekam sie energisch zur Antwort.
„Ich bin nicht müde, mir war nur langweilig, weil ich kaum etwas von dem verstanden habe was besprochen wurde. Beim Laufen werde ich sicher wieder munter werden."
Kassiopeia schien zufrieden über ihre Antwort und Lena fragte sich insgeheim, ob sie testen wollte, wie viel von der alten Kriegerin noch in ihr steckte. Deshalb meinte sie ernst:
„Du kannst dich auf mich verlassen Kassie, dass ich wieder so stark sein werde wie in meinem letzten Leben. Ich fühle wie die Kraft in meinen Körper zurückkehrt. Du und ich, wir werden gemeinsam diesen Krieg gewinnen."

Nach zwei Stunden, die sie zügig bergaufgegangen waren, machten sie Rast an einer kleinen Quelle, die aus dem Felsen sprudelte. Nachdem sich alle satt getrunken hatten, fanden sie ein gemütliches Plätzchen zum Ausruhen. Einige der Zwerge trugen Rucksäcke mit sich, die sie jetzt vom Rücken nahmen und auspackten. Sie enthielten lauter Köstlichkeiten, die sie untereinander verteilten. Auch Lena bekam eine großzügige Portion auf einem Holzbrett gereicht. Einer der Zwerge konnte sich in ihrer Sprache unterhalten, er erklärte ihr um welche Speisen es sich handelte, da sie die meisten davon noch nie gegessen hatte. Lena fiel auf, dass weder Fleisch noch Wurst dabei war, aber Käse, Butter und Wachteleier. Dazu gab es verschiedene kalte Pasteten aus mit Kräutern gewürzten Blatt- und Wurzelgemüsen und kleine Brote. Alles schmeckte Lena sehr gut, sie langte kräftig zu.

Während sie aß zupfte Kassiopeia in der Nähe an einem Hang saftige Wiesenkräuter und zarte Grashalme. Hin und wieder hob sie kauend den Kopf, um sich umzusehen, doch es war alles friedlich. Nur ein paar Insekten schwirrten über die Wiese. Bienen und Hummeln flogen emsig von Blüte zu Blüte um sie zu bestäuben, für ihre Dienste wurden sie mit Nektar und Pollen belohnt. Nachdem alle satt und ausgeruht waren machten sie sich wieder auf den Weg zum steilen Bergpfad hinauf. Hin und wieder schaute Lena zurück in das Tal, das weit unter ihnen lag. Sie fand es seltsam, dass es so hoch hinaufging, von unten hatte der Berg nicht annähernd so mächtig gewirkt.

„Wie weit geht es denn noch bergauf?" wollte sie von der Stute wissen, die neben ihr her trottete.

„Ich weiß es nicht, aber allzu weit dürfte es nicht mehr sein. Bis zur Bergspitze müssen wir auf jeden Fall nicht hochlaufen. Bist du erschöpft? Soll ich dich tragen?"

„Nein, danke, das ist nicht nötig. Ich wundere mich bloß, weil mir der Berg von unten gar nicht so hoch vorgekommen ist. Haben die Dämonen das wirklich alles erschaffen? Die Felsen, das Geröll..."

157

Kassiopeia schüttelte den Kopf:

„Nein, so etwas bringen die nicht fertig, das Gebirge ist schon immer da gewesen. Aber es gab hier bis vor kurzem ein wunderschönes Tal, das den Landstrich auf der anderen Gebirgsseite mit Elfenland verband. Er war schon immer unbewohnt, eine fast unberührte Naturlandschaft. Die Zwerge kamen ab und zu dorthin, um seltene Steine und Metalle aus dem Berg zu holen. Sie hatten dazu mehrere Stollen in den Berg gegraben. Eines Nachts war ein fürchterliches, lautes Geräusch zu hören, das lange anhielt. Am Morgen machten sich einige Mutige auf den Weg hierher und fanden diese Felsungetüme vor. Das Tal war verschwunden. Die Dämonen der dunklen Macht haben es irgendwie geschafft, man vermutet durch einen bösen Zauber, ein Erdbeben auszulösen, so dass die Bergspitze herabstürzte und das Tal verschüttete. Dadurch wurde Elfenland in zwei Teile getrennt. Dort auf die andere Seite kommt nun die Sonne nicht mehr hin, dort herrscht ständig Düsternis, deshalb nennen es die Zwerge das Reich der Schatten. Es ist plötzlich ein trübseliger, freudloser Landstrich geworden, genau wie es der dunklen Macht gefällt. Kein Ort, an dem man leben möchte."

„Und dort müssen die armen Stuten und ihre Einhorn Fohlen ausharren, wie schrecklich. Einhörner sind doch Lichtwesen und für die Pferde ist es sicher auch ein Ort des Grauens."

Voller Mitgefühl und Entsetzen schüttelte Lena den Kopf.

„Ich hoffe nur es dauert nicht mehr lange, dass wir sie alle befreien können."

Kassie schnaubte skeptisch.

„Sie zu befreien scheint mir der leichtere Teil unserer Mission zu sein. Denn zuerst müssen wir von hier auf die andere Seite kommen. Es gibt kein Tal mehr und auch keinen Weg über den Berg, den ein Pferd oder ein Einhorn überwinden kann. Die einzige Chance sind die Stollen der Zwerge. Sie führen sehr tief in den Berg hinein und einer sogar ganz hindurch. Die Zwerge nutzen ihn als Tunnel, wenn sie ihre Schätze in die Menschenwelt transportieren, um damit Handel zu treiben. Zu diesem Tunnel sind wir unterwegs...“

Lena unterbrach sie ganz aufgeregt:

„Was, es gibt einen Tunnel? Dann ist die Befreiung doch einfach. Oder haben die Dämonen ihn auch zugeschüttet?“

„Nein, sie haben ihn zum Glück nicht entdeckt, die Zwerge haben den Eingang gut getarnt. Das Problem ist der Tunnel ist dafür gegraben worden, um die Zwerge durchzuschleusen. Das heißt, er ist für Pferde und Einhörner zu niedrig. Wir können nicht hindurchkriechen, wie das vielleicht ein Mensch tun könnte, schon gar nicht ein paar hundert Meter weit...“

Die Euphorie, die Lena eben noch empfunden hatte, verflog und machte Enttäuschung Platz. Zaghaft fragte sie:

„Und wieso sind wir dann hierhergekommen?“

Sie überlegte einen Moment.

„Ich bin relativ klein und schlank, ich könnte es bestimmt schaffen ihn zu durchqueren. Aber was mache ich dann, wenn ich drüben bin? Das nützt den Stuten auch nichts.“

Nachdenklich nagte sie an ihrer Unterlippe.

„Wir sind mit den Zwergen hierhergekommen, weil die versuchen wollen den Stollen höher und breiter zu graben. Sie sind darin recht fix und können einige Tage fast ohne Pause durcharbeiten. Ich werde ihnen helfen, indem ich die Loren mit Erde und Steinen an langen Stricken aus dem Stollen ziehe. Aber natürlich wird es trotzdem einige Tage dauern, bis wir drüben angelangt sind. Derweil könntest du jedoch durch den Stollen gehen um Lanzelot Bescheid zu geben, was wir planen. Eigentlich tauschen wir uns per Telepathie aus, doch durch den Berg hindurch klappt es scheinbar nicht so gut. Oder er hat zu viel Stress und keine Zeit sich zu melden.“

Nachdem sie stundenlang bergaufgegangen waren, führte der Weg plötzlich bergab. Zuerst war Lena froh darüber, doch nach einer Weile bekam sie ziehende Schmerzen in den Schienbeinen, die sie tapfer vor Kassie zu verbergen suchte. Was ihr natürlich nicht gelang

„Setz dich auf meinen Rücken. Wie willst du durch den engen Tunnel kommen, wenn du Schmerzen hast", sagte die Stute in rigorosem Tonfall und blieb neben einem großen Stein stehen, von dem aus Lena auf ihren Rücken stieg.

Sofort überkam sie dabei das Gefühl mit dem Einhorn eins zu sein. In ihren Gedanken sah sie sich mit ihm über eine Wiese galoppieren.

„Das werden wir bald wieder tun, du und ich, so wie in unseren früheren Leben", hörte sie Kassie sagen und das Bild schwand aus ihrem Kopf. Dafür sah sie nun den schmalen Pfad vor sich, der bergab führte und vom Rücken des mächtigen Einhorns sehr steil wirkte.

„Keine Angst, ich bringe dich sicher nach unten", brummte die Stute beruhigend. „Ich bin trittsicher wie ein Esel."

Was sie mit einem kurzen Wiehern unterstrich.

„An deinen Fähigkeiten zweifle ich nicht, aber der Pfad sieht nicht vertrauenerweckend aus. Unverwundbar sind wir nicht zufällig?" wollte sie dann wissen, bekam jedoch ein verneinendes Brummen zur Antwort.

„Dachte ich mir schon", murmelte Lena „Das wäre ja zu schön gewesen."

Irgendwann war der Weg zu Ende und der ganze Trupp versammelte sich nach und nach vor der zerklüfteten Felswand, die vor ihnen aufragte.

„Und was tun wir jetzt?" fragte Lena „geht es hier nicht mehr weiter?"

„Irgendwo zwischen diesen Felsen befindet sich der Eingang in den Stollen. Er ist gut getarnt, aber die Zwerge führen uns hin. Hab noch ein wenig Geduld."

Kurz darauf formierten sich die Zwerge im Gänsemarsch und einer nach dem anderen verschwand hinter den Felsen. Kassiopeia wartete bis auch der letzte hinter den hohen Steinen verschwunden war, dann folgte sie mit Lena auf dem Rücken. Vorsichtig, mit gesenktem Kopf, setzte sie ihre Hufe zwischen die wild durcheinander liegenden Steine.

Lena wollte absteigen, damit sie es leichter hatte. Doch die Stute schüttelte nur den Kopf und setzte unbeirrt einen Huf vor den Anderen. Immer wieder versperrten hohe Felsen ihren Weg und mussten mühsam umgangen werden. Von den Zwergen war nichts mehr zu sehen, doch das Einhorn schien zu wissen, wohin sie gegangen waren. Und tatsächlich, als sie einen besonders schroffen Felsbrocken umrundet hatten, lag plötzlich der Eingang einer Höhle vor ihnen. Einer der Zwerge erwartete sie davor und ging ihnen dann mit einer Laterne in der Hand voraus in die Finsternis.

Im Inneren der Höhle war es so finster, dass sie Mühe hatten dem schwankenden Schein der Laterne zu folgen. Für Kassiopeia war es trotz des Leuchtens ihres Horns schwierig damit nicht irgendwo anzustoßen, vorsichtig hielt sie den Kopf gesenkt und lief nur langsam. Lena hätte ihr gerne geholfen, doch gab es keine Möglichkeit dazu. Dann endlich blieb der Zwerg stehen und hielt die Laterne so hoch, er reichte in die Höhe. In ihrem flackernden Schein war eine zerklüftete Wand zu erkennen, durch die es scheinbar kein Durchkommen gab. Doch dann machte der Zwerg ein paar Schritte nach links und war plötzlich verschwunden. Nur der matte Schein seiner Laterne war noch kurz sichtbar.

„Ach, endlich, da ist die Höhle" brummte Kassie erleichtert. Sie stupste Lena von hinten an, damit sie weiter ging.

Nach wenigen Schritten erschien aus dem Nichts plötzlich eine große Höhle vor ihnen, an deren Wänden einige Fackeln für ausreichend Helligkeit sorgten, so dass man Einzelheiten gut erkennen konnte. Erstaunt sah Lena sich um und erkannte Tische und Stühle, sowie einige Holztruhen. Fast sah es aus, als hätte sich hier jemand eine Wohnung eingerichtet.

Der Zwerg mit der Laterne stellte sich neben Kassiopeia und redete mit ihr in der Sprache, die Lena nicht verstand. Doch das Einhorn übersetzte ihr:

„Das war einmal der Aufenthaltsraum für die Zwerge, als sie noch an dem Tunnel gearbeitet hatten. Sie haben nach dessen Fertigstellung alles hier stehen gelassen, falls sie es einmal brauchen. Als hätten sie vorausgeahnt was geschehen wird. Dort hinter dem dunklen Vorhang haben sie ihre Betten stehen und sogar ein richtiges Badezimmer eingerichtet. Er sagte du kannst es gerne benutzen, wenn du möchtest."

Lena sah an sich herunter und dachte, ein erfrischendes Bad sei nicht schlecht. Ob es allerdings viel nutzte, wenn sie danach durch den engen Stollen kroch? Zuerst wollte sie sich alles ansehen, besonders den Tunnel. Kassie begleitete sie, als ein Zwerg sie zum Durchgang führte. Er lag hinter Felsbrocken und Steinen verborgen tief hinten in der Höhle. Außerdem lag ein großer Abbruchstein vor dem Eingang, der aussah als wäre er erst vor kurzem aus der Höhlendecke gebrochen.

„Wie soll ich denn in den Stollen hineinkommen, wenn der Fels davor liegt?"

Ratlos sah Lena von Kassie zu dem Zwerg. Doch der kletterte behände auf allen vieren über den Stein und gab ihr ein Zeichen, es ihm nachzutun. Unschlüssig schaute sie zu der Stute, doch die nickte aufmunternd.

„Dahinter ist die Öffnung zum Tunnel. Gut getarnt, damit kein Dämon ihn findet. Die Kerle sind zum Glück auch nicht sehr gelenkig, sie können weder gut klettern, noch sich tief bücken oder gar kriechen. Falls sie überhaupt ahnen würden, dass es einen Durchgang auf die andere Seite des Berges gibt, so könnten sie ihn nicht benutzen."

„Ist der Tunneleingang auf der anderen Seite ebenso mit Felsen getarnt?" wollte Lena wissen. „Dann gibt es sicher Schwierigkeiten die Stuten und Fohlen darüber zu bringen."

„Mach dir deshalb keine Gedanken, die Zwerge richten das Alles. Wenn es so weit ist, machen sie die Eingänge hüben und drüben frei. Und sobald das letzte Einhorn im Tunnel ist, verschließen sie den Durchgang komplett. Kein Dämon wird ihnen folgen können."

Lena fragte sich wie die kleinen Männlein das bewältigen wollten. Selbst große, kräftige Männer würden das ohne Maschinen nicht schaffen. Sie sprach ihre Zweifel jedoch nicht aus. Denn so überzeugt wie Kassie behauptete die Zwerge brächten das fertig, traute sie sich nicht, ihr zu widersprechen. Sie hatte jedoch wieder einmal vergessen, dass die Stute mühelos ihre Gedanken las.

„Das kannst du mir ruhig glauben, ich weiß, dass die Zwerge das können. Außerdem haben sie noch ein Ass im Ärmel. Aber ich will dich noch ein bisschen im Dunkeln tappen lassen. Wir gehen jetzt erst zurück in den Aufenthaltsraum und essen etwas. Dann wird es bald Zeit für dich den Tunnel zu durchqueren. Dabei wirst du sehen welche Hilfe den Zwergen zur Verfügung steht."

Sie sah Lena aus ihren blauen Augen betont unschuldig an, doch die konnte den Schalk darin erkennen.

Nach dem Essen verschwand Lena ins Badezimmer. Auch wenn sie bald wieder schmutzig sein würde, so wollte sie doch ein warmes Bad genießen. Das Wasser war bereits in den Holzzuber eingelassen in den sie gerade so hineinpasste, denn er war für die Größe von Zwergen gemacht. Neben dem Zuber stand ein Ofen und darauf ein großer Wasserkessel. Über einen eisernen Hahn konnte man das warme Wasser in den Zuber laufen lassen. Im Ofen war noch Glut, die das Badezimmer angenehm erwärmte. Denn in der großen Höhle war es ziemlich kalt.

Etwas widerwillig stieg sie wieder aus der Wanne um sich mit dem angewärmten Handtuch abzutrocknen. Auf einem Hocker entdeckte sie frische Kleidung, ähnlich der, die sie zuvor ausgezogen hatte und die in der Ecke lag. Mit einem Achselzucken zog sie sich an, es war genauso nutzlos über die Herkunft der Kleider nachzudenken wie über die vielen anderen Dinge, die sie sich nicht erklären konnte. Irgendwann würde ihr Kassie bestimmt erzählen was es mit den geheimnisvollen Vorkommnissen auf sich hatte.

Bevor sie das Bad verließ schaute sie in den kleinen Spiegel, der an der Wand hing. Das Gesicht, das ihr entgegenblickte, war nicht das Vertraute. Sie hatte sich verändert, stellte sie verwundert fest. Zwar war es immer noch ihr Gesicht, doch es wirkte gereifter. Das Gesicht einer jungen Frau, die um ihre Aufgabe wusste und gewillt war sie auszuführen. Sie war nicht mehr die verunsicherte 17-jährige, die sich von allem überfordert fühlte. Sie war erwachsen geworden. Wieder begleiteten sie das Einhorn und der Zwerg zum Stolleneingang. Es gab nicht mehr viel zu sagen, deshalb umarmte sie Kassiopeia nur stumm.

„Du musst mein Horn anfassen, das bringt dir Glück" sagte die Stute auffordernd und sie tat es. Sofort verspürte sie ein warmes Prickeln in der Hand, das wieder verschwand, sobald sie losließ.

„Jetzt geh' durch den Tunnel. Sobald du drüben bist wird dir dein Gefühl sagen was du tun musst."

Kassie schnaubte und trat einen Schritt zurück. Das Zeichen für Lena, sich auf den Weg zu machen.

Behände folgte sie dem Zwerg über den großen Felsen, nahm ihm die hingereichte Laterne aus der Hand und bedankte sich mit einem Lächeln. Dann trat sie durch den Felsspalt in den Tunnel ein. Er war größer als sie ihn sich vorgestellt hatte. Sie empfand Erleichterung darüber, denn sie musste nicht auf Händen und Knien hindurchkriechen, wie sie befürchtet hatte. Allerdings würde sie öfter gebückt gehen müssen, da die Decke uneben war und Steinbrocken und Wurzeln ihr sonst den Kopf verletzen könnten.

Wie lang der Tunnel war hatte ihr niemand genau sagen können, die Zwerge hatten eine Maßeinheit, die ihr unbekannt war. Kassiopeia hatte aber gemeint er sei etwa einen Kilometer lang. Das kam Lena sehr viel vor, doch die Stute erklärte ihr, dass er nicht gerade, sondern in vielen Windungen durch den Berg führte. Die Zwerge wollten ihn jedoch für die Einhörner begradigen, so dass er höchstens noch 200 Meter lang wäre.

Für Lena war das allerdings kein Trost, sie würde vermutlich mehrere Stunden bis zum anderen Ende brauchen, da sie nur langsam vorankäme. Das war zwar nicht sehr ermutigend, aber nun mal nicht zu ändern. Also lief sie einfach los, achtete darauf sich nicht den Kopf anzustoßen und rezitierte halblaut das Gedicht Die Glocke von Schiller, dass sie vor einiger Zeit für die Schule auswendig lernen musste. Es war ihr immer schwergefallen, sich die vielen Strophen zu merken. Deshalb hatte sie es sich zur Gewohnheit gemacht das Gedicht immer dann aufzusagen, wenn sie sich von etwas ablenken wollte, oder nicht einschlafen konnte. Jetzt musste es ihr helfen nicht daran zu denken, wann sie die beklemmende Enge endlich hinter sich lassen konnte.

Der Tunnel führte schon bald in vielen Biegungen um Felsen herum oder es ging bergab und bergauf. Da würden die Einhörner keinesfalls durchkommen.

Eine Begradigung war also unbedingt nötig. Wie die Zwerge das bewerkstelligen wollten war Lena ein Rätsel, doch zum Glück war es nicht ihr Problem.

Dann tauchte im Schein der Laterne neben Lena eine tiefe Einbuchtung auf. Neugierig blieb sie stehen und richtete den Lichtstrahl hinein. Doch sofort prallte sie zurück bis sie an die Wand stieß. In der Einbuchtung lag etwas Großes, etwas Lebendiges. Nun hörte sie auch ein Ächzen, dann ein Scharren. Es klang, als würde sich ein großes Tier bewegen.

Unschlüssig blieb sie mit dem Rücken an der Wand stehen. Egal, welches Tier dort in der Dunkelheit hauste, sie musste daran vorbei gehen. Es ist bestimmt nicht gefährlich, sagte sie zu sich selbst. Sonst hätten die Zwerge sie gewarnt. Warum hatte ihr niemand gesagt, dass in dem Tunnel ein Tier lebte? Doch im selben Moment fielen ihr Kassiopeias Worte wieder ein:

„Im Tunnel wirst du sehen, welche Hilfe den Zwergen zur Verfügung steht."

Eigentlich hatte sie sich eher eine Maschine vorgestellt und kein Tier, doch jetzt war sie neugierig geworden. Entschlossen stieß sie sich von der Wand ab und leuchtete mit ausgestrecktem Arm in die Nische. Ein tiefes Grunzen ertönte, dann sah sie zwei Paar leuchtende Augen, die sie aus einer unförmigen grauen Masse heraus anblickten. Was konnte das nur für ein Tier sein? Langsam ging sie ein paar Schritte weiter in die höhlenartige Nische hinein. Die Laterne hielt sie so, dass das Licht auf das Tier traf. Nein, auf die Tiere, denn es waren zwei, die neben-einanderstanden und zu ihr herblickten.

Auf den ersten Blick hätte sie auf Erdferkel getippt. Fahlgraue, fast haarlose Körper mit relativ schmalen aber langen Köpfen. Große fransige Ohren und lange, bewegliche Nasen, die in ihre Richtung witterten. Die Hinterbeine waren dick und stämmig,

die Vorderbeine jedoch schlanker und mit langen Krallen bewehrt. Der Unterschied zu Erdferkeln bestand aber hauptsächlich in der Größe und dem Umfang der Tiere, der sie eher an
junge Elefanten denken ließ.

Die Tiere schienen gern zu graben, denn der Boden unter ihnen
war furchig aufgewühlt. Außerdem lagen viele Steine herum,
die sie ausgegraben oder aus der Felswand gebrochen hatten.
Kein Zweifel, diese seltsamen Tiere waren die Helfer der
Zwerge, denen es bestimmt keine Mühe bereitete den Tunnel zu
begradigen.

Lena machte sich wieder auf ihren Weg und während sie sich
unermüdlich weiter durch den Tunnel kämpfte, dachte sie
darüber nach, was die kolossartigen Grabe-Helfer wohl fraßen.
Wer sie wohl versorgte und ob sie immer dort unter der Erde
lebten. Natürlich fand sie keine befriedigende Antwort darauf,
doch es lenkte sie zumindest davon ab darüber zu grübeln, was
sie wohl am anderen Ende des Tunnels erwartete. Die Glocke
weiter zu rezitieren hatte sie ebenfalls vergessen.

Kapitel 11: Marius

Einen Moment stand Julian unschlüssig da. Dann zuckte er die Schultern, ging auf den schlafenden Hengst zu und legte sich neben ihm in den Sand. Der fühlte sich wirklich überraschend gut an, stellte er fest und streckte sich wohlig aus.

„Ach, herrlich", murmelte er, während er mit der Hand in den Sand griff um ihn sich dann durch die Finger rieseln zu lassen. „Wie Urlaub am Meer."

„Ich war schon lange nicht mehr am Meer", brummte Marius schläfrig.

„Oh, entschuldige, ich wollte dich nicht wecken. Schlaf weiter, ich werde dich nicht mehr stören und werde mir einen anderen Platz suchen."

Er wollte aufstehen, doch Marius hob leicht den Kopf an.

„Nein, bleib hier, mir gefällt es, wenn du bei mir liegst. Außerdem habe ich nicht geschlafen, nur geruht."

„Ja, ja, und geschnarcht wie ein Walross" murmelte Julian lachend.

Was Marius mit einem indignierten Schnauben quittierte. Dann tat er beleidigt:

„Nur weiter so. Mit mir altem Gaul kann man es ja machen."

„Wie alt bist du denn?" wollte Julian wissen und bot an:

„Falls du es nicht weißt kann ich mir ja mal deine Zähne ansehen. Für mich als Tierarzt ist das kein Ding. Also?"

Doch Marius lehnte dankend ab.

„Ich weiß auch ohne Zahnkontrolle, dass meine beste Zeit längst vorbei ist. Und ich bin nicht unglücklich, wenn Pegasus vom Himmel kommt und mich mit sich nimmt."

„Pegasus? Gibt es den wirklich?"

Die Antwort interessierte Julian.

Denn eigentlich hätte er das geflügelte Pferd ins Reich der Sagen gesteckt.

Marius antwortete jedoch ganz ernst:

„Den gibt es genauso wie es Einhörner gibt. Alle Sagengestalten basieren auf realen Wesen. Genauso wie es Naturgeister wirklich gibt. Nur weil man sie noch nie gesehen hat, heißt das nicht, dass sie nicht existieren."

„Bei den Einhörnern hätte ich das auch nicht gedacht", murmelt Julian mehr zu sich selbst. „Doch ich wurde eines Besseren belehrt. Hast du gewusst, dass es sie gibt, bevor du auf das Gestüt kamst?"

Er drehte sich Marius ganz zu und sah direkt in dessen dunkle Augen. Die plötzlich einen unglücklichen Ausdruck annahmen. Hatte er etwas Falsches gesagt? überlegte er und runzelte die Stirn. Nein, eigentlich nicht.

Marius richtete sich mit dem Vorderkörper auf, er saß nun ähnlich da wie es ein Hund tat. Dann senkte er den Kopf leicht zu Julian herab.

„Greif mal mit der Hand unter meine Stirnmähne", forderte er ihn auf. Was der leicht zögernd tat. Seine Hand fuhr leicht über den Nasenrücken des Hengstes nach oben und schob sich unter die üppige dunkle Mähne. Er stockte als er ein Hindernis fühlte, das sich wie ein abgebrochenes Knochenstück anfühlte. Es stach aus Marius' Stirn heraus.

„Darf ich mal sehen?" fragte er und teilte schon mit den Fingern die Mähne ohne die Erlaubnis abzuwarten. Er konnte sich nicht vorstellen was da aus der Stirn des Hengstes ragte. Es sah auf den ersten Blick aus wie ein abgebrochener Röhrenknochen.

„Wie kommt denn dieser Knochen in deinen Kopf?" fragte er perplex. „Der ist ja richtig eingewachsen. Tut das nicht weh?"

„Nicht mehr", bekam er die Antwort. „Es ist auch kein Knochen. Es war einmal ein Horn, ein prächtiges Horn aus

169

Elfenbein. Mein ganzer Stolz. Dann hat man es mir abgeschlagen."

„Was meinst du mit Horn aus Elfenbein? Und wer hat es abgeschlagen?"

Julian wusste zuerst nicht was Marius meinte. Dann begriff er und seine Augen weiteten sich vor Erstaunen.

„Du bist ein Einhorn?! Und jemand hat dir dein Horn abgeschlagen?"

„Ich war ein Einhorn, ja. Jetzt bin ich nur noch ein alter Gaul, der hofft, dass sein elendes Leben bald beendet ist. Und der mir mein Horn abgeschlagen hat war nicht irgendjemand, sondern Faysal, der Herrscher der Dämonen. Er benutzte es als Waffe. Das Horn jedes Einhorns besitzt magische Kräfte. Es darf aber nur im Kampf gegen das Böse eingesetzt werden. Aber der Dämon entweihte es indem er damit tötete. Damit hat er ewige Schande über mich gebracht."

Marius ließ sich abrupt wieder zurück auf die Seite fallen. Seine Flanken bebten und er atmete so laut, dass Julian sich erneut Sorgen um ihn machte. Fieberhaft überlegte er wie er dem alten Hengst helfen könnte. So ganz ohne tierärztliche Hilfsmittel war das fast unmöglich. Normalerweise hätte er ihm ein paar Spritzen zur Beruhigung gegeben, aber sein Notfallkoffer war weit weg.

Zu seiner Erleichterung beruhigte sich Marius langsam wieder, er atmete freier und das Beben seiner Flanken ließ nach. Schließlich erhob er sich etwas schwerfällig, dann schüttelte er sich kräftig, so als wolle er alle Erinnerungen abschütteln. Er drehte den Kopf in Julians Richtung.

„Tut mir leid, ich wollte dich nicht mit meinem Unglück belasten. Ich sollte selbst auch endlich damit abschließen, nach all der Zeit..."

„Wie wäre es, wenn du dir alles einmal von der Seele redest?

Bei uns Menschen hilft das oftmals. Vielleicht auch bei einem Einhorn."

„Ich bin kein Einhorn mehr, nur noch ein Pferd und noch dazu ein altes."

„Nun, da trifft es sich doch gut, dass ich mich mit Pferden sehr gut auskenne, besonders mit alten. Wenn du also möchtest, dann erzähle mir deine Geschichte. Ich würde sie gerne hören. Zudem haben wir noch jede Menge Zeit bis morgen früh."

Marius schaute Julian forschend ins Gesicht und erkannte darin ehrliches Interesse. Er nickte schnaubend.

„Du hast Recht, vielleicht hilft es mir, wenn ich die ganze Geschichte einmal erzähle. Also, das war so:

Ich wurde vor mehr als zwanzig Jahren auf einem kleinen Pferdehof geboren, wo genau weiß ich nicht mehr, ist ja auch egal. Ich erinnere mich aber noch, dass es zwei alte Leutchen waren die den Hof betrieben. Die Beiden waren etwas schrullig und wurden von den Nachbarn als verschroben angesehen. Aber niemand ahnte, dass sie den Einhörnern halfen wieder in die Welt der Menschen zurückzukehren. Sie besaßen nur zwei weiße Stuten und diese brachten am selben Tag Lanzelot und mich zur Welt. Nicht den Lanzelot, mit dem wir uns hier treffen wollen, sondern seinen Vater - oder besser gesagt war es Lanzelot in seinem vorherigen Leben.

Jedes Einhorn wird, im Gegensatz zu euch Menschen, immer wieder als dasselbe Wesen geboren das es im vorherigen Leben war. Sozusagen, einmal Einhorn Hengst - immer Einhorn Hengst. Und jedes Einhorn bekommt nur einmal seinen Namen, den es bei jeder Reinkarnation wieder trägt.

Nun denn, Lanzelot und ich wuchsen gemeinsam auf, wir verließen auch gemeinsam unsere Geburtsstätte und machten uns auf den Weg ins Ungewisse. Wir wuchsen schnell heran, nach einem halben Jahr waren wir erwachsen, auch unsere

Hörner waren gut entwickelt. Wir waren zu stolzen Hengsten herangewachsen, pechschwarz und feurig und fieberten Beide unserem ersten Einsatz entgegen. Da wir Halbbrüder waren verstanden wir uns prächtig und nutzten die gemeinsame Zeit dazu, die Erinnerung an unsere früheren Leben aufzufrischen. Wie ich schon sagte bleiben wir, im Gegensatz zu euch Menschen die ihr immer in einem anderen Körper und Umfeld wiedergeboren werdet, stets dieselben. Derselbe Name, dasselbe Geschlecht und Aussehen und dazu die Erinnerung an sämtliche vorangegangene Leben.

„Kann ein Einhorn krank werden? Und was geschieht mit seinem Körper, wenn es verletzt oder getötet wird? Heilen Verletzungen von alleine aus oder benötigt es eine Wundversorgung?"

In Julian erwachte der Wissensdurst des Tierarztes.

Marius schnaubte unglücklich bevor er antwortete.

„Krank werden kann ein Einhorn nicht, verletzt oder getötet werden sehr wohl. An einer schweren Verletzung sterben wir oder sie heilt in kurzer Zeit. Wir altern nicht und sterben keines natürlichen Todes. Entweder werden wir getötet oder wir kehren irgendwann freiwillig in unsere himmlische Heimat zurück. In beiden Fällen löst sich unser Körper innerhalb kurzer Zeit vollständig auf, er vergeht wie Rauch im Wind. Wie lange wir hierbleiben hängt von der Aufgabe ab, wegen der wir zur Erde geschickt wurden. Ist sie ausgeführt kann man wieder in seine himmlische Heimat zurückkehren, oder auch noch auf der Erde verweilen. Das ist jedem freigestellt und wird meist in Anspruch genommen, wenn man seinen vertrauten Menschen noch ein Stück seines Lebens begleiten möchte. Das tun die meisten, denn eine einmal geschlossene Freundschaft zwischen Einhorn und Mensch ist quasi unauflösbar. Sobald dann der Mensch stirbt, geht das Einhorn gemeinsam mit ihm ins Licht."

„Was ist dir zugestoßen in deinem jetzigen Leben?" wollte Julian wissen. „Ich meine, was genau ist geschehen? Du musst aber nicht darüber sprechen, falls die Erinnerung dich zu sehr aufwühlt..."

„Nein, das ist schon okay. Jetzt habe ich damit angefangen zu erzählen, dann kann ich es auch bis zum Ende tun. Machen wir es uns bequem, es dauert etwas länger."

Etwas ungelenk ließ er sich wieder in der warmen Sandkuhle nieder, Julian tat es ihm nach und lehnte sich mit dem Rücken an einen großen Stein. Marius erzählte weiter:

„Lanzelot und ich durchstreiften die Gegend ganz nach unserem Gutdünken. Als Lichtwesen konnten wir zwischen der Menschenwelt und Elfenland hin und her wechseln, wie es uns gefiel. Dann vernahm Lanzelot den Ruf, er verabschiedete sich von mir und machte sich auf den Weg zum Gestüt Baldomar. Ich streifte fortan alleine umher, was mich jedoch bald langweilte. Ich hoffte ebenfalls bald den Ruf zu vernehmen, doch er kam nicht. Das ist nichts Ungewöhnliches, manche von uns werden früher berufen, andere später.

Einhörner lieben Wasser, ich war da keine Ausnahme. Deshalb ging ich öfter an den Strand, watete ins Meer und schwamm oft weit hinaus. Manchmal war die Strömung sehr stark, was mir gefiel, so dass ich ihr nachgab und mich treiben ließ. Doch eines Tages trieb ich so weit ab, dass ich an der Steilküste strandete. Dort konnte ich nicht an Land gehen, deshalb schwamm ich daran entlang in der Hoffnung, bald an ein Ufer zu gelangen, an dem ich aus dem Wasser steigen konnte. Als ich es endlich fand war es schon fast dunkel und ich wusste nicht genau, wo ich war. Das machte mir keine Sorgen, ich wollte mir irgendeinen Schlafplatz suchen und am nächsten Morgen weiter meines Weges ziehen. Ich fand auch schnell einen Platz der mir bequem schien und legte mich zum Schlafen nieder.

In der Nacht weckte mich plötzlich das untrügliche Gefühl von Gefahr. Ich blieb unbewegt liegen, suchte aber mit den Augen die Umgebung ab. Schwarze Schatten standen in einiger Entfernung, sie starrten zu mir her. Es waren keine Menschen, aber auch keine Elfen oder Zwerge. Ich konnte ihre Aura spüren, sie war trüb und schwach, so als seien diese Wesen dem Tod nahe. Ich konnte mich nicht erinnern jemals ähnlichen Kreaturen begegnet zu sein. Sie hatten aber eine menschenähnliche, recht klobige Gestalt und kamen mit ungelenken Bewegungen auf mich zu. Dann kam mir ihr Gestank in die Nase und er sagte mir, mit wem ich es zu tun hatte: Ghoule oder Zombies. Auf jeden Fall untote Kreaturen, die von den Dämonen erweckt und irgendwie am Leben gehalten wurden. Sie machten die Drecksarbeit für ihre Herren, die sie eliminierten, sobald sie ihnen nicht mehr nützlich waren.

Ich fürchtete sie nicht, denn sie waren zu langsam und zu schwerfällig um einem Einhorn gefährlich zu werden. Doch wo sich diese Wesen aufhielten waren meist ihre Herrscher, die Dämonen der dunklen Macht nicht weit.

Wie ich schon sagte hatte ich keine Angst vor den Kreaturen. Was mir jedoch nicht Behagte war, dass hinter meinem Rücken eine steile Felswand einige Meter in die Höhe ragte. Eigentlich hatte ich diesen Platz extra gewählt, dass ich nicht umzingelt werden konnte. Doch jetzt hinderte mich die Wand daran einfach zu fliehen. Die Kreaturen kamen in einer breiten Linie langsam auf mich zu und wie mir schien, wurden es immer mehr.

Es nutzte mir nichts mich im Nachhinein über meine Sorglosigkeit zu ärgern, ich musste schnellstens etwas unternehmen. Deshalb sprang ich unvermittelt auf und stürmte auf die Kerle zu in der Hoffnung, dass sie mir vor Schreck den Weg freimachten. Doch ich hatte übersehen, dass die Gehirne dieser

Kerle so verfault waren wie ihre Körper. Sie zeigten keinerlei Reaktion, sondern kamen unbeirrt in schwankendem Gang und mit ausgebreiteten Armen weiter auf mich zu.

Die ersten, die mir zu nahekamen, rannte ich einfach um. Doch aus der Dunkelheit kamen mir immer weitere entgegen. Es war eine ganze Armee an Zombies. Ich konnte mir jedoch keine Gedanken darüber machen wieso es so viele waren und woher sie kamen. Ich merkte nur schnell, dass ich ihren ausgebreiteten Armen und den Klauenfingern nicht entgehen konnte. Einfach aufgeben kam für mich jedoch auch nicht in Frage, deshalb erhob ich mich auf die Hinterbeine und schlug mit den Vorderbeinen nach ihnen. Es krachte widerlich, wenn meine Hufe einen Schädel zerschmetterten. Die getroffene Kreatur fiel dann wie ein Baumstamm um und zerfiel langsam.

Ein paar Kreaturen bekamen mich an meinen Beinen zu fassen und zerrten daran. Ich denke, es war ihr Hunger, der ihnen solche Kräfte verlieh, vergeblich versuchte ich mich zu befreien. Da setzte ich meine schärfste Waffe ein, mein Horn. Wahllos stieß ich es in jeden Leib der mir nahe kam. Es reichte aus, wenn ich es nur ein kleines Stück in das faulige Fleisch stach, schon zerfiel der Körper. Ich wusste nicht wie viele Kreaturen ich bereits getötet hatte, auf jeden Fall nicht genug, um mich befreien zu können. Schließlich fielen so viele über mich her, dass ich mich ihrer nicht mehr erwehren konnte. Ihre klauenartigen Finger gruben sich überall in mein Fell und rissen mich zu Boden. Dann warfen sie sich über mich und stimmten dabei ein Freudengeheul an, dass mir das Blut in den Adern gefrieren ließ. Stumpfe tote Augen starrten mich an, geöffnete Münder entblößten schwarze, aber spitze Zähne. Ich roch verwesendes stinkendes Fleisch und schloss meine Augen in der Erwartung, bei lebendigem Leib aufgefressen zu werden. Doch die Bisse blieben aus.

Plötzlich erklangen scharfe zischende Laute, gefolgt von jaulendem Schmerzensgeheul. Dann hörte ich eine barsche Stimme, die ein paar knappe Befehle brüllte. Ich konnte nicht verstehen was sie sagte. Gutes konnte ich jedoch nicht erwarten, das wurde mir sogleich klar. Denn es war die harte Sprache der Dämonen.

Enttäuschtes Gejaule wurde laut, doch die Klauenfinger ließen plötzlich von mir ab. Ich war jedoch noch immer von den untoten Kreaturen umringt. Ihr fauliger Gestank erschwert mir das Atmen und ihr Speichel tropfte auf mich.

Ich öffnete schließlich meine Augen und sah direkt dem Dämon ins Gesicht den jedes Einhorn und jeder Naturgeist kennt und fürchtet: Faysal, der uneingeschränkte Herrscher über alle Dämonen.

Er grinste mich satanisch an und spottete:

„Ja, wer ist uns den da in die Falle gegangen? Ein Einhorn, noch dazu ein Hengst, heute muss mein Glückstag sein. Das Horn eines Einhorn Hengstes hat besonders magische Kräfte, es wird mir sehr gute Dienste erweisen."

Ich antwortete ihm nicht, was hätte ich auch sagen sollen? Noch immer lag ich am Boden, obwohl mich nichts mehr festhielt fehlte mir die Kraft aufzustehen. Panik hatte mich erfasst, nicht um mein Leben, das war ich bereit hinzugeben. Mein Horn hatte tatsächlich magische Kräfte, so wie Faysal es gesagt hatte, aber die durfte ich ihm auf keinen Fall überlassen. Ich bedauerte jetzt, dass ich mich so heftig gegen die Kreaturen gewehrt hatte. Hätten sie mich getötet bevor der Dämon auftauchte, so wäre mein Horn im Augenblick meines Todes so wie ich zu Staub zerfallen und niemand hätte damit Unheil anrichten können.

Das wusste Faysal natürlich auch, deshalb verlor er keine Zeit. Er gab den Kreaturen ein Zeichen, woraufhin sie sich erneut auf mich stürzten und mich auf den Boden drückten. Er zückte sein riesiges Schwert, das er immer bei sich trug, und schlug mir mit einem Hieb mein Horn etwa eine Handbreit über dem Ansatz ab. Das splitternde Geräusch hallt mir noch immer in den Ohren. Es traf mich bis ins Mark und ließ den scharfen Schmerz nichtig erscheinen. Faysal befahl den Untoten mich loszulassen. In Siegerpose hielt er mein Horn hoch über seinen Kopf, dann ging er davon ohne mich nochmal eines Blickes zu würdigen. Seine Kreaturen torgelten ihm nach."

Marius Kopf sank zu Boden, so dass der stoßweise Atem aus seinen Nüstern die Sandkörnchen aufwirbelten. Aus seinen dunkelblauen Augen rannen silberne Tränen und versickerten im Sand. Noch nie zuvor hatte Julian ein Pferd so leiden gesehen, der alte Hengst tat ihm in der Seele leid. Gerne hätte er ihm geholfen, ihn getröstet. Doch er wusste, dass es keinen Trost für Marius gab. Also blieb er stumm neben ihm sitzen und wartete bis er sich wieder einigermaßen gefangen hatte. Dabei war ihm selbst zum Weinen zumute, auch wenn er nur erahnen konnte was in dem geschändeten Einhorn vorging.

Nach einer Weile murmelte Marius zerknirscht:

„Entschuldige bitte meinen Gefühlsausbruch. Seit Jahren trage ich diese Schande mit mir herum und habe noch nie jemanden davon erzählt."

„Wieso ist es eine Schande, wenn man von einer Übermacht überwältigt wird?" wollte Julian wissen. „Du hast getan was du zu tun vermochtest, niemand wird dir dafür einen Vorwurf machen."

„Ich selbst mache es mir zum Vorwurf, immer und immer wieder. Zuerst hatte ich nur den Wunsch tot zu sein um alles zu vergessen. Wäre ich im Kampf um mein Horn gestorben, so wäre ich von jeder Schuld frei. Aber den Freitod zu wählen ist eine Todsünde. Ich müsste solange als Pferd wiedergeboren werden, bis ich meine Sünde abgegolten habe. Doch die Gefahr nie mehr ein Einhorn sein zu können ist sehr groß. Denn als Pferd bin ich von Menschen abhängig und kann nicht mehr das tun, was ich tun müsste. Deshalb werde ich dieses Leben so lange ertragen bis ich mein Horn zurückerobern kann oder im Kampf darum umkomme. Deshalb habe ich mich auch sofort entschlossen dich hierher zu bringen. Es ist die Chance auf die ich schon lange gewartet habe."

„Du bist dir also sicher, dass Faysal das Horn noch besitzt?" fragte Julian und fügte hinzu: „Vielleicht ist es ja inzwischen zu Staub zerfallen. Oder er hat es so oft benutzt, dass es bereits zersplittert ist."

„Nein, das wüsste ich."

Marius sagte es mit solcher Überzeugung, dass Julian seine Zweifel sofort wieder fallen ließ.

„Ich kann es spüren, wenn er damit tötet" behauptete der alte Hengst. „Zu Anfang hat er es oft getan, er hat den Bewohnern von Elfenland aufgelauert und sie mit dem Horn durchbohrt, einfach um zu testen welche Macht es besitzt. Ich sah es mit meinem dritten Auge und ich fühlte es, der Stumpf auf meiner Stirn tat entsetzlich weh und Blut lief mir übers Gesicht. Doch ich bemerkte, dass es ihm ebenfalls Schmerz bereitete, das Horn in der Hand zu halten. Es schmerzt ihn ähnlich wie wenn er ein geweihtes Kreuz anfasst, deshalb tötete er in letzter Zeit gar nicht mehr damit. Vermutlich er hat es irgendwo deponiert, denn sobald er in den Krieg gegen die Einhörner zieht, wird er es wieder benutzen. Deshalb bin ich mir sicher, dass er mein Horn hier im Reich der Schatten versteckt hat."

„Bist du sicher, dass es bald zum Krieg kommen wird. Spürst du das auch in deinem Hornstumpf?"

Doch Marius schnaubte nur kurz:

„Ich weiß es, weil die Einhörner auf die Erde zurückgekehrt sind. Das neue Zeitalter ist bereits angebrochen. Die Menschen brauchen jetzt mehr denn je den Rat und Beistand der Einhörner. Alleine werden sie es niemals schaffen, in Frieden miteinander und im Einklang mit der Natur zu leben. In den vielen Jahren die sich die Einhörner auf ihren Planeten zurückgezogen haben um zu genesen und sich weiterzuentwickeln, haben die Dämonen das Zepter übernommen. In Gestalt von Politikern, Wirtschafts- und Finanzbossen haben sie Hass, Lügen und Neid in die Gehirne der Menschen gepflanzt. Die Dämonen nähren sich von den Untaten die auf der Erde geschehen, dem Raubbau an der Erde, ihren Tieren und Pflanzen, sowie an den sinnlosen Kriegen, die unzählige Opfer fordern. Sie wollen die Welt zur Hölle machen und die Menschheit fortan mit Schrecken und Gräueltaten regieren. Doch das darf niemals geschehen, deshalb werden die Einhörner den Dämonen in Kürze den Krieg erklären, um sie endgültig von der Erde zu tilgen."

Julian starrte ihn einen Moment an, bevor er tonlos aussprach: „Und du und ich sind hierhergekommen, um in diesem Krieg mitzumischen?"

„Genauso ist es" nickte der alte Hengst, dann verbesserte er sich: „Du bist hergekommen um mitzumischen, ich hatte bloß die Aufgabe dich herzubringen. Und dich an dein früheres Leben als Krieger zu erinnern. Ja, das warst du einst ein großartiger Krieger, der mit den Einhörnern gemeinsam in den Krieg gegen die dunkle Macht zog. Du und Artemis, der Hengst, mit dem du über Jahrhunderte verbunden warst. Ihr wart eine Legende, verehrt von den Bewohnern Elfenlands und gefürchtet von der dunklen Macht."

Julian schaute Marius misstrauisch an. Wollte er ihn veräppeln? Doch er sah nur Ehrlichkeit in den dunkelblauen Augen. Und noch einen Ausdruck, den er nicht deuten konnte. Er räusperte sich bevor er fragte:

„Werde ich wieder mit Artemis zusammen in den Krieg ziehen?

Ich kann mich leider nicht an ihn erinnern. Was meinst du, wird er mich wiedererkennen?"

Er war fasziniert von dem Gedanken in seinem früheren Leben ein Krieger gewesen zu sein. Und der Gedanke, dass er gemeinsam mit Artemis, einem der sagenhaften schwarzen Einhorn Hengste gekämpft hatte, ließ einen Schauer der Ehrfurcht über seinen Rücken rieseln.

Doch Marius schüttelte wild den Kopf bevor er ungewohnt schroff sagte.

„Artemis gibt es nicht mehr, er fiel den Dämonen zum Opfer. Dafür darfst du mit Lanzelot in den Krieg ziehen. Was eine ebenso große Ehre für dich ist. Lanzelot ist ein großer, starker und kampferprobter Hengst. Und er braucht einen Krieger. Ich denke ihr werdet euch großartig ergänzen. Vergiss Artemis einfach!"

Julian sah ihn lange an und vor seinem inneren Auge verwandelte sich der alte braune Hengst in ein feuriges kohlschwarzes Einhorn.

Sanft sagte er: „Meinst du wirklich, dass ich dich jemals vergessen könnte, Artemis?"

Kapitel 12: Die Zusammenkunft

„Du erkennst mich tatsächlich wieder? Siehst in mir altem Gaul
das Streitross, dass ich einst war?"

Marius' Stimme klang brüchig, doch in seinen Augen erschien
ein Funke Stolz. Sein Körper straffte sich, was ihn jünger aussehen ließ. Voller Zuneigung sah er Julian an und der umarmte
spontan seinen Hals und drückte ihm einen Kuss auf die Nase.

„Aua", sagte er plötzlich lachend und griff sich an die Stirn.
„Ich habe mich an dem Rest deines Horns gestoßen, das tat ganz
schön weh. Schau mal, ich blute sogar."

Auf seiner Hand befand sich tatsächlich ein Blutfleck.

„Das ist mein Blut, nicht deins", sagte Marius wie beiläufig.
„Die Wunde ist nie richtig zugeheilt. Sobald ich mit dem
Stumpf gegen etwas stoße, fängt er zu bluten an. Tut mir leid,
dass ich dir wehgetan habe."

„Ach, vergiss es, es tat nur einen Moment weh und ist schon
wieder weg. Aber lass mich mal draufschauen, vielleicht ist es
eine Entzündung."

Trotz Marius' abwehrendem Brummen teilte Julian vorsichtig
die dichte Mähne um den Hornstumpf freizulegen. Interessiert
starrte er ihn einen Moment an, dann meinte er:

„Das Horn ist ähnlich wie ein Röhrenknochen aufgebaut, außen
hartes Knochenmaterial und innen eine weiche Masse, ähnlich
wie Knochenmark. Da sickert etwas Blut heraus, das heißt, der
Hornstumpf lebt noch."

Er dachte kurz nach, dann sagte er.

„Das sieht immer noch so aus als sei die Wunde ganz frisch.
Aber Faysal hat dir das Horn doch schon vor ein paar Jahren
abgeschlagen, sagtest du, oder?"

Er bekam nur ein Schnauben zur Antwort, was ihn nicht störte.

„Weißt du was ich denke? Wenn wir dein Horn finden würden dann könnte ich es dir wieder auf den Stumpf setzen. Ich wette es würde sich wieder damit verbinden und anwachsen. Was meinst du?"

„Ich wette nicht, aber du könntest Recht haben."

Die Antwort klang nach verhaltener Hoffnung und Marius fügte hinzu:

„Die meisten Einhörner überleben es nicht, wenn ihnen das Horn abgeschlagen wird. Es bewirkt in der Regel eine große Wunde am Schädel, manchmal zerschmettert der Knochen dadurch. Bei mir hat Faysal nicht so gut gezielt und einen Stumpf hinterlassen, das hat mir das Leben erhalten."

„Du sagtest doch auch dass du dein Horn spüren kannst", sinnierte Julian zunehmend aufgeregt. „Das ist ein Zeichen dafür, dass sich noch Leben darin befindet. Ganz sicher würde es wieder anwachsen, wenn ich es auf den Stumpf setze. Vielleicht müsste man es für einige Zeit mit einem Gips stabilisieren, bis das Elfenbein wieder zusammenwächst..."

„Nein, ich denke nicht, dass ein Gips nötig ist, es würde sich sofort mit dem Stumpf verbinden. Aber vorher müssen wir es halt erst finden", murmelte Marius seufzend, dann fügte er nachdenklich hinzu: „Wenn es nach dem ziehenden Gefühl geht, dass ich in dem Hornstumpf spüre, dann müsste es sich sogar irgendwo in der Nähe befinden. Aber schau dir dieses Chaos an, hier wurde das Unterste nach oben verkehrt. Wenn mein Horn da irgendwo unter den Felstrümmern liegt, finden wir es nie mehr."

„Ach komm, sei nicht so pessimistisch. Wenn du es tatsächlich spüren kannst, dann finden wir es auch. Leider ist es schon zu dunkel, sonst könnten wir gleich mit der Suche beginnen. Deshalb sollten wir ein paar Stündchen schlafen, damit wir morgen fit sind. Das wäre doch toll, wenn du Lanzelot wieder in deiner ganzen Einhorn-Hengst-Pracht begrüßen könntest. Zwei kampferprobte Rösser wie ihr Beiden würden den Dämonen garantiert das Fürchten lehren."

Marius schnaubte skeptisch, sagte aber nichts mehr. Etwas umständlich sortierte er seine Beine unter sich, bis er die beste Schlafposition gefunden hatte. Dann ließ er seinen Kopf in den Sand sinken und schloss die Augen.

„Schlaf gut!" murmelte er, bald darauf zeugten seine regelmäßigen Atemzüge davon, dass er eingeschlafen war.

Julian konnte jedoch nicht einschlafen, zu viel ging ihm im Kopf herum. Er betrachtete den alten Hengst und versuchte sich vorzustellen, wie er wohl als Einhorn ausgesehen hatte. Würde er wieder zu Artemis werden, wenn sie das Horn tatsächlich finden würden? So überzeugt wie er Marius gegenüber getan hatte, war er in seinem Innersten nicht. Das Gelände unterhalb des Berges war riesig, viele der Höhlen waren ganz oder teilweise eingestürzt. Außerdem wusste er nicht ob sie überhaupt Zeit zur Suche nach dem Horn hatten. Sie durften keinesfalls Lanzelot und die Stuten verpassen. Wie es nach deren Ankunft weitergehen würde stand noch in den Sternen.

Seine Gedanken wanderten wieder zu Marius, alias Artemis, zurück und zu dem, was er ihm offenbart hatte. Konnte es wirklich sein, dass er in einem früheren Leben gemeinsam mit dem Einhorn Hengst Dämonen gejagt hatte?

Gut, dass es so etwas wie Wiedergeburt gab, konnte er sich gerade noch vorstellen. Bisher hatte er sich zwar nie Gedanken darüber gemacht. Aber es schien ihm logisch, dass man mehrere Leben brauchte, um sein spirituelles Ziel zu erreichen. Was ihn zu der Frage brachte wie viele Leben er wohl schon gemeinsam mit Artemis bestritten hatte.

„Ich habe sie nie gezählt, aber es waren schon einige", murmelte Marius im Schlaf und Julian musste lachen.

Es ist bestimmt Artemis der das sagt, dachte er, und der Gedanke erfüllte ihn mit Freude. Artemis, der noch immer tief in Marius schlummerte, und nur darauf wartete wieder als pechschwarzes Einhorn aufzuerstehen.

Julian schloss die Augen und versuchte sich vorzustellen wie sie Beide damals ausgesehen haben mochten, in früheren Zeiten. Bei Marius fiel es ihm leichter, der Hengst hatte noch immer eine prächtige, sehr muskulöse Figur. Auch seine Kopfform zeugte davon, dass er von edler Abstammung war. Sein Fell war nun zwar dunkelbraun und etwas glanzlos, Mähne und Schweif aber lang, üppig und leicht gewellt, ebenso die Behänge an seinen Fesseln. In schwarzer Fellfarbe und mit langem, elfenbeinfarbenem Horn gab er ein perfektes Einhorn ab.

Bei sich selbst war es nicht so einfach sich an sein früheres Aussehen zu erinnern. Sicher sahen Menschen nach jeder Inkarnation anders aus, denn sie wurden ja von den Genen ihrer jeweiligen Eltern geprägt. Nach dem Gespräch mit seinem Vater hatte er sich im Internet darüber schlau gemacht. Deshalb wusste er das Menschen, meist nach frühestens fünfzig bis hundert Jahren, manchmal aber auch erst nach mehreren hundert Jahren, wiedergeboren wurden. Außerdem konnte das in jedem Land der Welt stattfinden. Oder sogar auf einem anderen Planeten. Er musste vor sich selbst zugeben, dass es ihm sehr schwerfiel das zu glauben.

Trotzdem versuchte er sich vorzustellen wie er auf Artemis' ungesatteltem Rücken und ohne Zaumzeug dahin galoppierte, in der Hand ein kurzes breites Schwert, über der Schulter einen Bogen und einen Köcher mit Pfeilen. Er schaute an sich herunter und sah, dass er ein Hemd aus festem Leinenstoff und dazu eine Hose aus Leder trug. Seine Brust war durch ein Kettenhemd geschützt. Seine Füße steckten in einfachen Schuhen aus Hirschfell, sie erinnerten ihn an Mokassins.

Fast unmerklich tauchten seine Gedanken in ein Geschehen ein das sehr real vor seinem inneren Auge ablief. Er spürte die Wärme von Aramis unter sich, fühlte, wie er unter ihm dahin galoppierte und wie er sich auf seinem Rücken ausbalancierte, sich dem rasenden Ritt anpasste. Plötzlich waren da Kreaturen, die schreiend auf sie zuliefen. In den Händen hielten sie dicke Äste, Mistgabeln oder auch vorne zugespitzte Holzpfähle, mit denen sie herumfuchtelten.

Diese Kreaturen mit ihren schmutzigen, fast nackten Körpern, sahen aus als wären sie der Hölle entstiegen.

Verwesende, teilweise schon skelettierte Gesichter, schauten ihnen mit stumpfem Blick aus toten Augen entgegen. Ihr Gang war seltsam torkelnd und es kam vor, dass einer dieser Untoten einfach umfiel und sich nicht mehr regte. Dann stürzten sich die anderen auf ihn, zerrissen ihn mit ihren klauenartigen Fingern und stopften sich die blutigen Teile in ihre aufgerissenen Münder.

„Sollen sie sich ruhig gegenseitig auffressen, dann muss ich schon nicht mein Horn in ihre fauligen Leiber stoßen", hörte er Artemis sagen.

Julian lachte kurz auf ehe er antwortete:

„Ja, dann habe ich später nicht so viel Arbeit damit, den ekligen Schleim davon abzuwaschen."

Er beobachtete wie die Untoten langsam näherkamen. In seinem Kopf formte sich die Frage, wo sie wohl alle herkommen mochten. Waren dass einmal lebendige Menschen gewesen?

Wiederum beantworte Artemis seine unausgesprochenen Gedanken:

„Ich mag die Untoten zwar nicht, du weißt ja, wegen meinem Erlebnis damals mit ihnen. Aber ja, sie waren einmal ganz normale Menschen, die eines natürlichen Todes gestorben und begraben worden sind. Die Dämonen haben jedoch ihre aufsteigenden Seelen abgefangen und sie daran gehindert in die himmlischen Sphären einzugehen. Die toten Körper haben sie durch bösen Zauber wieder zum Leben erweckt. Falls man diesen Zustand überhaupt Leben nennen kann. Erst wenn diese Körper auf dem Schlachtfeld fallen, können ihre Seelen endlich in den Himmel aufsteigen."

„Können Zombies denn überhaupt kämpfen? Oder warum sonst sind sie den Dämonen wichtig?" fragte Julian. Er konnte sich keinen Zweck für die lebenden Toten vorstellen.

„Sie dienen einzig als Kanonenfutter, dazu verdammt die Feinde der Dämonen aufzuhalten um sie zu ermüden. Denn es gibt, dem Himmel sei's gedankt, nicht sehr viele Dämonen. Anscheinend kommt Satan nicht so recht mit der Produktion hinterher."

Marius lachte wiehernd über seinen Witz, dann wurde er schnell wieder ernst.

„Sie sind nicht einmal besonders gute Kämpfer, diese Ausgeburten der Hölle. Sie halten nichts von Fairness und schlagen bevorzugt feige aus dem Hinterhalt zu. Zwischen den vielen Zombies sind sie schwer auszumachen und Einhörner und Kämpfer müssen sehr viele untote Körper aus dem Weg räumen um einen Dämonen eliminieren zu können. Das kostet natürlich viel Kraft. Aber wir können dadurch auch die Seelen der Untoten befreien."

„Na, dann bin ich ja beruhigt."

Für Julian war es sehr wichtig das zu erfahren. Er hätte es sonst nicht fertiggebracht Zombies zu töten, wenn auch nur noch ein Funke Leben in ihnen wäre.

„Man kann nur töten was noch lebt", gab ihm Artemis brummig Bescheid. „Und das Töten eines Dämons ist schon gar keine Sünde, denn es sind Höllengeschöpfe, von Satan persönlich erschaffen. Sie besaßen nie eine Seele, weil sie nie menschlich waren. Sie sind aber eine Bedrohung für alles was lebt. Die Dämonen dürfen den Krieg keinesfalls überleben, dass wäre das Ende für alles Lebendige."

Etwas juckte Julian an der Nase und er musste niesen. Er öffnete die Augen. Hatte er doch geschlafen? Er sah neben sich, dorthin wo Marius lag und schnarchte. Marius, nicht Artemis - also war es nur ein Traum gewesen. Konnte ein Traum so real sein? Scheinbar schon, denn als er an sich herunterblickte sah er, dass er seine normale Kleidung trug. Mit einem leisen Seufzer erhob er sich, bemüht den alten Hengst nicht zu wecken. Er stand jedoch noch nicht richtig, da hörte das Schnarchen auf und Marius brummte schlaftrunken:
„Stehst du schon auf? Ist es schon Morgen?"
„Es ist noch zu früh zum Aufstehen, ich muss nur mal pinkeln. Schlaf du weiter, ich bin gleich zurück."
Er verließ die Höhle und schaute draußen erst einmal zum Himmel. Der beginnende Morgen zeigte sich, indem er erste Sonnenstrahlen durch die Wolken schickte. Es schien wieder ein schöner Tag zu werden, zumindest, was das Wetter betraf. Was er ihnen wohl sonst bringen mochte...?
„Was starrst du so in den Himmel, erwartest du eine Botschaft von oben?"
Marius blieb neben ihm stehen sein Blick streifte über die üppig grünen Wiesen, als suche er die mit dem saftigsten Gras. Eine Antwort auf seine Frage erwartete er nicht, denn er zockelte gemächlich an Julian vorbei und stapfte in das hohe Gras, das ihm fast bis zum Bauch reichte. Er senkte den Kopf und nahm einen Büschel Gras ins Maul, auf dem er zu kauen begann.
„Mmh, erstklassige Ware" nuschelte er zwischen seinen mahlenden Zähnen hervor. „In Elfenland gibt es das saftigste Gras. Eigentlich sollte es längst gemäht worden sein. Aber daran hat

diese Dämonenbrut natürlich kein Interesse. Wenn es nach denen ginge dann wäre hier alles verdorrt."

„Aber was hätten sie denn davon, wenn alles in Schutt und Asche liegen würde. Tote Tiere und Pflanzen anstatt blühenden Landschaften, wer will sowas schon sehen?"

„Ganz einfach, Faysal, der Anführer der Dämonen möchte aus der Erde eine Hölle machen. Den von dort kommt er her, aus der Hölle. Doch er wurde daraus vertrieben, weil selbst der Teufel nicht mit ihm einig wurde und das soll etwas heißen."

Erneut rupfte sich Marius einen großen Büschel Gras ab, dann ging er einige Schritte weiter in die Wiese hinein.

„Hast du keinen Hunger?" wollte er dann von Julian wissen.

„Dort hinten stehen Obstbäume, die warten nur darauf abgeerntet zu werden. Dort kannst du dich satt essen und noch ein paar Früchte für später mitbringen. Wir wissen ja nicht was der Tag uns bringt und ob wir nochmal was zu essen finden. Das Schlaraffenland ist nur hier. In den Bereichen in denen die Dämonen hausen gibt es nichts Essbares."

„Und von was ernähren die sich?" wollte Julian wissen. „Oder brauchen die keine Nahrung?"

„Die ernähren sich von der Angst und den Schreien ihrer Opfer. Die Macht über alles was lebt labt diese Kreaturen und macht sie stark. Deshalb wird es höchste Zeit, dass wir ihnen ihre Macht für ewige Zeiten aberkennen. Indem wir jeden Einzelnen von ihnen töten."

Marius' Worte hallten noch in Julian nach, während er sich die leckeren Früchte schmecken ließ. Der Traum kam ihm wieder in den Sinn, war er doch real gewesen? Er würde abwarten müssen was weiter passierte.

Seufzend erhob er sich, er war satt, wollte aber noch ein paar Früchte pflücken. Man konnte nicht wissen wann es das nächste Mal etwas zu essen gab. Da er keinen Behälter hatte zog er kurzerhand sein Sweatshirt aus und benutze es als Tragetasche indem er die Ärmel zusammenknotete und sich über die Schulter hängte. Dann pflückte er von allen Fruchtsorten ein paar und legte sie hinein. Für Marius nahm er noch ein paar Äpfel mehr mit, da sie ihm besonders schmeckten. Dann ging er den Weg zur Höhle zurück. Der alte Hengst stand in der Nähe des Eingangs und schubberte sich so intensiv an einem Baumstamm, dass seine Haare nur so flogen.

„Mich juckt so sehr mein Fell, dass ich es kaum noch aushalte" grummelte er als Julian herankam. „Was kann das nur sein? Vielleicht eine Allergie? Und mein Hornstumpf schmerzt, als wenn jemand mit Nadeln reinsticht."

„Hast du denn etwas Falsches gefressen? Hoffentlich war das Gras nicht vergiftet."

Besorgt begutachtete Julian den Hengst von allen Seiten.

„Dein Fell fällt in ganzen Büscheln aus" meinte er und zeigte Marius die Haare, die er ihm mit der Hand abgestreift hatte. Er runzelte die Stirn bevor er fortfuhr:

„Seltsam ist auch, dass darunter tiefschwarzes, glänzendes Fell ist. So etwas habe ich noch nie gesehen..."

Ratlos schüttelte er seine Hand und die Haare fielen zu Boden. Marius wurde hingegen ganz aufgeregt.

„Schwarzes glänzendes Fell sagst du? Das ist ja super, denn es sagt mir das mein Horn ganz in meiner Nähe sein muss. Der Stumpf zieht es an oder umgedreht, aber das ist völlig egal. Wir müssen es unbedingt finden, es kann nicht weit von mir weg sein. Komisch ist nur dass es gestern und heute früh nicht so nahe war, denn da hatte ich diese Reaktion noch nicht. Mir ist, als käme es stetig näher..."

Lena war müde und sie spürte jeden Knochen im Leib. Wie lang war dieser Tunnel denn noch? Sie hatte das Gefühl schon endlos hindurchzukriechen. Leider war die Beschaffenheit des Tunnels immer schlechter geworden, je tiefer sie hinein ging. Anfangs konnte sie noch aufrecht gehen, doch allmählich wurde es enger und es hingen immer mehr Wurzeln von der Decke. Obwohl sie gebückt ging musste sie aufpassen, dass sie ihr nicht die Kopfhaut zerkratzten oder die Haare ausrissen. Auch der Boden unter ihren Füßen wurde immer unebener, jede Menge Steine lagen herum, die vermutlich aus der Decke gebrochen waren. Es wurde immer kühler, je weiter sie sich vorankämpfte und langsam bekam sie Angst, dass sie bald überhaupt nicht mehr weiterkommen würde.

Sie fragte sich ob es den Zwergen überhaupt gelingen konnte den Stollen so zu vergrößern, dass die Einhörner durchkamen. Noch mehr fragte sie sich, ob sie selbst es schaffen würde. Was sollte sie tun, wenn sie nicht mehr weiterkam? Um den langen Weg zurückzugehen besaß sie nicht mehr die Kraft. Sie musste den Ausgang erreichen und zwar möglichst bald, bevor sie in Panik verfiel.

Als hätte der Stollen ein Einsehen mit ihr wurde der Gang wieder merklich breiter und sie meinte einen leichten Luftzug zu spüren. Sie hielt die Laterne höher, konnte jedoch nicht viel erkennen, da ihr Licht nur bizarre Schatten an den Wänden erzeugte. Und dann versperrte ihr plötzlich eine Wand aus Felsen den Weg. War dahinter der Ausgang? Sie ging ganz nahe heran um mit der Lampe in die Ecken zu leuchten. Ihr Herz machte einen freudigen Sprung, als sie den verborgenen Ausgang entdeckte. Er führte nicht sofort ins Freie, sie musste erst noch einige große Steine umrunden oder darüber klettern bis es heller wurde und sie in einer kleinen, düsteren Höhle herauskam, die nicht sehr einladend wirkte. Aber Hauptsache sie war endlich an ihrem Ziel.

Mit der Laterne leuchtete sie jede Ecke aus, sie wollte wissen ob es Anzeichen gab, dass jemand sie als Versteck benutzt hatte. Es sah jedoch nicht danach aus. Der Höhleneingang war schmal und hoch, sie überlegte ob da ein Einhorn durchpasste. Schließlich sollten die Einhörner und die Stuten durch diese Höhle in den Stollen gelangen, der sie auf die andere Seite des Berges bringen würde. Aber nur wenn die Zwerge ein Wunder vollbringen konnten, schoss es ihr durch den Sinn. Oder sie mindestens ein Jahr Zeit hätten den Tunnel zu vergrößern. Beides konnte sie sich nicht vorstellen.

Plötzlich fühlte sie Beklemmung in sich aufsteigen und ein düsterer Gedanke ließ sie nicht mehr los. Sie würden niemals durch den Tunnel kommen, nicht die Stuten, nicht die Einhörner und sie selbst auch nicht. Der Plan war ihr anfangs gut vorgekommen, als sie die ersten Meter durch den Gang gelaufen war hatte sie keine Zweifel gehegt. Doch die letzten endlosen Meter hatten ihr alles abverlangt und ihre Zuversicht war geschwunden.

Sie merkte wie ihre Beine zitterten und suchte nach einem Stein, auf den sie sich setzen konnte. Auch die Laterne, die sie hochhielt, warf zittrige Schatten. Dennoch erkannte sie einen Felsen, der wie ein Thron aussah.

„Genau das Richtige für dich, Lena", murmelte sie im Selbstgespräch. „Darauf fühlst du dich gleich wie eine Prinzessin." Ihr kurzes Lachen unterstrich die Ironie.

Der Stein sah aus der Nähe immer noch wie ein Thron aus, den jemand herausgemeiselt hatte. Sie setzte sich darauf und ließ ihren Oberkörper zurücksinken. Sehr bequem, dachte sie, zwar etwas kalt und hart, aber doch bequem. Für einen Moment schloss sie die Augen, während ihre Hände nach Armlehnen suchten. Eine Weile saß sie bewegungslos da, um zur Ruhe zu kommen atmete sie tief ein und aus. Dabei versuchte sie an nichts zu denken, nur ihrem Atem zu lauschen.

Es wirkte, nach ein paar Minuten schwanden ihre Ängste. Sie fühlte sich in der Lage ihren Weg fortzusetzen und wollte sich erheben. Dabei berührte ihre linke Hand etwas, das mit einem leisen Geräusch umfiel. Mit gerunzelter Stirn hielt sie die Laterne hoch, in ihrem flackernden Schein erkannte sie einen langen, nicht sehr dicken Stecken, der sie an etwas erinnerte.

„Das ist doch... ein Horn", murmelte sie erstaunt und bückte sich danach. Ganz vorsichtig hob sie es mit zwei Fingern auf um es sich genauer anzusehen. Tatsächlich hielt sie das Horn eines Einhorns in der Hand. Deutlich sah und spürte sie die Rillen, die sich darum wandten. Es schien unten abgebrochen zu sein, ein paar Zacken ragten heraus an denen Erde zu kleben schien. Sie wollte sie abstreifen, doch dann fühlte sie, dass es Feuchtigkeit war. Schnell betrachtete sie ihre Finger im Laternenschein und sah Blut daran. Sie hielt das abgetrennte Horn eines Einhorns in der Hand, das noch blutete. Aber wo, um Himmelswillen, war das dazugehörige Einhorn?

Schließlich hatte sie sich soweit gefangen, dass sie sich traute die Höhle zu verlassen. Davor schien die Sonne so strahlend hell, dass sie erst einmal die Augen zukniff. Die warmen Sonnenstrahlen auf der Haut taten ihr nach der Kühle in der Höhle und der kalten Feuchtigkeit im Tunnel richtig gut.

Überraschend schnell fühlte sie sich wohlig aufgewärmt. Dadurch stieg auch ihre Laune an und ihre Zuversicht kehrte zurück. Als erstes wollte sie nach dem Einhorn ohne Horn suchen. Nach dem Blut am Horn müsste es sich noch irgendwo in der Nähe befinden. Ganz sicher brauchte es Hilfe, vorausgesetzt es lebte noch...

Erst jetzt wurde ihr bewusst, dass es sehr wahrscheinlich tot war. Wie sie von Kassiopeia erfahren hatte kämpfte ein Einhorn notfalls bis zum Tod, es würde sich nie ohne Gegenwehr sein Horn rauben lassen. Der Gedanke vielleicht ein totes Einhorn zu finden, verursachte plötzliche Übelkeit in ihr. Erst als ihr einfiel, dass Kassie ihr auch gesagt hatte ein totes Einhorn würde zu Staub zerfallen, beruhigte sie sich wieder.

Sie atmete einige Male tief durch, dann machte sie sich entschlossen auf sich einen Weg durch das Felslabyrinth zu suchen. Das Horn nahm sie mit, sie wollte die Hoffnung nicht aufgeben seinen Träger lebend vorzufinden.

Es stellte sich als ziemlich mühselig heraus über die großen und kleinen Felsstücke zu steigen, die ihr immer wieder im Weg lagen. Dazu brannte die Sonne nun heiß vom Himmel, ihr Mund fühlte sich trocken an und es fiel ihr ein, dass sie ihren Rucksack samt Wasserflasche in der Höhle stehengelassen hatte. Den steinigen Weg zurückgehen wollte sie aber auch nicht mehr, sie hoffte, sie würde sie bald eine Quelle oder ein Bächlein entdecken.

Unermüdlich umrundete sie einen Felsvorsprung nach dem anderen, immer darauf gefasst den Berg endlich hinter sich lassen zu können. Dann entdeckte sie in einiger Entfernung eine grüne Wiese, auf der Bäume standen. Wäre sie nicht so erschöpft gewesen, sie hätte einen Freudensprung gemacht. Immerhin fiel es ihr nun leichter voranzukommen.

Von Seiten der Felswand drang ein Laut zu ihr, der in ihren Ohren wie eine menschliche Stimme klang. Sie blieb stehen um zu lauschen. Tatsächlich redete da jemand, also mussten da mindestens zwei Leute sein. Ihr Herz machte einen Sprung, wer konnte das sein, Freund oder Feind? Das konnte sie nur erfahren, wenn sie nachschaute. Also nahm sie ihren ganzen Mut zusammen und schlich sich langsam in die Richtung, aus der die Stimme zu ihr gedrungen war.

Nachdem sie erneut einen riesigen Felsblock umrundet hatte, sah sie in einiger Entfernung ein Pferd stehen, dass sich an einem Baumstamm rieb. Daneben stand ein großer schlanker

Mann mit blonden Haaren, der ihr den Rücken zukehrte und dem Pferd etwas zu sagen schien. Was ihr nicht ungewöhnlich vorkam, auf dem Gestüt sprachen alle Menschen mit den Pferden. Vielmehr kam ihr der Mann bekannt vor, auch wenn sie ihn nur von hinten sah. Das war doch...

„Julian? Bist du das? Aber wie kommst du hierher?"

Sie lief auf ihn zu, noch bevor er sich umgedreht hatte.

„Lena!" rief er begeistert und eilte auf sie zu. „Welch eine Freude dich zu sehen. Ich hatte befürchtet ich müsste ewig nach dir suchen. Wo kommst du so plötzlich her?"

Er schloss sie in seine Arme und drückte sie voller Freude an sich. Sie ließ es geschehen, wie gut ihr seine Umarmung tat.

Nach einem kurzen Moment ging er einen Schritt zurück, ohne sie jedoch loszulassen und sah ihr lange ins Gesicht.

„Du siehst verändert aus", stellte er fest. „Irgendwie reifer. Nicht mehr so mädchenhaft. Es kommt mir vor als hätte ich dich eine Ewigkeit nicht mehr gesehen, dabei sind es doch erst drei Tage..."

Sie wusste keine Antwort darauf. Etwas verlegen wand sie sich aus seinem Griff. Um etwas zu sagen hielt sie ihm das Horn hin.

„Schau mal was ich gefunden habe. Es ist noch Blut daran, deshalb nahm ich es mit. Vielleicht finden wir das dazugehörige Einhorn ja noch lebend."

Julian starrte das Horn in ihrer Hand an, als sähe er einen Geist. Dann streckte er die Hand aus und nahm es ihr vorsichtig ab.

„Du hast es gefunden" sagte er andächtig, während er es betrachtete wie einen Schatz. Seine Augen glitten über das Elfenbein mit den spiralförmigen Windungen. Es war nicht schmutzig, sondern erstrahlte in cremigem Weiß. Tatsächlich befand sich noch Blut daran, das frisch aussah.

„Komm mit", sagte er in einem Tonfall zu Lena, aus dem unbändige Freude klang.

„Ich kenne den Besitzer dieses Horns. Er ist schon seit Jahren auf der Suche danach."

Fragend sah er sie an und meinte:

„Kennst du eigentlich Marius? Er lebt auf dem Gestüt."

Lena runzelte überlegend die Stirn, während sie neben ihm herging.

„Marius? Ist das nicht dieser alte scheue Hengst, der in dem alten Stall steht. Irgendjemand hat mir mal erzählt er wäre ein Einzelgänger, der sich nicht reiten ließ. Tante Anne hatte ihn aus Mitleid einem Pferdehändler abgekauft. Warum, was ist mit ihm?"

„Nun, der gute alte Marius ist hier, er hat mich hergebracht und dafür gesorgt, dass ich überhaupt ins Land der Schatten hineingekommen bin. Dafür hat er sein Leben aufs Spiel gesetzt. Schau, da steht er, er scheuert sich an dem alten Baumstamm..."

Lena folgte seinem zeigenden Finger und riss erstaunt die Augen auf.

„Das ist Marius? Den habe ich ganz anders in Erinnerung. Mit mattem, dunkelbraunem Fell und wie er mit trübem Blick in die Ferne starrt. Das da ist doch ein Rappe mit glänzendem Fell..."

„Er ist schon seit Stunden damit beschäftigt sich sein altes, mattes Fell an dem Baumstamm abzuschubbern" meinte Julian lachend. „Du wirst es nicht glauben, aber er wusste, dass sein Horn in der Nähe ist, ja sogar, dass es auf ihn zukommt. Ich dachte ehrlich gesagt, er spinnt mir etwas vor."

Er blieb stehen und stieß einen Pfiff aus, woraufhin der Hengst in seiner Tätigkeit innehielt und den Kopf hob.

„Wir haben einen Gast, Marius" rief Julian ihm zu und hielt das Horn in die Höhe. „Schau, sie hat dir etwas mitgebracht."

Marius reagierte sofort, er stieß einen dröhnenden Hengstschrei aus, sprang mit einem Riesensatz aus dem Stand über den Baumstamm und kam angaloppiert.

Kurz vor Lena stoppte er, so dass seine Hufe die Erde aufwirbelten. Er schaute Lena kurz mit undefinierbarem Blick an, dann wandte er Julian den Kopf zu. Seine Nüstern blähten sich auf, als er das Horn in dessen Hand sah. Wie in Zeitlupe ging er vorne in die Knie und senkte den Kopf ein Stück.

„Setz es mir auf" sagte er rau „es wird von selbst wieder anwachsen."

Julian nickte nur, dann teilte er die üppige Mähne, so dass der Stumpf zum Vorschein kam. Blut floss in einem pulsierenden Strahl hervor, lief an der Pferdenase herunter und tropfte auf den steinigen Boden. Julian spürte, dass auch das Horn in seiner Hand zu pulsieren begann. Er hielt es über den blutenden Stumpf und konnte spüren, wie es von ihm angezogen wurde. Fast wie von selbst nahm es seinen Platz darauf ein und verschmolz damit.

Dabei wurde es so heiß, dass Julian es erschrocken losließ. Er sah, dass die Naht zwischen Horn und Stumpf zu glühen begann und beides miteinander verschmolz.

Falls Marius dadurch Schmerzen verspürte, so zeigte er es nicht. Geduldig wartete er mit geschlossenen Augen bis der magische Vorgang beendet war. Dann sprang er auf und stob mit wehender Mähne und aufgestelltem Schweif davon.

Lena und Julian sahen ihm fasziniert nach.

„Was für ein wunderschöner Einhorn Hengst" sagte Lena mit Ehrfurcht in der Stimme. „Bist du sicher, dass es der alte Marius ist?"

„Nein, Marius ist tot. Das hier ist Artemis, ein in vielen Kämpfen erprobter Hengst und ein Kampfgefährte von Lanzelot. Nicht der, auf den wir hier treffen wollen, sondern sein Vater. Aber eigentlich ist..."

„Es derselbe, denn Einhörner werden immer wieder im selben Körper geboren. Ja, ich weiß das, Kassiopeia hat mich bestens darüber aufgeklärt während unseres Weges nach Elfenland. Sie sagte mir auch dass ich mit ihr schon immer verbunden war und wir gemeinsam in früheren Leben schon viele Kämpfe gegen die dunkle Macht bestritten haben. Ich nehme an, mit dir und Artemis verhält es sich ebenso."

Sie sah zur Seite in sein verdutztes Gesicht und lachte. Dann fragte sie ihn:

„Was meinst du, sind wir Beide uns in diesen früheren Leben auch schon begegnet?"

„Ich denke schon", gab er lächelnd zurück. „Allerdings kann ich mich leider nicht daran erinnern, du dich sicher auch nicht. Aber wenn es stimmt was Artemis mir erzählt hat, dann kommt die Erinnerung nach und nach zurück. Aber schau, da kommt er wieder angaloppiert, mein wunderschöner Einhorn Freund."

Artemis kam auf sie zu galoppiert, als wolle er sie überrennen. Dennoch blieben sie stehen und warteten, bis er kurz vor ihnen die Hufe in den steinigen Boden grub und mit einem wilden Schnauben zum Stehen kam. Er schien während seines wilden Laufs gewachsen zu sein. Obwohl Julian sehr hochgewachsen war musste er jetzt zu ihm aufschauen. Was er voller Stolz tat.

Artemis schaute ihn einen Moment voller Zuneigung an, dann glitt sein Blick zu Lena. Seine Augen, die jetzt die Farbe reinsten Himmelblaus hatten, schauten sie liebevoll an.

„Ich danke euch Beiden von ganzem Herzen, dass ihr mir mein wahres Leben zurückgebracht habt. Ich stehe bis zum Ende aller Zeit in eurer Schuld."

Er senkte den Kopf, stellte ein Vorderbein nach vorne und verneigte sich tief vor ihnen.

„Ach, komm schon, das tut man doch gerne für einen guten Freund."

Julian war sichtlich verlegen, während Lena Artemis' Hals impulsiv umarmte und ihm einen Kuss auf die Nüstern gab.

Nachdem sich langsam alle drei beruhigt hatten beschlossen sie zurück in die Höhle zu gehen, damit sie nicht von einem umherstreifenden Dämon entdeckt wurden. Lena und Artemis gingen voraus, Julian wollte noch ein paar Früchte pflücken. Da sie nicht wussten wie lange sie ausharren mussten, bis sie auf Lanzelot und seine Herde trafen, würde es besser sein einen kleinen Vorrat anzulegen.

Er ging deshalb zu der Wiese mit den vielen Obstbäumen und begann zuerst Äpfel zu pflücken. Da er weder Tasche noch Tüte besaß, in der er die Früchte transportieren konnte, nahm er wieder sein Sweatshirt. Die Äpfel kamen zu unterst, darüber legte er die Obstsorten, die empfindlicher waren. Als das Shirt schon fast voll war entdeckte er hinter Büschen noch Stauden mit Tomaten und Gurken, von denen er ebenfalls noch etwas mitnahm. Ein prüfender Blick in seinen provisorischen Beutel sagte ihm, dass er fürs erste genug gesammelt hatte. Sollten sie länger warten müssen so konnte er ja noch öfter herkommen um Nachschub zu holen. Zufrieden machte er sich mit seiner Last auf den Rückweg zur Höhle.

Artemis hatte es sich wieder in der Sandmulde bequem gemacht und war in ein Gespräch mit Lena vertieft, die auf einem der Steine saß. Julian musste immer wieder zu ihr hinsehen, während er das Obst aus dem Shirt nahm und auf eine fast ebene Steinplatte legte. Wieso war ihm bisher überhaupt nicht aufgefallen, welche Schönheit und Anmut sie ausstrahlte. Er hatte in ihr nur eine blasse Jugendliche gesehen, die nach einer zugegebenermaßen dramatischen Familientragödie versuchte, ein geerbtes Gestüt zu leiten und damit hoffnungslos überfordert war. Sie war ihm sogar ein bisschen auf die Nerven gegangen. Hatte sie sich so verändert oder sah er sie plötzlich mit anderen Augen?

„Störe ich euch oder darf ich mich dazugesellen?" fragte er, denn die Beiden waren so in ihr Gespräch vertieft, dass sie ihm keine Beachtung schenkten.

„Frag doch nicht, komm einfach her", gab ihm Artemis Antwort. „Wir sind dabei Erinnerungen auszutauschen. Denn Lena ist eine Kriegerin, die mit Kassiopeia verbunden ist, so wie du mit mir. Eigentlich hätte ich sie erkennen müssen als ich ihr auf Baldomar begegnete. Doch da war ich so in mein Unglück vertieft, dass ich sie mir gar nicht richtig angeschaut habe. Nun, zum Glück können wir ja jetzt alles nachholen indem wir ihre und deine Kriegervergangenheit in euer Gedächtnis zurückrufen. Ihr habt euch gut gekannt und gut verstanden zu damaligen Zeiten. Kassiopeia und ich haben oft darüber gesprochen, dass ihr ein ideales Paar seid."

Er wieherte leise, was sich wie ein gutmütiges Lachen anhörte. Lena schaute zu Julian hin, wobei sich ihren Wangen mit leichter Röte überzogen. Er räusperte sich, bevor er antwortete: „Na, lassen wir es einfach auf uns zukommen. Was nicht ist kann ja noch werden. Unser gemeinsames Abenteuer fängt ja gerade erst an."

Sie redeten bis in die Nacht hinein, tauschten Erinnerungen aus, die ihnen spontan ins Gedächtnis kamen. Artemis wurde nicht müde sie über alles aufzuklären was sie wissen mussten.

Zwischendurch aßen sie von den Früchten und tranken Wasser aus einer kleinen Quelle, die in der Nähe zwischen den Steinen entsprang. Irgendwann wurden sie müde, außerdem wurde es empfindlich kühl. Ein Feuer trauten sie sich nicht zu entfachen, da der Rauch umherstreifende Dämonen aufmerksam machen könnte. Deshalb legten sie sich Beide wie selbstverständlich zu Artemis in die Sandkuhle und rückten nahe an ihn ran, seine Körperwärme umhüllte sie und ließ sie wohlig einschlafen. Artemis' Horn sandte ein silbriges Licht aus, das sich wie ein Schutzschild über sie legte.

Als sie am nächsten Morgen aufwachten war es schon hell. Sie hatten alle drei tief und fest geschlafen und fühlten sich fit und voller Tatendrang. Artemis machte sich sogleich auf den Weg zur Wiese, denn er verspürte mächtigen Hunger, wie er sagte. Lena und Julian wollten hingegen die restlichen Früchte verzehren. Da die Sonne schien beschlossen sie draußen zu frühstücken. Um diese frühe Morgenstunde und bei dem herrlichen Sonnenschein war nicht damit zu rechnen, dass noch Dämonen unterwegs waren. Das hatte ihnen Artemis versichert, bevor er aufbrach. Sowohl die Abkömmlinge der Hölle, als auch ihre Schergen, konnten Sonne nicht ausstehen. Sie liebten die Dunkelheit und schlechtes Wetter, deshalb waren alle in ihren unterirdischen Behausungen verschwunden um zu schlafen.

„Es ist wirklich ein Segen, dass dieser kleine Abschnitt des Schattenreichs von der Düsternis verschont blieb", meinte Julian. „Und Pech für die Dämonen, denn über dem hohen Berggipfel, den sie abgebrochen haben, kam die Sonne früher nicht drüber. Jetzt ist der Berg an der Stelle zu niedrig um das Licht abzuhalten. Tja, auch Dämonen sind zum Glück nicht allwissend", grinste er.

„Vielleicht haben ja auch die guten Mächte eingegriffen, damit die Einhörner eine Chance haben doch noch nach Elfenland zu kommen. Denn wenn ich die Zwerge richtig verstanden habe hält sich Lanzelot mit seiner Herde nur hier in diesem Abschnitt auf. Er weiß, dass sie tagsüber hier einigermaßen in Sicherheit sind und sich nur nachts verstecken müssen. Deshalb wählt er jeden Morgen einen anderen Platz aus an dem sie grasen können, dann suchen sie sich ein neues Versteck. Besonders für die jungen Einhörner, die ja Lichtwesen sind, ist die Dunkelheit in einer Höhle nur schwer zu ertragen. Ich hoffe sehr die Zwerge schaffen es tatsächlich in kurzer Zeit den Tunnel durch den Berg so weit zu vergrößern, dass alle durchpassen."

Sie hatte ihm und Artemis schon gestern von dem Plan erzählt, aber auch von ihrem Zweifel, dass er gelingen konnte. Julian versuchte sie zu beruhigen, doch nachdem er selbst ein Stück in den Stollen hineingegangen war, zweifelte er ebenfalls dass es gelingen konnte.

Hufgetrappel von draußen lenkte sie von dem Problem ab und sie eilten zum Höhleneingang. Sie mussten die Hände schützend über die Augen halten, weil sie nach der Düsternis in der Höhle geblendet wurden. Doch dann sahen sie gleich zwei schwarze Einhorn Hengste stehen, die sich ähnelten wie Zwillinge.

„Äh, ich vermute, einer von euch ist Artemis und der andere Lanzelot" sagte Julian andächtig, denn der Anblick der Beiden Rappen verschlug ihm fast die Sprache. „Aber wer ist wer?"

Beide Hengste wieherten, was wohl ein Lachen war. Dann senkte einer den Kopf um ihm in die Augen zu sehen.

„Sag bloß du erkennst mich nicht auf den ersten Blick? Ich muss sagen du enttäuschst mich."

Seine Worte machten Julian etwas verlegen, doch er zuckte nur hilflos mit den Schultern.

„Tut mir leid, aber ihr seht wirklich Beide gleich aus..."

„Mach dir nichts draus", sagte jetzt der andere Hengst und klang belustigt. „Du konntest uns schon in früheren Zeiten nicht auseinanderhalten. Doch um dich zu trösten, das konnten andere auch nicht. Jedenfalls ist es schön, dich, nein euch Beide, wiederzusehen. Gut siehst du aus Lena, als ich dich zuletzt sah warst du noch ein kleines Mädchen."

„Und du ein kleines Fohlen" sagte Lena freudig. Spontan ging sie auf ihn zu um ihn zu umarmen. „Lanzelot, wie schön, dich endlich wiederzusehen. Ein prächtiger Bursche bist du geworden."

„Er ist natürlich nicht allein gekommen", warf Artemis ein und drehte sich um. Er stieß ein kurzes Wiehern aus und kurz darauf kamen weiße Pferde und Einhörner zwischen den Felsen herangetrabt. Sie sahen alle prächtig aus, man sah ihnen die Strapazen der Entführung und Flucht nicht an. Zutraulich ließen sich die Stuten streicheln und genossen es sichtlich, wieder Menschen zu sehen. Die Einhörner bildeten hinter den beiden Hengsten einen Halbkreis.

Es war Lanzelot, der das Wort ergriff:

„Da wir nun endlich alle zusammengefunden haben wollen wir gemeinsam beraten wie wir weiter vorgehen. Vermutlich müssen wir noch einige Tage und Nächte hier verbringen, bevor wir durch den Berg nach Elfenland gehen können. Es ist also wieterhin nötig darauf zu achten nicht den Dämonen in die Arme zu laufen. Sind wir erst in Elfenland, warten dort schon weitere Einhörner, Kriegerinnen und Krieger auf uns, so dass wir bald in den Krieg gegen die Dämonen der dunklen Macht ziehen werden um sie diesmal endgültig zu besiegen."

Kapitel 13: Eine neue Chance für Lukas

Lukas erwachte vom leisen Geräusch unbeschlagener Pferde-
hufe auf Asphalt. Eilig warf er die Bettdecke zurück und stand
auf um aus dem Fenster zu schauen. Er erkannte Marius, der
gemächlich herankam und vor dem Gartentor stehen blieb. Er
wunderte sich darüber, denn eigentlich verließ der alte Hengst
nie freiwillig seinen Stall. Schon gar nicht in der Nacht. Man
konnte ihn höchstens mal bei strahlendem Sonnenschein in
seinem kleinen Auslauf hinter der Stallung sehen, wie er reglos
in der Sonne lag. Sobald sie weg war, erhob er sich und ging in
den Stall zurück.

Marius war das unglücklichste Pferd, das ihm je begegnet war.
Von Anne hatte er erfahren, dass sie den Hengst auf einem
Pferdemarkt bei einem Viehhändler entdeckt hatte, der ihn gerade einem Pferdemetzger verkaufen wollte. Irgendetwas an
dem Pferd, das mit hängendem Kopf dastand berührte sie, so
dass sie spontan mehr als der Metzger bot, worauf sie den Zu-
schlag erhielt. Auf ihre Fragen teilte ihr der Händler mit, dass
der Hengst bösartig sei, sich nicht reiten ließ und auch sonst zu
nichts tauge. Über seine Herkunft wusste er angeblich nichts.
Anne hatte sich jedoch nicht beirren lassen und Marius zu ihrem
Hänger gebracht. Sehr zum Erstaunen des Händlers war er ihr
ohne jeglichen Widerstand gefolgt und hatte sich brav verladen
lassen.

Auf dem Gestüt angekommen zeigte sich Marius, wie Anne ihn
nannte, als zurückhaltend aber nicht bösartig. Reiten ließ er sich
allerdings tatsächlich nicht, nicht einmal ein Zaumzeug anziehen. Außerdem ließ er sich nur ungern anfassen, besonders
nicht am Kopf. Anne hatte deshalb beschlossen, ihn als Bei-
stellpferd zu halten. Was sich als gute Idee erwies, denn Marius

verstand sich gut mit alten oder kranken Pferden, die nicht in der Herde leben konnten. Auch für die Fohlen war er ein guter Lehrmeister. Und als eines Tages Lanzelot zum Gestüt zurückkehrte um seine Pflicht als Deckhengst zu erfüllen, befreundete er sich spontan mit Marius. Eigentlich, so hatte Anne gemeint, war es nur Lanzelot gelungen Marius aufzuheitern. Verließ er wieder das Gestüt blieb der alte Hengst traurig zurück und verfiel zunehmend in Lethargie.

Während ihm all das durch den Kopf ging, beobachtete Lukas gespannt weiter den Hengst. Lange musste er nicht warten. Zuerst hörte er wie nebenan die Tür zu Julians Zimmer auf- und wieder zugemacht wurde, dann lief jemand die Treppe hinab, bemüht dabei keine Geräusche zu machen.

Es ist also schon so weit, dachte Lukas, wobei sich sein Magen schmerzhaft zusammenzog. Julian war auf dem Weg seine Mission zu erfüllen und er konnte nur hoffen und beten, dass alles gut ausgehen würde. Genau wie schon am Tag zuvor, als Lena mit Kassiopeia ins Ungewisse verschwunden war, verspürte er schreckliche Angst, die Beiden nicht wiederzusehen.

Er biss sich auf die Lippen, damit er nicht das Fenster öffnete, um seinem Sohn zu sagen, er solle nicht gehen.

Stattdessen blieb er reglos stehen und starrte auf das Tor, durch das Julian jetzt ging. Erst als er neben Marius in Richtung des Eingangstores ging und Beide aus seinem Sichtfeld verschwanden, drehte Lukas sich um und setzte sich mit einem wehen Seufzer auf den Rand seines Bettes.

„Verdammt!", presste er durch die Zähne und schlug in verzweifelter Wut mit der Faust aufs Bett. Denn eigentlich wäre es seine Aufgabe gewesen ins Reich der Schatten zu gehen, um die Einhörner zu befreien. Seine und Annes Aufgabe, so war es abgemacht, und sie hatten beide nicht gezögert sich auf das gefährliche Abenteuer einzulassen. Doch Annes unvorherseh-barer Tod hatten alle Pläne zunichte gemacht. Daraufhin hatte er mit der Königin des Elfenreichs eine lange Diskussion ge-führt, mit dem Ergebnis, dass sie ihm den Auftrag gegeben hatte, denjenigen ausfindig zu machen, der sich auf Gestüt Baldomar eingeschlichen hatte und für Annes Tod verantwort-lich war. Dafür sollten Lena und Julian die Einhörner befreien und sicher nach Elfenland geleiten.

Er hatte versucht der Elfenkönigin klarzumachen, dass er den Kampf gegen die Dämonen schon seit Jahrtausenden gemein-sam mit den Einhörnern bestritten hatte. Lange vor Lenas und Julians Zeit, obwohl, so musste er zugeben, die Beiden eben-falls kampferprobte Krieger waren. Doch im Gegensatz zu ihm mussten sie sich an ihre Fähigkeiten erst zurückerinnern, wäh-rend er dieses Wissen nie verloren hatte und es immer sofort abrufen konnte, sobald er es brauchte.

Leider hatte er sich dem Willen Aglaias beugen müssen. Denn sie war ein viel mächtigeres Geschöpf, als die meisten ihrer Untertanen ahnten. Nur wenige kannten sie unter ihrem wahren Namen >Lady Gaia<, der Königin der Welt bedeutete.

Warum sie sich ausgerechnet ihm unter ihrem wahren Namen vorgestellt hatte, warum sie ihn auserwählt hatte in ihre Dienste zu treten, würde er vermutlich nie verstehen. Vielleicht, weil Anne zu ihren engen Vertrauten gehört hatte. Ihr rätselhafter Tod hatte Lady Gaia sehr bestürzt und sie dazu bewogen, ihm die Aufgabe zu übertragen, ihren Mörder zu finden.

Nach einem erneuten tiefen Seufzer stand Lukas auf, zog sich an und ging hinunter in sein Büro. An Schlaf war nicht mehr zu denken, so konnte er sich auch wieder in seine Aufgabe ver-tiefen, damit ihm vielleicht endlich bewusst wurde, wer dieser Verräter war. Von den Angestellten des Gestütes war es keiner, schon mehrmals hatte er alle überprüft, indem er ihre Gedanken abgehört hatte. Danach hatte er sich alle Kunden und Lieferanten angeschaut, hatte sie unter einem Vorwand angerufen oder war hingefahren, wenn sie nicht zu weit weg waren. Da der Gestüts-Portier über jeden Menschen und sein Begehren Buch führte der durch das Tor kam war er sich eigentlich sicher, dass niemand übersehen wurde.

Einzig der Raubvogel, der Annes Pferd angegriffen und dadurch ihren Tod verursacht hatte, war auf das Gelände vorgedrungen ohne von jemandem gesehen zu werden. Hätte er nicht den Abdruck seiner riesigen Vogelklauen im Sand hinterlassen, wusste niemand wer der Angreifer gewesen war.

Entnervt fuhr Lukas sich mit der Hand durchs Haar, dann schaute er zu Annes Bild an der Wand und sagte in frustriertem Tonfall:

„Kannst du mir nicht einen Tipp geben? Ich weiß, wir haben schon einmal darüber gesprochen. Aber es muss doch jemand sein, der mindestens einmal hier war. Vielleicht konnte sich derjenige ja irgendwie hereinschmuggeln, ohne kontrolliert zu werden. Obwohl das doch eigentlich unmöglich ist."

Eigentlich..., das Wort kreiste plötzlich hartnäckig durch seine Gedanken und ließ ihm keine Ruhe mehr. Was für ihn ein Zeichen war, dass Anne es ihm eingeflüstert hatte. Eigentlich durfte es nicht sein, dass jemand ungesehen durch das Tor kam. Aber andererseits waren sie alle Menschen und es konnte schon einmal vorkommen, dass der Portier einem dringenden Bedürfnis nachgehen musste. Eigentlich hatte er zuvor dafür zu sorgen, dass ein Ersatzmann für ihn einsprang, aber manchmal konnte so ein Bedürfnis auch ganz dringlich werden.

So oder ähnlich musste es sich abgespielt haben damals, da war er sich plötzlich ganz sicher. Aber diese Erkenntnis brachte ihn leider auch nicht auf die Spur des Eindringlings. Nervös trommelte Lukas mit den Fingern auf die Schreibtischplatte, wobei sein Blick erneut zu Annes Bild glitt. Der Schein der Deckenlampe lag darauf und es sah aus, als würde sie lachen. Er starrte fasziniert ihr Bildnis an, was würde er dafür geben, sie noch einmal in Natura Lachen zu sehen.

Gedankenverloren stand er auf und trat näher an das Porträt heran. Es hatte eine Signatur, stellte er fest. Seltsam, dass ihm die bisher noch nie aufgefallen war. Er überlegte kurz wie der Mann ausgesehen hatte, der das Foto damals gemacht hatte. Das Gesicht sah er vor seinen Augen, aber an den Namen des Fotografen konnte er sich nicht mehr erinnern. War es diesem Mann etwa gelungen ohne Kontrolle durchs Tor zu kommen?

Der Gedanke elektrisierte ihn förmlich, deshalb stellte er sich jetzt noch näher vor das Bild, um die Signatur besser erkennen zu können. Natürlich war sie ziemlich unleserlich hingekritzelt, das machten Künstler ja gerne so. Mit Stift und Zettel bewaffnet machte er sich daran, die krakelige Schrift zu entziffern. Sie ergab den Namen Nomead Lasyaf. Ein ziemlich ungewöhnlicher Name, dachte er und runzelte die Stirn, trotzdem kam ihm irgendetwas daran bekannt vor. Nach kurzem Überlegen las er ihn von rechts nach links, was ihm sofort die Lösung brachte: Dämon Faysal, der gefürchtete Herrscher über die Dämonen. Wie eine Verhöhnung prangte der Name von dem Bildnis.

Warum war ihm damals nicht aufgefallen, wen er vor sich hatte? Eigentlich hätten alle seine Sinne Alarm schlagen müssen. Eigentlich... Dämonen waren ausgezeichnete Verwandlungskünstler, sie konnten sich in jeden Menschen verwandeln. Deshalb gelang es ihnen auch mühelos, sich in alle möglichen Gesellschaftsschichten einzuschleichen, um ihr verderbliches Werk auszuführen und die Menschheit mit ihren verderbten Phrasen zu infizieren. Außerdem konnten sie die Gestalt jedes beliebigen Tieres annehmen. Zum Beispiel die eines riesigen Raubvogels...

Als Lukas das bewusst wurde, hätte er sich am liebsten selbst geohrfeigt. Warum, so fragte er sich, war er nicht schon damals daraufgekommen? Ein riesiger Raubvogel, woher hätte der kommen sollen? Hier tauchte doch höchstens einmal ein Fisch- oder Seeadler auf. Doch die griffen gewiss kein Pferd an. Und sie hinterließen auch nicht die Abdrücke eines Urzeitvogels.

Zugegebenermaßen war er damals nicht ganz Herr seiner Sinne gewesen, Annes Tod hatte ihn in einen Strudel aus Trauer und Verzweiflung gerissen. Trotzdem konnte Lukas das nicht als Entschuldigung für sich gelten lassen. Er jagte bereits seit un- zähligen Leben Dämonen und war sich eigentlich sicher ge- wesen, alle ihre Tricks zu kennen und zu durchschauen. Doch ausgerechnet als es um das Wichtigste ging Annes Tod aufzu- klären und ihren Mörder zu entlarven hatte er versagt. Die Er- kenntnis traf ihn wie ein Hammerschlag und warf ihn mit Wucht zu Boden.

Wie lange er auf dem Boden gelegen hatte, ob er geweint, geschrien oder getobt hatte, er konnte es später nicht mehr sagen. Er fühlte sich völlig ausgelaugt und schwach wie noch nie in seinem Leben. Und er war auch ratlos, wie nie zuvor in seinem Leben.

Da legte sich plötzlich eine Hand auf seine Schulter, er- schrocken zuckte er zusammen, doch eine sanfte weibliche Stimme sagte:

„Gräme dich nicht so, Lukas. Deine Seelenpein ist so groß, dass ich sie bis ins Elfenland spüren konnte. Ich bin hergekommen, um dir Beistand zu spenden."

Lukas schaute verwirrt hoch und sah in das wunderschöne Gesicht der Lady Gaia. Sie lächelte ihm tröstend zu. Er setzte an um ihr zu erklären, doch sie schüttelte den Kopf.

„Du musst mir nichts sagen, ich weiß was geschehen ist. Gib dir keine Schuld..."

„Aber ich habe versagt! Als Faysal damals hierherkam um die Fotos zu machen, habe ich ihn nicht gesehen. Aber als er Anne das Porträt brachte, da ist er mir begegnet. Er wirkte so harmlos und bieder, dass ich dachte er hätte sich ein bisschen in Anne verguckt. Dabei war er hier um sich auf ihre Ermordung vorzubereiten. Warum habe ich das nicht bemerkt? Früher habe ich einen Dämon an seinen morbiden Gedanken erkannt, warum habe ich nicht gespürt, dass er Anne umbringen wollte? Weißt du, wie es in mir aussieht, Aglaia? Mir ist als hätte ich sie selbst getötet..."

Sie schaute ihn ernst an, bevor sie antwortete:

„Du konntest ihn nicht erkennen, weil du zu dem damaligen Zeitpunkt überhaupt keine Veranlassung hattest an Dämonen zu denken. Sie waren seit Jahrzehnten nicht in Erscheinung getreten und somit in Vergessenheit geraten. Zudem erwarteten wir alle sehnsüchtig die Rückkehr der Einhörner, dabei haben wir völlig in den Hintergrund gestellt, weshalb sie zur Erde zurückkamen. Eben, um die Dämonen zu bekämpfen. Dadurch habe ich mich ebenfalls schuldig gemacht, dieser Fehler hätte mir nie passieren dürfen."

Voller Traurigkeit schaute sie ihn an.

Lukas wusste nicht was er darauf antworten sollte, aber nie wäre er auf die Idee gekommen, ihr die Schuld an Annes Tod zuzuschreiben.

Nach einer Weile durchbrach die Königin das lastende Schweigen:

„Bedenke außerdem, dass Faysal der oberste Dämon ist. Das wäre er nicht, wenn er nicht viel raffinierter agieren würde als durchschnittliche Dämonen. Er kam in der festen Absicht hierher, Anne und dich zu täuschen.

Darauf hat er sich vorbereitet und seine Rolle leider sehr gut gespielt. Du bist ein Mensch, Lukas, auch wenn du viele übermenschliche Talente hast. Und Menschen sind nicht vollkommen."

Er starrte sie stumm an, dann senkte er den Blick, weil er ihrem nicht standhalten konnte. Eine Weile schwiegen sie Beide, dann ergriff Aglaia erneut das Wort:

„Da wir jetzt wissen wer der Eindringling war, entlasse ich dich aus deiner Pflicht. Ich möchte dir die Chance geben, Faysal zur Rechenschaft zu ziehen. Deshalb erteile ich dir nun den Auftrag, dich umgehend auf den Weg nach Elfenland zu machen. Die Einhörner und Stuten sind noch immer im Land der Schatten, doch die Zwerge sind Tag und Nacht dabei, den geheimen Stollen zu vergrößern, durch den sie ungesehen nach Elfenland kommen können. Sobald sie in Sicherheit sind, erklärt ihr den Dämonen den Krieg. Ich nehme an, du wirst wie in den früheren Kriegen dein Heer anführen."

„Sehr gerne werde ich das tun. Ich danke dir von Herzen, dass du mir diese Chance gibst…"

„Wer hätte es mehr verdient als du", gab sie zur Antwort, dann fügte sie noch hinzu: „Ich vergaß zu erwähnen: Lena und Julian befinden sich im Land der Schatten bei den Einhörnern, ebenso Lanzelot und Artemis…"

„Artemis? Du meinst sicher Marius. Er hat Julian ins Reich der Schatten begleitet."

Sie lachte, drohte ihm aber scherzhaft mit dem Finger:

„Willst du mir unterstellen, ich kenne die Namen meiner Untertanen nicht?"

Bevor Lukas sich entschuldigen konnte, klärte sie ihn auf:

„Stell dir vor, Lena hat zufällig Artemis' Horn gefunden, das Faysal in einer Höhle versteckt hat. Seither sind die Einhorn Brüder wieder vereint, worüber ich sehr glücklich und dankbar bin. Artemis' Unglück ist mir sehr nahe gegangen, doch leider konnte ich nichts für ihn tun. Umso mehr freue ich mich, dass Lena ihm helfen konnte. Im Krieg gegen die Dämonen ist jeder Kämpfer von unschätzbarem Wert. Und Artemis und Julian sind ein hervorragend eingespieltes Team."

„Dann ist Lanzelot wieder frei für mich?"

Zum ersten Mal kam wieder Glanz in Lukas' Augen. Die Königin lächelte wohlwollend.

„Ja, Lanzelot ist wieder frei für seinen angestammten Kriegergefährten. Er wartet sicher schon ganz ungeduldig auf dich."

Gleich nachdem Aglaia gegangen war suchte Lukas ein paar Dinge zusammen, die er mitnehmen wollte. Dann setzte er sich an den Schreibtisch, nahm ein Blatt Papier zur Hand und schrieb eine Order darauf. Sie war für die beiden Tierärztinnen und für die Stallmeister bestimmt. In knappen Sätzen teilte er ihnen mit, dass er kurzfristig wegmusste und wie der reibungslose Betrieb bis zu seiner Rückkehr ablaufen sollte. Da alle Angestellten darüber informiert waren, was in solch einem Fall zu tun war, sparte er sich langatmige Ausführungen. Nachdem er den Brief unterschrieben hatte legte er ihn gut sichtbar auf seinen Schreibtisch. Er schaute sich nochmals prüfend um, dann verließ er sein Haus und ging in Richtung der Offenstallungen, um sein Pferd zu holen.

Er war schon einige Tage nicht zum Ausreiten gekommen, doch das war Pinto ja leider bereits von seinem Herrn gewöhnt. Es hieß aber nicht, dass der gescheckte Friese nicht genug Bewegung bekam, denn selbstverständlich wurde das Pferd des Chefs von einem Stallburschen betreut, der seinen Job sehr ernst nahm.

Lukas klopfte Pintos Hals und murmelte ein paar Begrüßungsworte, die der mächtige Wallach mit einem Brummen beantwortete. Es bedurfte nicht vieler Worte zwischen ihnen, sie verständigten sich meist per Gedankenkraft. Lukas öffnete das Tor, dann stellte er sich auf den unteren Holm. Pinto stapfte heraus und blieb direkt neben ihm stehen, so dass Lukas auf seinen Rücken steigen konnte.

Er trieb den Wallach mit einem Zungenschnalzen an und der verfiel sofort in einen leichten Galopp. Nachdem sie das Gestütstor passiert hatten, griff Pinto schneller aus und trug Lukas seinem Ziel entgegen. Wo das war, wusste der nicht genau, doch er machte sich keine Gedanken darüber. Er kannte seine Fähigkeit und übertrug sie auf das Pferd. Seine Gedanken schienen stillzustehen, während Pinto in leichtem Galopp den Weg entlanglief.

Irgendwann blieb er plötzlich stehen, warf wiehernd den Kopf hoch und scharrte dann mit dem Huf. Lukas' Gedanken setzten wieder ein, er blickte sich um und sah zwischen den dichten Hecken Fragmente von Mauersteinen. Das sagte ihm, dass er sein Ziel fast erreicht hatte. Er ließ Pinto gemächlich an der Mauer entlang marschieren, während er nach dem geheimen Tor Ausschau hielt. Auch dabei half ihm sein seherisches Talent, er fand den Eingang mühelos und ritt hindurch.

Er entdeckte ein paar Zwerge, wohl die Torwächter, die auf Schemeln um einen kleinen Tisch saßen und Karten spielten. Neugierig schauten sie in seine Richtung, dann stand einer auf und kam auf ihn zu. Er sagte:

„Du bist sicher Lukas, die Königin hat uns gesagt, dass du kommst. Willkommen in Elfenland."

Lukas bedankte sich, dann fragte er, welchen Weg er nehmen musste. Denn vom Tor aus führten drei Wege in verschiedene Richtungen. Der Zwerg wies ihn an, dem mittleren zu folgen, der bergauf führte.

„Sobald du auf dem Versammlungsplatz angekommen bist, lässt du das Pferd auf die Weide, da kann es sich erholen und grasen, später wird es dann abgeholt und in den Stall gebracht. Den Weg zum Bergwerk musst du laufen, du kannst ihn nicht verfehlen, es gibt nur den einen. Dort sind fast alle männlichen Bewohner von Elfenland dabei den Tunnel zu erweitern."

Der Zwerg nickte ihm zu, dann drehte er sich um und ging zu den anderen Beiden zurück.

Lukas ritt den angegebenen Weg entlang, bis er am Versammlungsplatz ankam, der verlassen in der Nachmittagssonne lag. Er schwang sein linkes Bein über Pintos Hals und rutschte von dessen Rücken. Er klopfte anerkennend den gescheckten Hals des Pferdes und murmelte ihm ein paar Worte ins Ohr. Dann dehnte er vorsichtig seine Muskeln und Sehnen, sein Körper forderte Tribut für den langen Ritt auf dem blanken Pferderücken.

„Ich werde langsam alt", murmelte er sich selbst zu, dann lachte er über den abgedroschenen Satz.

Pinto schaute ihn von der Seite an, dann streckte er begehrlich den Kopf in Richtung der Wiese, die durch ein hölzernes Gatter vor Eindringlingen geschützt war.

„Ja, ist schon gut, ich habe es kapiert. Komm mit, ich lass dich hinein."

Lukas ging zu dem Tor und öffnete es so weit, dass Pinto durchgehen konnte. Dann verschloss er es wieder hinter ihm und legte die Arme auf die oberen Balken. Eine Weile schaute er dem Pferd beim Grasen zu, dann drehte er sich um. Seine Augen folgten dem Trampelpfad, der in Windungen den Berg hinaufführte.

Er zog die Augenbrauen zusammen als er erkannte, dass es nicht mehr der Berg war, den er von seinen früheren Besuchen kannte. Damals hatte er eine ziemlich hoch aufragende Spitze gehabt, die nun komplett fehlte. Sie schien abgebrochen zu sein und lag nun in hunderte Teile zerborsten in dem engen Tal, das den einzigen Durchgang zwischen Elfenland und dem Reich der Schatten bildete.

Lukas schloss die Augen und konzentrierte sich auf den Landteil auf der anderen Seite des Berges. Dort drüben, so war er überzeugt, hielten die Dämonen die Einhörner und die Stuten gefangen. Schon vor Jahrzehnten hatten die Dämonen den Bewohnern von Elfenland das Landstück in einem blutigen Krieg abgenommen. Zwar hatten die Zwerge und Elfen diesen Landteil nie genutzt, er bestand großteils aus unansehnlichen sauren Wiesen, dunklen Mooren und Tümpeln. Dennoch war er wichtig für das Gleichgewicht in der Natur. Durch ihn war Elfenland sonnig, warm und ein wahres Paradies für Pflanzen und Tiere. Die Dämonen hatten das Landstück durch ihre dunkle Energie noch zusätzlich vergiftet. Es wuchs dort nichts mehr außer giftigen Pflanzen, die den Boden und das Wasser verseucht hatten.

Deshalb konnte sich Lukas auch nur schwer vorstellen, dass die Pferde und Einhörner dort überleben konnten. Besonders die Einhörner benötigten unbedingt junges, saftiges Gras und reines Quellwasser, um zu gedeihen, außerdem waren sie als Lichtwesen zwingend auf Sonnenschein angewiesen.

Die Einhörner und die Pferde waren nun schon seit einigen Wochen im Land der Schatten. Der Tierarzt in Lukas konnte sich einfach nicht vorstellen, dass sie dort überleben konnten. Andererseits war er aber auch ein Magier, der fest daran glaubte, dass immer wieder Wunder geschahen. Und außerdem waren da auch noch die kurzen geistigen Besuche von Lanzelot, der ihm versicherte, es ginge ihnen allen gut.

Während er so gedankenverloren dastand und auf den Berg blickte, ohne ihn wirklich zu sehen, kam etwas mit sirrendem

Flügelschlag auf ihn zu und ließ sich auf seiner Schulter nieder. Erschrocken wollte er es mit der Hand abstreifen, ließ aber sofort ab, als er die grün leuchtenden durchsichtigen Flügelchen sah, die zu vibrieren schienen. Es war eine Libelle, deren schlanker Leib in metallischem Blau glänzte. Sie bewegte ihren eckigen grünen Kopf mit den beachtlichen Beißwerkzeugen und schaute ihn aus goldenen großen Augen an.

Vollkommene Stille lag über ihnen, während sie sich gegenseitig in die Augen schauten. Selbst die Flügel der Libelle standen still. Lukas wusste nicht zu sagen ob es Sekunden oder Minuten waren, die sie sich anblickten. Dann erhob sich die Libelle in die Luft und war im nächsten Moment verschwunden. Lukas fühlte sich mit einem Mal innerlich so ruhig wie schon lange nicht mehr, alle seine Ängste und Zweifel waren fort, davongetragen von grün schimmernden Libellenflügeln. Er lächelte zuversichtlich, als er sich auf den beschwerlichen Weg den Berg hinaufmachte.

Während er unermüdlich dem steilen Pfad folgte, genoss er die seltsame Ruhe, die hier herrschte. Nur von weit unten hörte er ab und zu Vogelgezwitscher heraufschallen, da der Berg baumlos war, fanden ihn die meisten Vögel wohl unattraktiv. Dafür flitzten kleine Eidechsen vor seinen Füßen über den Weg, um im Geröll unterzutauchen. Unter einem Heidelbeerbusch lauerte eine Kreuzotter einer Maus auf, die an einer Beere naschte und nicht ahnte, dass sie gleich sterben würde.

Impulsiv wollte Lukas die Maus verscheuchen, ließ es aber sein. Er hatte kein Recht sich in die Regeln der Natur einzumischen, die ihren Geschöpfen befahl zu töten, um selbst zu leben. Nur der Mensch hielt sich nicht an diese Regeln, er tötete aus Gier, Lust, um Macht zu demonstrieren oder aus Langeweile...

Lukas wischte die Gedanken weg, um sich auf den Weg zu konzentrieren, der sich in die Länge zog, während die Sonne erbarmungslos vom wolkenlosen Himmel brannte und ihm den Schweiß aus allen Poren trieb. Sein Mund war trocken und er ärgerte sich, dass er nicht daran gedacht hatte, sich Wasser mitzunehmen. Weit kann es ja nicht mehr sein, sagte er zu sich selbst, so hoch war der Berg doch gar nicht. Er stieß einen Seufzer aus und folgte weiter dem Weg, der dann plötzlich wieder bergab verlief. Endlich, dachte er und schritt schneller aus, doch es dauerte nochmal fast eine Stunde, bis er am Stolleneingang ankam. Obwohl es schon langsam dunkel wurde, herrschte dort ein reges Treiben. Zwerge, mit Schaufeln und Hacken bewaffnet gingen ein und aus. Etwas abseits türmte sich ein riesiger Haufen loser Erde auf, die aus dem Tunnelinneren geschafft worden war. Noch während Lukas überlegte wer die Erde wohl herausgekarrt hatte, kam Kassiopeia aus dem Tunnel. Sie zog eine auf einer Schiene laufende Lore, die voller Erde war bis zu dem Erdhaufen, wo sie von Zwergen ausgeladen wurde. Sofort machte die Einhorn Stute kehrt, um die leere Lore wieder in den Stollen zu ziehen, da sah sie Lukas daherkommen.

„Lukas!" rief sie ihm erfreut entgegen. „Wo kommst du den her?"

Da sie mit mehreren Stricken an die Lore gebunden war, konnte sie nicht zu ihm hin, deshalb ging er schnell auf sie zu.

„Kassiopeia, ich freue mich dich zu sehen. Wie geht es dir, ist diese Arbeit nicht zu schwer für dich?"

Besorgt sah er sie an und deutete auf einige blutige Schrammen auf ihrem einstmals schneeweißen Fell. Jetzt hatte es eher einen graubraunen Ton angenommen.

„Pah, die paar Kratzer bringen mich nicht um. Außerdem ist die Arbeit nicht zu schwer für mich. Schließlich mache ich es ja, damit meine Schwestern endlich durch den Tunnel herüberkommen können. Aber sag mir, warum du hier bist? Hast du deinen Auftrag erfüllt?"

Er nickte.

„Ja, das habe ich und ich bin hergekommen, um nun meine wichtigste Aufgabe zu erfüllen. Aber darüber können wir uns später unterhalten. Ich schau erst mal ob ich hier helfen kann, sicher wird hier jede Hand gebraucht, damit wir bald alle wieder vereint sind. Um endlich die Menschheit von den Dämonen zu befreien. Damit die Erde wieder zu einem lebenswerten Planeten wird."

Kapitel 14: Vor dem Entscheidungskampf

Lena hielt sich bereits schon vier Tage im Reich der Schatten auf. Jeden Morgen, wenn die Sonne aufging und es ziemlich unwahrscheinlich war einem Dämon zu begegnen, ging sie in Begleitung von Julian durch das Gesteinslabyrinth zu der Höhle, hinter der sich der Tunnel befand. Jedes Mal hofften sie, dass die Zwerge es endlich geschafft hatten den Gang so zu erweitern, dass die Einhörner gefahrlos auf die andere Seite des Berges gelangen konnten. Doch bisher lag der Tunnel in völliger Dunkelheit vor ihnen.

Auch heute machten sie sich keine großen Hoffnungen auf eine Veränderung. Doch sie täuschten sich, denn noch bevor sie mit der Laterne die Finsternis etwas aufhellen konnten, sahen sie in einiger Entfernung einen matten Schein.

„Sie kommen durch, schau nur, Julian!"

Lena war schier aus dem Häuschen vor Freude. Spontan umarmte sie Julian, was der nutzte ihr einen schnellen Kuss auf die Stirn zu drücken. In den vergangenen Tagen hatten sie viel miteinander geredet und waren sich dadurch nähergekommen.

„Was meinst du sollen wir ihnen entgegen gehen?" wollte sie wissen. „Oder stören wir sie nur bei der Arbeit?"

„Vielleicht können wir ja mit anpacken, damit sie schneller vorankommen", meinte er mit einem Schulterzucken. „Gehen wir hin und fragen einfach..."

Nach geschätzten 50 Metern trafen sie auf die fleißigen Arbeiter. Es waren Zwerge der etwas größeren Art, mit stämmigen, kräftigen Körpern. Sie freuten sich auf Lena und Julian zu treffen, war es doch auch für sie die Bestätigung, dass sie dem Tunnelende endlich näherkamen. Das Zusammentreffen nahmen sie zum Anlass eine Rast einzulegen. Von irgendwo her brachten sie einen großen Korb, in dem lauter gute Sachen lagen. Den beiden Menschen lief beim Anblick und Duft der Brote, Würste und Käsestücken das Wasser im Mund zusammen und sie ließen es sich nicht zweimal sagen, eine Brotzeit gemeinsam mit den Zwergen einzunehmen. So lecker die Früchte auch waren, die sie täglich frisch pflückten, sie tauschten sie gerne gegen diese herzhafte Mahlzeit ein. Als dann noch zwei Zwerge eine Holzkiste mit in Flaschen abgefülltem selbstgebrautem Bier brachten, war das Festessen komplett.

Die Zwerge sprachen einigermaßen verständlich die Sprache der beiden Menschen und erzählten, dass Lukas gestern überraschend in Elfenland aufgetaucht war.

„Das kann nur bedeuten, dass es ihm gelungen ist den Verräter zu entlarven. Ziemlich plötzlich, dafür, dass er die ganze Zeit nicht wusste, wer es war, aber umso besser für uns. Wenn der Krieg mit den Dämonen beginnt, ist Vaters Anwesenheit praktisch schon der halbe Sieg. Seltsam, ich wäre nie auf die Idee gekommen, dass er so ein erfahrener Krieger ist. Ich hielt ihn zwar immer für einen hervorragenden Tierarzt, aber kann ihn mir beim besten Willen nicht mit einem Schwert auf einem Einhorn reitend vorstellen."

Er schüttelte den Kopf und grinste matt.

„Das kann ich mir bei dir und mir auch nicht vorstellen" murmelte Lena in Gedanken versunken. Dann schaute sie ihm ins Gesicht. „Aber wenn wir den Einhörnern glauben, dann sind wir Beide ebenfalls große Krieger."

Sie schaute auf ihre Hände, die klein und feingliedrig waren und fragte:

„Damit soll ich ein Schwert schwingen? Das kommt mir unmöglich vor."

Nach dem Mahl fragten sie die Zwerge ob sie ihnen helfen könnten, doch die lehnten dankend ab.

„Wir haben die Höhlenschweine, die machen die meiste Arbeit. Wir transportieren die Erde nur ab, die sie zuvor mit ihren mächtigen Hauern auflockern. Aber wenn ihr etwas tun wollt, dann könnt ihr vor dem Tunneleingang auf eurer Seite die herumliegenden Steine, Äste und Wurzeln wegräumen, damit die Einhörner sich nicht die Beine daran verletzen. Die Steine und Äste wurden von uns dort aufgetürmt, damit es so aussieht, als sei es schwierig da durchzukommen. Zum Glück sind die Dämonen darauf hereingefallen - falls sie überhaupt bis zu der Höhle vorgedrungen sind. Dämonen meiden nämlich die Sonne wie der Teufel das Weihwasser. Als sie die Bergspitze abgesprengt haben, hatten sie vermutlich nicht damit gerechnet, dass dann die Sonne ungehindert über den Berg scheinen kann. Pech für diese Teufel, aber Glück für die Einhörner, denn hier waren sie relativ sicher. Außerdem fanden sie genug Futter und sauberes Quellwasser."

Nachdem die Zwerge wieder an ihre Arbeit gegangen waren, machten sich Lena und Julian sofort daran den Eingang zum Tunnel von den Ästen und Steinen zu säubern. Eine mühselige und anstrengende Arbeit, doch sie ruhten nicht eher bis sie einen breiten Weg freigeräumt hatten, auf dem die Einhörner sicheren Trittes bis zum Tunneleingang kamen.

Danach sanken sie erschöpft ins Gras einer nahen Wiese. Die Sonne war bereits weitergezogen, das Gras fühlte sich angenehm kühl auf ihren schmerzenden Armen und Beinen an.

„Ach, was gäbe ich jetzt für ein erfrischendes Bad", murmelte Lena mehr zu sich selbst, wobei sie sich mit den Händen über ihre schweißfeuchten Arme rieb.

„Ich hoffe, dass wir morgen endlich durch den Tunnel können. Dann werde ich als erstes ein langes Bad nehmen. Die Zwerge haben auf der anderen Seite ein richtiges Badezimmer in den Felsen gebaut, mit einem hölzernen Zuber als Badewanne."

Sie schaute zu Julian hin und meinte mit einem Grinsen.

„Für deine Größe dürfte der allerdings zu klein sein, da könntest du höchstens mit den Knien an den Ohren drinsitzen."

Sie kicherte fröhlich, als sie sich das bildlich vorstellte.

Julian lachte ebenfalls, dann sagte er:

„Nein danke, eine Zwergen-Badewanne ist wirklich nichts für mich. Da dusche ich lieber unter dem Wasserfall, der dort hinten dem Berg herunter rauscht. Obwohl das Wasser sicher eiskalt ist. Nee, da bleibe ich doch lieber noch einen Tag schmutzig."

Sie neckten sich noch eine Weile gegenseitig, bis näherkommendes Hufgetrampel sie unterbrach. Neugierig erhoben sie sich, um in die Richtung zu spähen. Wie sie vermuteten waren es Lanzelot und Artemis, die ihre Herde auf die Wiese führten, damit sie das saftige Gras abweiden konnten. Den Tag hatten die Einhörner und Pferde, wie schon die ganze Zeit zuvor, in den Bergen verbracht und sich meist in der Sonne aufgehalten. Nur so konnten sie vor den Dämonen sicher sein, die die Einhörner sicher nur zu gerne wieder in ihre Gewalt gebracht hätten.

Ausreichend Nahrung war in den Bergen allerdings knapp und die wenigen Grasbüschel meist vertrocknet. Dem entsprechend hungrig fiel die Herde jetzt über die saftigen Gräser und Wiesenkräuter her. Nur die beiden Rapphengste fraßen nicht, sie behielten stattdessen die Umgebung im Auge und umkreisten die Stuten unermüdlich.

„Was meinst du?" wollte Lena von Julian wissen. „Suchen die Dämonen überhaupt nach den Einhörnern? Lanzelot sagte seit er hier ist, hat er keinen einzigen Dämon entdeckt. Oder sind sie sich nur sicher, dass kein Einhorn das Reich der Schatten verlassen kann, so dass sie es nicht für nötig halten sie zu überwachen."

Julian zuckte mit den Schultern.

„Das kann schon sein, aber verlassen können wir uns darauf nicht. Lanzelot ist die Gefahr zu groß, dass die Dämonen nur darauf warten, dass seine Wachsamkeit nachlässt, um die Stuten wieder in ihre Gewalt zu bringen. Denn, wie wir alle vermuten, wollen sie die Einhörner als Geiseln oder Schutzschilde gegen uns benutzen, sobald der Krieg losgeht. Und dass es bald zu einem Krieg zwischen Gut und Böse kommt, ist den Dämonen ebenso klar wie uns."

„Vielleicht hoffen sie ja die Einhörner zu schwächen, indem sie sie ständig in Bewegung halten. Denn bestimmt wissen sie, dass jedes Einhorn bis zum Tod kämpft, anstatt sich zu ergeben..."

Erneut zuckte er mit der Schulter bevor er nachdenklich antwortete:

„Wir werden wohl nie erfahren, was in den Köpfen der Dämonen vorgeht, Lena. Nur, dass es nichts Gutes ist. Deshalb müssen wir mit allem rechnen. Doch wenn wir die Einhörner morgen sicher durch den Tunnel nach Elfenland gebracht haben, so ist das unser erster Sieg gegen die Dämonen der Finsternis."

Früh am nächsten Morgen war es dann soweit, das verborgene Tor öffnete sich und hindurch kamen Lukas und sechs Zwerge. Lena stieß einen Freudenschrei aus und fiel Lukas impulsiv um den Hals. Auch Julian umarmte seinen Vater stürmisch, nachdem Lena von ihm abgelassen hatte. Dann begannen sie ohne viele Worte zu machen damit, die Einhörner und Stuten in den Tunnel zu führen. Da die Stuten etwas ängstlich waren in den düsteren Gang zu gehen, wurde beschlossen immer ein Einhorn und ein Pferd gemeinsam von einem der Zwerge hindurch führen zu lassen. Das nächste Paar musste eine Weile warten bis es folgen konnte, damit es nicht zu Stauungen kam, sollte das erste Duo irgendwelche Schwierigkeiten bekommen.

„Ich hoffe, es klappt alles reibungslos", sagte Lukas, als das nächste Pferde/Einhorn Paar bereit war in die Freiheit zu gehen. Er hielt seinen Rucksack hoch, den er mitgebracht hatte und meinte:

„Vorsichtshalber habe ich ein paar Beruhigungsspritzen aufgezogen, falls eine der Stuten Angst hat in die Dunkelheit zu gehen. Die Zwerge, die sie durchführen, haben zwar Laternen dabei. Trotzdem ist es schon etwas beklemmend durch den Gang zu gehen."

„Wem sagst du das?" meinte Lena mit ironischem Unterton. „Ich musste ganz alleine durchgehen. Da war der Gang noch viel niedriger und allerlei Wurzeln hingen von der Decke. Außerdem lebten ein paar Tiere darin, die ich noch nie gesehen habe. Sie waren riesig, mit großen Hauern im Maul. Zum Glück waren sie freundlich, auch wenn sie ziemlich gefährlich aussahen."

Lukas lachte.

„Das sind Erdschweine, denen bin ich auch begegnet. Sie haben den Gang nur mit diesen Zähnen verbreitert. Und das in einem Tempo, dass Kassiopeia kaum hinterhergekommen ist, die Erde mit der Lore rauszuschaffen. Die Gute ist bestimmt froh, dass der Tunnel endlich fertig ist."

„Kassie, du hast sie gesehen. Wie geht es ihr? Sie hat mir gesagt, sie werde bei den Erdarbeiten helfen. Hoffentlich hat sie sich nicht übernommen, sie ist doch noch so jung."

„Kassiopeia ist sehr stark und ihr Alter hat nichts zu bedeuten. Sie ist ein sehr erfahrenes Einhorn, genau wie die anderen auch, die erst vor wenigen Wochen hier geboren wurden. Alle haben schon viele Schlachten bestritten."

Lena nickte lächelnd. „Ja, das hat sie mir alles erklärt, während wir unterwegs waren. Innerhalb von wenigen Stunden ist sie vor meinen Augen zu einem riesigen Einhorn herangewachsen."

„Nun, du hast dich in den letzten Tagen auch ziemlich verändert", warf Julian ein. „Als du weggingst, warst du noch ein Teenager mit ziemlich verwirrten Gedanken. Als ich dich dann hier getroffen habe, stand eine junge, starke Frau vor mir."

„Wir alle werden durch unseren Kontakt mit den Einhörnern verändert. Wir kämpfen mit ihnen seit Jahrhunderten um Frieden in der Welt. Deshalb kommen wir auch in jedem Leben wieder zusammen, was wir allerdings vergessen. Deshalb müssen wir immer wieder alles neu lernen..."

„Du auch?" fragte Julian verwirrt. „Sagtest du nicht, du hast dieses Vergessen nicht und kannst dich an alles erinnern?"

„Leider habe ich die Gnade des Vergessens nicht in die Wiege gelegt bekommen. Aber ich habe gelernt, mich nicht an alles zu erinnern, zumindest nicht an das, was ich in meinem derzeitigen Leben nicht brauche. Es ist keinesfalls schön sich an alles zu erinnern, das kann schnell in den Wahnsinn führen."

Lukas schaute beide ernst an, dann sagte er aufmunternd:

„Aber jetzt lasst uns hier weitermachen. Ich bin erst wieder beruhigt, wenn wir alle heil im Elfenland angekommen sind. Dort feiern wir alle heute Abend ein großes Fest. Zu Ehren unseres Etappensieges."

Es stellte sich heraus, dass es leichter war wie sie es sich vorgestellt hatten, die Einhörner und Pferde durch den Tunnel zu bringen.

„So, ihr seid schon die letzten beiden Mädels, die durch die Dunkelheit gehen. Keine Angst, die anderen haben es alle gut überstanden", meinte Julian gutgelaunt und klopfte dem Einhorn neben sich den Hals.

Es drehte ihm den Kopf zu und schaute ihn aus hellblauen Augen an, aus denen Humor funkelte.

„Hast du etwas anderes erwartet?" fragte es schnippisch und

wieherte leise. „Wenn bereits die Passage durch einen dunklen Tunnel uns aufregen würde, dann wäre es schlecht um unseren Sieg bei dem bevorstehenden Entscheidungskrieg bestellt."

„Äh, ich wollte damit nicht sagen..." stammelte Julian verdattert. „Ich dachte nur..."

Doch das Einhorn ließ ihn nicht ausreden, sondern unterbrach ihn.

„Bei uns Einhörnern sind die Stuten den Hengsten gleichgestellt, nicht wie bei euch Menschen, wo die Männer meist noch das Sagen haben. Es ist kein Wunder, dass ihr ständig in Kriege verstrickt seid. Das gäbe es nicht, wenn eure Frauen mehr zu sagen hätten. Und jetzt lass uns gehen."

Sie trabte an ohne seine Antwort abzuwarten, gemeinsam mit ihrer Gefährtin verschwand sie im Tunneleingang.

Verblüfft schaute er ihr hinterher und wandte sich dann seinem Vater und Lena zu.

„Was war denn das?" fragte er perplex. „Gibt es unter Einhörnern auch Emanzen?"

„Sieht so aus", bekam er von Lukas zur Antwort, der versuchte, sich das Lachen zu verkneifen. „Du darfst nicht vergessen, dass Einhörner keine Pferde sind. Sie sind Himmelswesen, genau wie Engel. Die sind übrigens auch überwiegend weiblich, sogar einige der großen Erzengel. Vielleicht sollten wir Menschen auch endlich mehr auf die Frauen hören und ihnen wichtige Entscheidungen überlassen. Dann wäre die Welt zumindest eine friedlichere."

Vom Höhleneingang kam Hufgetrappel näher, dann kamen Lanzelot und Artemis zu ihnen. Anscheinend hatten die Hengste gehört, was gesagt wurde. Denn Artemis, oder war es Lanzelot?. Die Beiden sahen sich ähnlich wie Zwillinge, sagte: „Bei uns Einhörnern sind wir Hengste ja stark in der Unterzahl, da wir hauptsächlich gebraucht werden, um Nachwuchs zu

zeugen. Aber ansonsten sind wir und die Stuten gleichwertig. Dass wir hier das Rudel führen durften lag an dem Umstand, dass alle Stuten erst vor kurzem hier geboren wurden und für die ersten Wochen auf Schutz angewiesen waren. Wie ihr selbst sehen konntet, sind jetzt alle erwachsen und selbstständig."
Er wandte sich an Julian.

„Penelope wollte dich nicht ärgern, sie ist immer ein bisschen direkt, meint es aber nicht böse. Und obwohl sie es nicht gern zugibt, ist sie doch ein bisschen nervös, wie wir alle übrigens."
„Ach, schon vergessen", winkte Julian ab. „Es ist an der Zeit, dass wir ebenfalls durch den Tunnel gehen, als Nachhut sozusagen. Die Zwerge werden dann den Stolleneingang danach unpassierbar machen. Außerdem wollen sie den Gang an einigen Stellen durch Sprengen zum Einsturz bringen, damit die Dämonen auf keinen Fall die Möglichkeit haben, auf diesem Weg nach Elfenland zu kommen. Also packen wir es an...."
Lukas hatte starke Taschenlampen mitgebracht, die ihnen gute Dienste taten. Denn obwohl der Tunnel breiter und höher geworden war, fiel es den beiden Hengsten nicht leicht, nicht mit ihren Hörnern anzuecken, wenn es um eine Biegung ging.
Besorgt hielt sich Julian neben Artemis, der zwar nichts sagte, trotzdem spürte er deutlich dessen Anspannung und Angst, sein Horn zu verletzen. Aber auch Lanzelot hielt seinen Kopf möglichst tief gesenkt. So waren alle froh, als der Ausgang endlich in Sicht kam und sie wenig später im Freien standen.
Sie wurden mit freundlichen Rufen begrüßt und staunten nicht schlecht, wer dort alles versammelt war. Neben vielen Zwergen waren natürlich die Einhörner und Pferde da, die vor ihnen durch den Tunnel gegangen waren. Sie standen bereits in kleinen Grüppchen auf der nahen Wiese und genossen die Sonne und das saftige Gras.
Julian stieß seinen Vater leicht an und fragte ihn:

„Sag mal, wie viele Einhörner sind das denn? So viele waren es doch gar nicht, die wir durch den Tunnel gebracht haben."

Er rieb sich verwundert die Augen und auch Lena sah staunend auf all die schneeweißen Einhörner, die sich auf der Wiese tummelten. Sie versuchte Kassiopeia zwischen ihnen auszumachen, was ihr jedoch erst gelang, als die den Kopf hochwarf und dann auf sie zutrabte. Lena fiel ihr um den Hals und murmelte in ihre dichte Mähne:

„Endlich sehe ich dich wieder Kassie, ich habe dich schrecklich vermisst. Geht es dir gut?"

Kassiopeias strahlend blaue Augen schauten sie liebevoll an, dann sagte sie:

„Ich freue mich auch dich endlich wiederzuhaben. Natürlich geht es mir gut, wie sollte es auch anders sein, wo wir jetzt alle wieder vereint sind. Seit heute Morgen treffen immer mehr Einhörner hier ein, die dem Ruf gefolgt sind. Sie kommen teils von weit her, um mit uns die Dämonen der Finsternis zu bekämpfen. Von vielen sind auch bereits die Krieger und Kriegerinnen eingetroffen. Siehst du das große Zelt dort vorne? Da treffen sich alle um sich wieder miteinander bekannt zu machen und ihre Erinnerungen aufzufrischen. Ihr wollt sicher auch dorthin gehen. Wir treffen uns dann später wieder."

Bevor Lena etwas erwidern konnte, war Kassiopeia schon auf dem Weg zurück zur Wiese.

Lukas wandte sich ihr zu.

„Na, dann gehen wir ebenfalls zum Zelt, um uns mit unseren Mitstreitern bekannt zu machen. Dort gibt es auch etwas zu essen und zu trinken."

Als er die unsicheren Mienen der Beiden sah, lächelte er beruhigend.

„Keine Angst, das ist kein steifes Zusammentreffen von Fremden. Schließlich sind alle, die hier zusammenkommen, aus dem gleichen Grund da. Und die allermeisten müssen sich erst wieder erinnern. Sie sind genauso nervös wie ihr, doch das gibt sich schnell."

Er ging voran. Bevor Lena ihm folgte, griff ihre Hand suchend nach der von Julian, und der umschloss sie mit festem Griff. Dann gingen sie gemeinsam Lukas nach. Das Zelt stand im Schatten einiger Bäume und war eigentlich nur eine große Plane, die mit langen Stricken an deren Stämmen befestigt war. Es gab einige Holzbänke, die aber eher für die Größe von Zwergen gedacht waren. Die meisten Leute standen entweder in Grüppchen zusammen oder saßen auf den Stämmen gefällter Bäume. Einige hatten hölzerne Näpfe in den Händen, in denen sich, dem Geruch nach, Gemüsesuppe befand. Die Suppe wurde von einigen Zwergenfrauen aus einem riesigen Bottich ausgegeben, dazu gab es dicke Scheiben frischgebackenes Brot. Daneben stand ein großes Holzfass auf einem Tisch. Zwerge schenkten daraus selbstgebrautes Bier in Holzkrüge. Außerdem wurden noch allerlei, mit frischem Quellwasser gemischten Obstsäfte ausgeschenkt.

„Der Geruch der Suppe erinnert mich daran, dass ich heute noch kaum etwas gegessen habe" sagte Lukas. „Ihr seid doch sicher auch hungrig? Gehen wir erst etwas essen, bevor wir uns mit den anderen bekannt machen. Julian und Lena waren einverstanden, gemeinsam gingen sie zum Suppentopf, wo ihnen die Zwergin lächelnd gut gefüllte Näpfe überreichte, auf denen jeweils eine dicke Scheibe Brot lag.

„Pommes oder Pizza gibt es hier wohl nicht?", fragte Julian scherzhaft, nachdem er seinen Napf entgegengenommen hatte. Als er keine Antwort bekam, trottete er hinter den anderen her zu einer freien Bank.

Nachdem alle drei satt waren schlenderten sie durch das Zelt, blieben immer mal bei den Gruppen stehen, die sich gebildet hatten. Immer wurden sie freundlich begrüßt, doch bei der Vielzahl von Leuten war es unmöglich, sich mit allen bekannt zu machen. Das war aber auch nicht nötig, wichtig war nur das Gefühl der Zusammengehörigkeit, alles Weitere würde sich ergeben.

Natürlich waren die bevorstehenden Kampfhandlungen das beherrschende Thema, auch merkte man den Anwesenden eine gewisse Nervosität an. Doch alle waren sich darin einig, dass es diesmal unbedingt zu einem endgültigen Sieg kommen musste. Die Dämonen der Finsternis hatten schon zu viel Unheil angerichtet und es wurde höchste Zeit, sie für immer zu eliminieren.

Irgendwann kam ein Zwerg auf Lukas zu und bat ihn zu einer kleinen Gruppe, die etwas abseits in einer Ecke stand. Es waren Männer und Frauen, die sich bereits in mehreren Kämpfen bewährt hatten und deshalb als Anführer auserwählt worden waren. Lukas kannte sie alle, er wurde freudig begrüßt und dann sofort in das Gespräch einbezogen. Durch Umsicht und Mut hatte er in früheren Kämpfen schon manchen Sieg erwirkt, deshalb wollte man seine Strategie für die bevorstehende Schlacht erfahren.

Diese Besprechung zog sich dann so in die Länge, dass Lukas nicht mehr dazu kam, nochmals zu Lena und Julian zurückzukehren, was er eigentlich vorgehabt hatte. Nachdem sich die Anführer endlich über den gemeinsamen Angriffsplan einig waren, hatten sich die meisten der jungen Kriegerinnen und Krieger schon schlafen gelegt. Für Lukas war das ok, es ergab sich sicher noch die Gelegenheit, mit Lena und seinem Sohn zu sprechen. Es gab genügend Schlafplätze, sowohl in Hütten oder leeren Ställen, aber auch unter freiem Himmel, so dass jeder schlafen konnte, wo es ihm am meisten behagte.

Auch Lukas spürte die Erschöpfung in seinem Körper, deshalb

suchte er sich einen freien Schlafplatz unter den tief herabhängenden Ästen einer Trauerweide. Er musste nachdenken und ahnte schon, dass er wohl trotz seiner Müdigkeit keinen Schlaf finden würde. Der Krieg gegen die Dämonen war überfällig, das war ihm klar. Schon seit Jahren liefen die Vorbereitungen und viele Opfer wurden bereits dafür gebracht. Das hatte er von den anderen Anführern erfahren, die von ihren oft weit entfernten Wohnorten angereist waren. Fast alle von ihnen hatten schwere Zeiten hinter sich, manche beklagten den Verlust ihrer Besitztümer, andere - so wie er - den von geliebten Menschen. Die Dämonen der Finsternis hatten ihre Spione überall hin ausgesandt. Und leider war es denen gelungen herauszufinden, was mit Hilfe der Einhörner geplant war. Seitdem hatten die Dämonen nichts unversucht gelassen, den geplanten Krieg gegen sie abzuwenden.

Wie Lukas von den anderen Führern erfahren hatte, waren an den anderen Geburtsstätten der Einhörner ähnliche Versuche der Dämonen unternommen worden, wie auf Gestüt Baldomar. Doch in den meisten Fällen konnte Schlimmeres verhindert werden, so dass genügend Einhörner in Elfenland eingetroffen waren. So konnten alle entspannter den kommenden kriegerischen Tagen entgegensehen, denn die Dämonen würden keinesfalls in der Überzahl sein. Und ihre untoten Gehilfen zählten eher als lästige, denn als ernstzunehmende Gegner.

Über seine Grübeleien schlief Lukas dann doch irgendwann ein. Im Traum spürte er eine Berührung und öffnete die Augen. Neben ihm stand eine weibliche Gestalt, die ihn anlächelte. Mit einem Ruck setzte er sich auf.

„Anne? Wo kommst du denn her? Ich träume doch sicher..."

Anstatt einer Antwort beugte sie sich zu ihm und küsste ihn auf den Mund. Er nahm den Geruch des leichten Parfüms war, das sie immer gerne getragen hatte, atmete ihn tief ein.

Dann erwiderte er ihren Kuss. Er fühlte sich so echt an, so, wie er es in Erinnerung hatte und er wollte, dass es nicht aufhörte. Doch seine Vernunft sagte ihm, dass es nur ein Traum sein konnte.

„Es ist kein Traum, sondern Wirklichkeit" versicherte Anne ihm lächelnd. „Wir sind in Elfenland und da werden manchmal Wunschträume war. Also verschwende nicht die kostbare Zeit, die uns geschenkt wurde mit nutzlosen Gedanken…"

Erneut küsste sie ihn und er warf alle seine Zweifel über Bord und schloss sie in seine Arme. Ob Traum oder Wirklichkeit, er wollte nicht weiter darüber nachdenken. Er würde diesen heiligen Augenblick nutzen, um seine unendliche Sehnsucht nach ihr zu stillen.

Kapitel 15: In Lebensgefahr

Der Entscheidungskampf stand unmittelbar bevor und dementsprechend hektisch ging es im Camp zu. Unter den Zwergen gab es einige hervorragende Waffenschmiede, die unermüdlich Schwerter, Messer und Kampfbeile herstellten. Die Hammerschläge, mit denen sie das glühende Metall bearbeiteten, waren weithin hörbar und in den Essen loderten die Feuer. Es roch nach Rauch und heißem Eisen. Die fertigen Waffen wurden in einem Schuppen gelagert, dort konnte sich jede Kriegerin und jeder Krieger, die ihm zusagende Waffe aussuchen. Sie waren alle von einem Druiden geweiht worden, damit ihre Träger gute Erfolge mit ihnen erzielten. Und da Dämonen eine tiefe Abneigung gegen geheiligte Symbole hegten, konnte sich jeder eines der kleinen Kreuze nehmen, die von den Elfen gefertigt und vom Druiden gesegnet worden waren.

Auf einem extra angelegten Sandplatz vor dem Waffenschuppen wurde zudem jedem die Gelegenheit geboten, sich im Kampf zu üben oder seine Waffe auszuprobieren. Das nutzen besonders die jüngeren Kämpfer, die noch nicht so viel Routine besaßen und auch diejenigen, die vor dem anstehenden Kampf besonders nervös waren.

Bei den erfahrenen Kämpfern setzte die Erinnerung an ihre vergangenen Gefechte ein, womit jeder auf seine eigene Art umging. Einige wollten darüber reden, andere meditierten oder wollten alleine sein und wieder andere alberten und scherzten.

Lukas sah man nicht an ob er nervös oder aufgeregt war, er machte einen ausgeglichenen Eindruck. Julian saß bei ihm, doch obwohl er versuchte es seinem Vater nachzutun, spürte er doch mehr und mehr die Anspannung, die in ihm hochstieg. Schließlich brach es aus ihm heraus:

„Wie kannst du so ruhig sein, wenn der Kampf jeden Moment losgehen kann? Wer bestimmt eigentlich wann der Krieg beginnt, die Dämonen oder wir? Mir wäre am liebsten es ginge endlich los, die Warterei zerrt an meinen Nerven."

„Nun müssen wir abwarten, dass die Dämonen aus ihren Höhlen herauskriechen", gab ihm sein Vater zur Antwort.

„Wir haben ihnen gestern die Kriegserklärung zukommen lassen, aber damit haben sie scheinbar noch nicht gerechnet, jetzt müssen sie erst eine Strategie aufstellen. Denn bisher waren sie es immer, die angefangen haben, ohne Vorwarnung und am liebsten aus dem Hinterhalt. Denn im Grunde sind sie feige Kreaturen und scheuen die offene Konfrontation. Zudem haben sie ihren Auftrag noch nicht annähernd erfüllt, den sie von Satan persönlich bekommen haben und mit dem ist nicht zu spaßen. Er ist schon so lange scharf darauf, endlich die Regentschaft über die Erde und ihre Bewohner zu übernehmen, um daraus eine weitere Hölle zu erschaffen. Speziell zu diesem Zweck hat er besonders niederträchtige Höllenbewohner rekrutiert und aus ihnen Dämonen gemacht. Doch seine Schergen haben das bisher nicht geschafft, deshalb verliert er langsam die Geduld. Das und unsere Kriegserklärung bringt die Dämonen gewaltig in Zugzwang, da ihr Plan die Einhörner außer Gefecht zu setzen nicht gelungen ist, müssen sie jetzt gegen sie kämpfen. Einen Kampf gegen so zahlreiche und entschlossene Gegner wollten sie unbedingt vermeiden."

Lukas hielt einen Moment inne und sah Julian beruhigend an, bevor er eindringlich sagte:

„Sie fürchten die Auseinandersetzung mit uns, denn sie wissen, dass wir sie besiegen werden."

Dann wechselte er abrupt das Thema um zu fragen:

„Wo ist eigentlich Lena? Ich habe sie heute noch gar nicht gesehen…"

Lena lag, an Kassiopeias warmen Leib gelehnt, im Gras und zupfte lange Grashalme aus. Es gab ein leises quietschendes Geräusch, wenn sich der Halm aus seiner Hülse löste. Sie hielt ihn der Stute hin, die ihn mit den Lippen nahm und dann darauf herumkaute.

„Kannst du nicht gleich mehrere Halme auf einmal ausrupfen? Wegen einem Hälmchen rentiert sich das Kauen ja gar nicht" nörgelte Kassie gespielt genervt. Dann machte sie den Hals lang und rupfte einen großen Büschel Gras aus.

„Siehst du, das ist eine ordentliche Portion, immer nur ein Hälmchen, da werde ich ja nie satt."

Das Grasbüschel verschwand zwischen ihren Zähnen und wurde zermalmt.

„Iiih, da sind ja noch die Wurzeln und jede Menge Erde dran", sagte Lena lachend und versuchte Kassiopeia das Gras wieder aus dem Maul zu ziehen.

„Zu spät, ist schon weg" nuschelte Kassie und schluckte.

„So ein bisschen Erde bringt mich nicht um, die reinigt den Magen" behauptete sie und riss ein weiteres Grasbüschel aus.

„Na, wenn du meinst", murmelte Lena und steckte sich das einzelne Hälmchen selbst in den Mund. Mit den Vorderzähnen knabberte sie darauf herum, es schmeckte erst ein bisschen süßlich, dann herb und sie spukte den Halm aus.

„Dein Bauch grummelt", behauptete die Stute. „Hast du nichts gefrühstückt?"

Lena zuckte die Schultern.

„Nein, ich hatte keinen Hunger, habe ich auch jetzt nicht..."

„Du solltest aber etwas essen, denn wenn der Kampf beginnt kann es eine Weile dauern, bis es wieder etwas gibt. Hungrig zu kämpfen ist nicht gut, am Ende wirst du noch ohnmächtig. Also steh auf und hol dir was. Ich bleibe hier auf der Weide, falls du mich suchen solltest."

Mit einem leisen Seufzer gehorchte Lena der Anordnung und erhob sich aus dem Gras, sie wusste wie hartnäckig Kassiopeia war, wenn sie meinte sie würde zu wenig für sich tun. Als sie stand verspürte sie tatsächlich Hunger. Sie bückte sich zum Kopf des liegenden Einhorns hinunter und drückte ihm schnell einen Kuss auf die Stirn. Dabei streifte sie mit ihrer Wange das Horn, was einen wohligen Schauer durch ihren ganzen Körper schickte. Er wirkte wie eine Energiespritze auf sie.

„Du kannst ein bisschen Energie gebrauchen", sagte Kassie liebevoll. „Denke nicht so oft an den Kampf der vor uns liegt, wir werden ihn meistern, so wie wir ihn schon unzählige Male gemeistert haben. Diesmal wird es der letzte sein, das spüre ich. Die Tage, in denen die Dämonen Unfrieden auf der Erde verbreiten, sind gezählt..."

Lena nickte, war aber nicht wirklich überzeugt, dass es so sein würde. Sie verspürte eine innere Unruhe, die sie nicht abschütteln konnte. Das ist die Warterei bis es endlich losgeht, versuchte sie sich selbst zu beruhigen, während sie durch die Herde der Einhörner lief, die fast alle auf der ausgedehnten Wiese versammelt waren. Hin und wieder strich sie einem übers Fell, wenn es in ihrer Nähe stand. Als sie den Weg erreichte, der ins Dorf führte, blieb sie stehen und schaute zurück. Es war ein imposanter Anblick, all die schneeweißen Einhörner auf der grünen Wiese zu sehen. In den Sonnenstrahlen, die vom Himmel fielen, leuchteten sie überirdisch schön und erinnerten an eine riesige Schar von Engeln. Selbst die wenigen schwarzen Hengste dazwischen schienen zu leuchten. Lena konnte sich von dem Anblick kaum losreisen. Erst als ihr Magen lauter knurrte, brachte sie das in die Wirklichkeit zurück. Mit einem Seufzer drehte sie sich um und machte sich auf den Weg ins Dorf.

Als die Nacht anbrach war es soweit, die Dämonen standen plötzlich vor den Toren von Elfenland und begehrten lautstark Einlass. Doch der Eingang wurde schon seit Tagen von kriegserfahrenen Zwergen gut bewacht, sie schlugen sofort Alarm und vereitelten aus den Wehrtürmen heraus das Eindringen der Angreifer. Als die Armee aus Einhörnern und Kriegern, zum Kampf bereit, durchs Tor stürmte, hatten sich die Dämonen bereits ein ganzes Stück zurückgezogen, um nicht von den langen Pfeilen getroffen zu werden, die von den Zwergen auf sie abgefeuert wurden. Dass schon etliche Pfeile ihr Ziel getroffen hatten, erkannte man nur an den rauchenden Aschehäufchen auf dem Boden und dem Pfeil, der daneben lag. Sobald die letzten Kriegerinnen und Krieger auf ihren Einhörnern das Tor passiert hatten, schlossen sich hinter ihnen geräuschvoll die stabilen Torflügel. Dann krachten die geschmiedeten Eisenriegel herunter, so dass weder Freund noch Feind Elfenland betreten konnte.

Lena und Julian waren Lukas' Heer zugeteilt worden, der auf Lanzelot voranritt. Er schien wie mit dem Hengst verschmolzen zu sein, als er den flüchtenden Dämonen folgte. In seiner rechten Hand schwang er ein mächtiges Schwert, das aussah, als sei es schon hunderte von Jahren alt, sein Griff war mit geheimnisvollen Ornamenten verziert, das Schwertblatt funkelte im Mondlicht, als er es hoch hielt.

Julian, der auf Artemis saß, ritt dicht neben Lena auf Kassiopeia. Alle Nervosität war aus ihnen gewichen, sie fieberten nur noch dem Kampf entgegen. Als Lukas die Verfolgung der Dämonen aufnahm, stießen alle Kriegerinnen und Krieger einen lauten Kampfschrei aus und galoppierten ihm hinterher. Die anderen Truppen formierten sich rechts und links neben ihnen, so dass sie eine lange Reihe bildeten. In rasendem Tempo kamen sie den fliehenden Dämonen immer näher.

Von den Dämonen besaßen nur wenige Pferde, die allesamt in schlechtem Zustand waren. Der größte Teil der Höllenarmee ging zu Fuß. Ihre Waffen bestanden aus Schwertern, Messern, Speeren und mit Spitzen bewehrten Eisenkugeln, die sie an langen Ketten schwangen. Trotz der schweren Waffen, die sie mitschleppten, schafften die Höllenkrieger es gerade noch, ihre Armee aus Untoten zu erreichen, die in einiger Entfernung warteten. Kaum bei ihnen angelangt, mischten sie sich unter die Zombies, die ihnen zahlenmäßig weit überlegen waren und dadurch Schutz boten.

Sie hatten die Untoten nur zu diesem Zweck erschaffen, sie gemeinsam mit den gefangenen Einhörnern als Schutzschilde zu benutzen. Eigentlich, so hatten sie geplant, sollte den Einhörnern zuvor die Hörner abgeschlagen werden, um diese als Waffen gegen ihre Artgenossen zu benutzen. Faysal, ihr Befehlshaber, hatte ihnen großspurig erklärt, er würde die Einhörner mit ihren eigenen Waffen schlagen. Doch sein so großartiger Plan war gescheitert, die Einhörner, die sie in ihre Gewalt gebracht hatten, konnten entfliehen. Und nun sahen sie sich von einer riesigen Überzahl erprobter Kämpfer bedroht.

Die Einhörner und ihre menschlichen Krieger hatten es sich zum obersten Ziel gesetzt, alle Dämonen zu töten. Die oft erprobte Kampfart der Einhörner war es, auf die Dämonen zuzupreschen und ihnen ihr Horn in den Leib zu stoßen. Die Aufgabe der Kriegerinnen oder Krieger auf ihrem Rücken bestand darin, Gegner, die von der Seite angriffen, abzuwehren und zu töten.

Es war jedoch gar nicht so einfach, an einen der Dämonen heranzukommen, da sie inmitten der lebenden Leichen untergetaucht waren. Diese torkelten eher ziellos über das Kriegsfeld, grapschten mit ihren Klauenfingern wahllos nach jedem Lebewesen, das ihnen nahekam.

Eine wirkliche Bedrohung stellten sie nicht dar, doch da es sehr viele Untote waren, war es schwer für die Kämpfer, an die Dämonen heranzukommen.

Anfangs fiel es allen menschlichen Kriegern schwer, die Untoten zu eliminieren, obwohl alle wussten, dass sie dadurch deren Seelen befreiten. Derlei Skrupel besaßen die Dämonen nicht, sie benutzen sie als Schutzschild und griffen die Einhörner und Kämpfer aus dem Schutz der Körper an, hinter denen sie sich versteckten.

Leider gab es dadurch gleich zu Anfang einige Opfer unter den Einhörnern und Kämpfern. Was die Kämpfer schnell dazu brachte ihr Skrupel zu vergessen. Oft genügte schon ein kräftiger Stoß und der Zombie zerfiel zu Staub. Es blieb den Dämonen schnell nichts anderes übrig, als sich dem Gegner im Zweikampf zu stellen. Da sie jedoch alle feige waren und am liebsten aus dem Hinterhalt mordeten, suchten viele nun ihr Heil in der Flucht. Da die Einhörner ihnen aber zahlenmäßig weit überlegen waren, war es nur noch eine Frage der Zeit, wann auch der letzte Dämon von der Erde getilgt war.

Die verwundeten Menschen wurden von den Zwergen auf Holzwägen vom Kampfplatz geholt und in Sicherheit gebracht, um sie zu versorgen. Dafür war hinter dem Tor ein großes Zelt aufgestellt worden. Druiden und heilkundige Zwergenfrauen kümmerten sich dort um die Verwundeten.

Verwundete Einhörner kämpften weiter, ihr himmlischer Körper regenerierte sich sehr schnell. Tödliche Verletzungen ließen ihn jedoch in kurzer Zeit zu Staub zerfallen.

Wie lange die Schlacht schon andauerte wusste keiner der Kämpfer zu sagen, wie in Trance verfolgten sie jeden Dämon, der ihren Weg kreuzte. Deren Reihen lichteten sich zusehends, die Einhörner schienen jedoch keine Ermüdung zu spüren.

Die meisten Kämpfer und Kriegerinnen spürten jedoch Erschöpfung. Ein menschlicher Körper war nun einmal nicht dazu gemacht, stundenlang zu kämpfen und es fiel den meisten schwer, sich weiter auf den ungesattelten Rücken ihrer Einhörner zu halten.

Lena erging es nicht anders, sie hielt sich krampfhaft an Kassiopeias Mähne fest, die unermüdlich jeden Dämon verfolgte, den sie sah, um ihm ihr Horn in den Rücken oder in die Brust zu stoßen. Lena hatte ihr von ihrem Rücken aus geholfen, indem sie mit ihrem langen Degen alle Zombies eliminierte, die im Weg standen. Da die Druiden vor dem Kampf alle Waffen geweiht und Gebete darüber gesprochen hatten, reichte ein Hieb oder Stich, um die Untoten zu Asche werden zu lassen.

„Geht es dir gut, Lena? Ich denke, du solltest eine Pause machen", durchdrang Kassiopeias Stimme ihre müden Gedanken und ließ sie aufschrecken. „Ich sagte doch, du sollst mir ein Zeichen geben, wenn du erschöpft bist. Aber jetzt wärst du fast von meinem Rücken gefallen."

Kassie drehte Hals und Kopf soweit sie es vermochte nach hinten um Lena anzuschauen. Sie schnaubte verärgert.

„Tut mir leid, Kassie", sagte Lena kleinlaut „Aber du warst so in Fahrt, da dachte ich, ich halte noch eine Weile durch. Schließlich ist doch jeder Dämon, der eliminiert wird wichtig..."

Kassiopeia war sofort wieder versöhnlich gestimmt.

„Ja, das ist wahr, aber wir haben doch schon die meisten von ihnen zu Staub verwandelt. Die noch übrig sind haben sich versteckt, sie fürchten die Sonne, die bald aufgeht fast so sehr wie uns. Am Morgen wird eine Truppe Einhörner und Krieger die Umgebung nach diesen letzten feigen Kreaturen absuchen, um sie zu töten. Wir können also das Schlachtfeld ohne schlechtes Gewissen verlassen.

Du hast übrigens sehr gute Arbeit geleistet. Aber ich habe nichts anderes von dir erwartet."

Noch während sie sprach drehte sich Kassiopeia um und lief in gemächlicher Gangart zurück. Sie waren ein schönes Stück von Elfenland entfernt, erkannte Lena.

Die Einhorn Stute hielt sich abseits von den wenigen Stellen, an denen noch gekämpft wurde. Während sie im Schritttempo trottete, drehte sie öfter den Kopf nach Lena um.

„Dieses Mal haben wir es geschafft und diese Teufelsbrut besiegt", sagte sie voller Stolz. „Die paar Dämonen, die jetzt vielleicht noch entkommen, sind keine Gefahr mehr für die Zukunft der Menschheit. Trotzdem wird es noch eine Weile dauern bis der Einfluss, den die Dämonen auf die Menschen auswirkten, allmählich nachlässt. Deshalb werden einige von uns noch länger auf der Erde bleiben um die Menschen zu beraten und ihnen helfend zur Seite zu stehen."

„Und du? Bleibst du hier oder gehst du zurück zu deinem Planeten?"

Lena konnte die Angst nicht verbergen, die sie bei diesem Gedanken in sich aufsteigen fühlte. Die Stute schnaubte ehe sie sagte:

„Das habe ich dir doch schon gesagt Lena. Ich werde sehr gerne noch hierbleiben und mein Leben als gewöhnliches Pferd auf Gestüt Baldomar mit dir verbringen. Ich könnte dann sogar ein Fohlen gebären, was der Traum jeder Stute ist. Für die anderen wäre ich ein Pferd, wie jedes andere, nur du wüsstest noch um meine wahre Natur."

„Ach, das wird sicher schön. Ich freue..."

Lena vollendete den Satz nicht, stattdessen stieß sie einen gurgelnden Laut aus und fiel nach vorne auf Kassiopeias Hals. Die reagierte sofort und machte einen Satz zur Seite, dann galoppierte sie los. Erst nach einer Weile wurde sie langsamer und blieb dann stehen. Sie bog den Hals, um einen besorgten Blick auf Lena zu werfen. Wie sie schon gespürt hatte, war diese auf ihrem Rücken zusammengesunken. Sie musste aus dem Hinterhalt angegriffen und verwundet worden sein.

„Was ist los, Lena? Was ist mit dir? Bist du in Ordnung?"

Das Einhorn konnte hören, dass Lena noch atmete, es fühlte aber auch mit seinen feinen Sinnen, dass sie schwer verwundet war. Nur einen Moment war Kassie unschlüssig, dann galoppierte sie wieder los, in einem Tempo, in dem ihre Bewegungen möglichst gleichmäßig waren, damit Lena nicht von ihrem Rücken fiel.

Endlich kam das Tor in Sicht, sie wieherte schrill, damit man auf sie aufmerksam wurde, preschte an der Wache vorbei und stoppte vor dem Sanitätszelt. Mehrere Helfer kamen heraus, unter ihnen Lukas, der erst vor kurzem einen Verwundeten hergebracht hatte. Er war sofort neben Kassiopeia und sprach Lena an:

„Lena, was ist passiert? Sag etwas, bitte..."

Vorsichtig tastete er über ihren Rücken und bemerkte sofort, dass er nass von Blut war. Es lief unter ihrem Haar hervor, deshalb suchte er vorsichtig nach einer Kopfwunde. Kassiopeia erzählte ihm, dass Lena plötzlich zusammengesackt war, weil sie vermutlich aus dem Hinterhalt angegriffen wurde. Sie selbst hatte es nicht bemerkt, weshalb sie sich große Vorwürfe machte.

„Wie geht es ihr, ist sie schwer verletzt?", wollte sie wissen.

„Ich fürchte ja, sie hat eine klaffende Wunde am Hinterkopf" gab Lukas knapp Auskunft. „Es sieht so aus, als habe sie eine dieser mit Eisendornen bestückten Kugeln getroffen. Hoffentlich ist der Schädelknochen nicht gebrochen."

Eigentlich vermutete er genau das, die Dornen waren so tief eingedrungen, dass es gar nicht anders sein konnte. Doch das behielt er erst einmal für sich, denn genaueres konnte er erst nach einer gründlichen Untersuchung sagen. Er gab einigen Männern in der Nähe kurze Anweisungen und gemeinsam hoben sie Lena vorsichtig vom Rücken des Einhorns. Sie gab einen stöhnenden Laut von sich, als sie bäuchlings auf eine Trage gelegt und ins Zelt getragen wurde.

Dort untersuchte Lukas unverzüglich die Verletzung genauer und fand seine Vermutung bestätigt. Einer der Eisendornen hatte nur eine tiefe Fleischwunde verursacht, doch der andere hatte den Schädelknochen durchschlagen. Wie weit er eingedrungen war und ob er vielleicht sogar das Gehirn verletzt hatte, konnte nur durch ein MRT festgestellt werden. Doch auf Elfenland gab es so etwas nicht. Hier war die Zeit vor hundert Jahren oder mehr stehengeblieben. Es blieb Lukas keine andere Wahl, er musste sich allein auf seine magischen Fähigkeiten verlassen. Die er seit Jahren nicht mehr genutzt hatte, da die Pferdeklinik auf Gestüt Baldomar mit allem ausgerüstet war, was für schnelle Diagnosen nötig war. Hexenkräfte hatte dort nie jemand von ihm verlangt. Doch jetzt brauchte er sie um Lena zu untersuchen. Mit geschlossenen Augen ließ er seine Hände über Lenas Kopf gleiten ohne ihn zu berühren. Er konnte ihre Aura spüren, die ihm anzeigte, wie es um sie stand. Sie befand sich in einem Zustand zwischen kurzen Wachphasen und tiefer Bewusstlosigkeit. Noch schlug ihr Herz kräftig, sie befand sich aber in akuter Lebensgefahr. Ein Knochensplitter war in ihr Gehirn eingedrungen. Er befand sich so dicht an einem lebenswichtigen Nerv, dass es Lena töten würde, sobald ihr Gehirn durch die Verletzung anschwellen würde. Soweit wollte Lukas es keinesfalls kommen lassen, der Knochensplitter musste so schnell als möglich operativ entfernt werden. Sie musste unbedingt bald operiert werden, eine andere Möglichkeit sah er nicht ihr Leben zu retten.

„Verdammt!" murmelte er verzweifelt. „Wenn wir auf dem Gestüt wären, könnte ich sie per Hubschrauber in eine Klinik bringen lassen. Hier gibt es so gut wie nichts, mit dem man ihr helfen könnte. Und schon gar keinen Helikopter."

Angstvoll und frustriert fuhr er sich mit der Hand durchs Haar.

„Du kannst sie nicht zum Gestüt bringen, Lukas, das würde sie nicht überleben." hörte Lukas eine sanfte Stimme sagen und schaute erstaunt zur Seite. Die Königin der Elfen stand neben ihm und schaute besorgt auf Lena nieder.

„Sie ist so schwer verletzt, dass selbst eine sofortige Operation sie nicht mehr heilen könnte. Du hast es selbst gespürt, du wolltest es nur nicht wahrhaben."

Lukas schaute sie betroffen an, denn sie hatte Recht, Das überlebt sie nicht, war ihm als erstes in den Sinn gekommen. Doch er hatte den Gedanken schnell weggewischt. Das durfte einfach nicht sein, dass auch noch Lena durch Dämonenhand starb. Er war daran schuld, dass sie hier lag und mit dem Tod rang. Er hatte sie dazu überredet, nach Elfenland zu gehen, wohlwissend, dass sie hier in einen gefährlichen Krieg verwickelt werden würde. Lena war noch so jung, viel zu jung für diese schwere Aufgabe. Und jetzt lag sie im Sterben. War es das wirklich wert gewesen?

„Der Krieg mit den Dämonen war überfällig. Und Lena hat gewusst, auf was sie sich einlässt, Lukas. Du kennst doch das Gesetz der Seelenverträge. Sie ist ein Mensch mit freiem Willen und sie hat sich schon vor ihrer Geburt für dieses Leben mit all seinen Risiken entschieden. Außerdem ist sie noch nicht tot, mit ein wenig Magie kann sie überleben."

Die Elfenkönigin hatte seine verzweifelten Gedanken gelesen. Jetzt hielt sie Lukas ein kleines Fläschchen hin.

„Gib ihr dieses Elixier ein, es ist ein starkes Zaubermittel und wird sie für etwa 24 Stunden am Leben halten. In dieser Zeit musst du eine Lösung finden."

Er nahm das Fläschchen dankbar an, es verströmte eine pulsierende Wärme in seiner Hand.

„Aber wie bekomme ich sie hier weg? Ich kann sie nicht auf einem Wagen transportieren und schon gar nicht auf ein Pferd setzen..."

Ratlos sah er der Elfenkönigin ins Gesicht.

Sie erwiderte ernst seinen Blick und mahnte ihn eindringlich: „Du musst dich an deine magischen Fähigkeiten erinnern, Lukas. An die Kräfte, die du besitzt, sie schlummern noch immer in dir, du musst sie dir nur wieder bewusst machen. Indem du die richtige Entscheidung für Lena triffst, veränderst du auch dein Geschick."

Sie nickte ihm zu, dann drehte sie sich um und verließ das Zelt.

Er schaute ihr nachdenklich hinterher.

Er hatte Lenas Kopf schon zuvor vorsichtig auf die Seite gedreht, damit sie besser atmen konnte. Jetzt hob er ihn etwas an und setzte das Fläschchen an ihre Lippen.

„Du musst die Medizin einnehmen" sagte er eindringlich zu Lena und ging neben ihr in die Hocke, um ihr das Elixier einzuflößen. „Sie wird dir helfen. Versuche nicht zu atmen, damit du dich nicht verschluckst", mahnte er leise, obwohl er sich eigentlich sicher war, dass sie ihn nicht hörte. Dann ließ er Tropfen für Tropfen zwischen ihre Lippen fließen, hielt nach jedem Tropfen inne, damit er in ihre Speiseröhre fließen konnte. Zum Glück war das Fläschchen wirklich sehr klein, dennoch war er froh, als sie auch den letzten Tropfen geschluckt hatte.

Er ließ sie nicht aus den Augen, damit ihm nicht die geringste Reaktion entging. Fast unmerklich entspannte sich ihr verkrampfter Körper und ein Blick auf ihre Aura zeigte ihm, dass eine unmittelbare Lebensgefahr nicht mehr bestand. Mit einem tiefen Seufzer entließ er die angehaltene Luft aus seinen Lungen. Er schaute auf seine Uhr, 24 Stunden blieben ihm…

Hinter ihm teilte sich die Zeltplane geräuschvoll und Julian kam hereingestürmt. Er hatte gleich nach seiner Rückkehr vom Schlachtfeld erfahren was passiert war. Jetzt ging er neben Lena in die Hocke und strich ihr sanft die Haare zurück.

Als spüre sie seine Nähe stöhnte sie leise dann öffnete sie die Augen und sah ihn an.

„Werde ich sterben?" Sie sprach leise und ihre Stimme klang schwach.

„Nein, das wirst du nicht." Er sagte es fast schroff, dann schluckte er und fuhr sanft fort: „Du wirst nicht sterben, wir bringen dich nach Hause und dort wirst du wieder gesund."

Er sah fragend zu seinem Vater hoch, doch dessen Gesicht verriet nicht, wie er darüber dachte.

Lena wurde plötzlich unruhig und wollte sich umdrehen, so dass Julian sie festhielt. Er beschwor sie sich nicht zu bewegen.

„Wo ist Kassie? Ich sehe sie nicht", stieß sie schwach hervor. „Lebt sie? Geht es ihr gut?"

„Ich lebe und ich bin hier, Lena, ganz nah bei dir", gab die Stute Antwort und trat neben die Liege, sodass Lena sie sehen konnte. Sie senkte den Kopf und blies ihr leicht ihren Atem ins Gesicht. Ihre blauen Augen blickten voller Schuldgefühl als sie leise sagte:

„Es tut mir so sehr leid, dass du verwundet wurdest. Dieser Kerl warf seine Waffe aus dem Hinterhalt. Ich habe ihn nicht einmal bemerkt. Hätte er doch mich getroffen, anstatt dich…"

Tränen kullerten aus ihren Augen, als sie niedergeschlagen fortfuhr:

„Ich konnte nicht mehr tun, als dich so schnell wie möglich hierherzubringen. Ich hatte solche Angst um dich…"

„Ach Kassie...", murmelte Lena schwach. Ihre Augen fielen zu und sie schlief ein.

„Wie bringen wir sie schnellstmöglich nach Baldomar?" fragte Julian seinen Vater. „Das Elixier hält sie 24 Stunden am Leben, sagtest du. Schaffen wir es sie in dieser Zeit heimzubringen?"
Lukas stieß einen leisen Seufzer aus und sah seinen Sohn fest an.
„Wir können Lena nicht aufs Gestüt bringen, das wäre ihr sicherer Tod. So sagte es mir die Elfenkönigin und ich zweifle nicht an ihren Worten."
„Aber was können wir sonst tun, hat sie dir das auch gesagt? Die Zeit läuft..."
„Sie meinte ich müsse mich auf meine übernatürlichen Fähigkeiten besinnen, um Lena zu retten."
„Das war alles, was sie dazu zu sagen hatte?"
Julians Augen flackerten vor Unglauben.
„Verdammt, es geht um Lenas Leben, nicht um eine Quizsendung im Fernsehen. Was hast du ihr geantwortet?"
Lukas sah ihm fest in die Augen, dann sagte er entschlossen:
„Dir das jetzt zu erklären würde mich zu viel Zeit kosten. Ich habe verstanden, was sie mir sagen wollte und werde tun, was nötig ist."
Nach einem tiefen Atemzug erklärte er.
„Ich werde gemeinsam mit Lena in der Zeit zurückreisen, nur so hat sie noch eine Chance. Aglaia bestätigte meine Befürchtung, dass die Verletzung nicht heilbar ist. Das Elixier hält Lena einen Tag am Leben, das gibt mir die Möglichkeit, sie in ihre Vergangenheit zurückzubringen."
„In ihre Vergangenheit? Wie soll das gehen? Und warum?"
Julian schaute seinen Vater ungläubig an.
„Weil die Vergangenheit die einzige Chance ist, die sie hat.

Aber ich kann dir das jetzt nicht erklären, ich muss zuvor gut überlegen in welchen Zeitraum ihrer Vergangenheit ich sie bringe. Denn es ist kaum mehr rückgängig zu machen..."

Die Stimme seines Vaters klang zusehends nervöser, trotzdem wollte Julian weiter mit ihm diskutieren.

„Wäre es nicht am einfachsten, sie nur ein, zwei Tage zurückzubringen?" wollte er wissen.

Doch Lukas schüttelte den Kopf.

„Nein, das geht nicht, das ist zu nahe und es könnte ihr durchaus nochmal etwas Ähnliches passieren. Man kann auch nicht mehrmals in die Vergangenheit reisen oder wieder zurückkehren, wie es einem beliebt. Eine Zeitreise wird nur in besonderen Fällen vom Universum erlaubt."

„Aber ich möchte nicht, dass Lena wieder aus meinem Leben verschwindet" brach es aus Julian heraus. „Ich habe Lena in den letzten Tagen erst wirklich kennengelernt und wir haben uns ineinander verliebt. Wenn sie jetzt wieder aus meinem Leben verschwindet..."

Er verstummte und biss sich auf die bebenden Lippen.

„Ich habe schon bei eurem ersten Zusammentreffen gespürt, dass ihr füreinander geschaffen seid", meinte Lukas mit einem kurzen Lächeln, dann wurde er wieder ernst: „Ich möchte auch nicht, dass Lena wieder aus unserem Leben verschwindet, sie ist schließlich die Erbin von Baldomar und soll es auch bleiben. Außerdem habe ich selbst großes Interesse daran, nicht zu weit in die Vergangenheit zu reisen, denn mich betrifft es ja ebenfalls, ich kann auch nicht einfach ins hier und jetzt zurückkehren."

„Gütiger Himmel, daran habe ich ja überhaupt nicht gedacht." Ratlos schaute Julian seinen Vater an.

Beide schwiegen einen Moment. Schließlich sagte Lukas: „Mach du dich so schnell es dir möglich ist auf den Weg zum

Gestüt. Der Krieg gegen die Dämonen der Finsternis ist vorbei, die Nachhut ist sicher schon dabei, die paar Dämonen, die sich verstecken konnten, aufspüren und zu eliminieren. Und wenn vielleicht ein paar entkommen, dann können sie kein großes Unheil mehr anrichten. Es wird für Jahrhunderte Ruhe sein. Solange, wie die Hölle braucht, genügend neue Dämonen hervorzubringen. Leider konnte Faysal entkommen, er wird irgendwann neue Dämonen um sich scharen und erneut versuchen, die Erde unter die Macht der Hölle zu zwingen."

Eindringlich schaute er seinem Sohn in die Augen.

„Mache dir bitte nicht so viele Gedanken, Julian. Es ist auch für mich neu eine Zeitreise zu absolvieren. Aber ich werde alles tun, was Lena hilft, zu überleben. Alles Weitere wird sich ergeben."

Nachdem Julian gegangen war machte sich Lukas bereit, die ungewisse Zeitreise mit Lena anzutreten. Im Lazarettzelt war es ruhig, außer ein paar Verwundeten, die alle schliefen, war niemand da der ihn stören konnte. Zudem war Lenas Liege durch aufgestellte Stoffwände vor Blicken geschützt.

Er hatte alle Zweifel aus seinen Gedanken verbannt und legte in einem kurzen Gebet sein und Lenas Schicksal in die Verantwortung des Universums. Dann setzte er sich neben Lena auf die Liege, sie war jetzt tief bewusstlos, was es ihm leichter machte sie sicher in seinen Armen zu halten. In Gedanken sagte er das Datum, zu dem er zurückkreisen wollte.

Er schloss die Augen und spürte plötzlich eine Leichtigkeit, so als würden er und Lena sich in Luft auflösen. Auch die Umgebung löste sich auf. Das Gefühl zu fliegen wurde stärker, er umklammerte Lena fester, damit sie ihm während des rasenden Fluges nicht aus den Armen glitt. Er meinte nicht mehr atmen zu können, was Panik in ihm auslöste. Dann wurde der rasende

Flug langsamer und endete in einem Zimmer, das ihm unbekannt war.

Er schaute sich kurz um und erschrak, als er eine Gestalt sah, die in einem Sessel kauerte und ihn gebannt anstarrte. Allerdings reagierte sie überhaupt nicht auf ihn und Lena in seinen Armen. Erst als er hinter sich Stimmen und Geräusche hörte, drehte er sich um. Da lief ein Fernseher und das junge Mädchen im Sessel war in das Programm vertieft.

Es dämmerte Lukas, dass er und Lena für sie unsichtbar waren. Das machte die Angelegenheit natürlich wesentlich einfacher für ihn. Er schaute sich schnell um. Das Zimmer war modern eingerichtet, an den Wänden hingen bunte Poster. Es standen zwei Betten da, das eine war leer, in dem anderen lag eine junge Frau und schlief seelenruhig, trotz der lauten Geräuschkulisse aus dem Fernseher. Neben ihr lagen einige Schulbücher und Testbögen für die bevorstehenden Abiturprüfungen.

Lukas zuckte zusammen, als er auf die Schlafende blickte. Es war zweifellos Lena, die da lag. Sie sah genauso aus wie er sie kannte, daraus schloss er, dass sie sich nicht sehr verjüngt hatte. Vielleicht ein paar Monate schätzte er und war erleichtert. Ein Blick auf einen Kalender an der Wand gab ihm die endgültige Gewissheit, dass er mit Lena zum angegebenen Datum gelandet war.

Plötzlich spürte er wie sie sich in seinen Armen leicht bewegte. Das sagte ihm, dass es Zeit wurde, sie, oder besser gesagt, ihren Geistkörper mit ihrem realen Körper zusammenzuführen. Vorsichtig legte er sie auf ihrem schlafenden Körper ab, mit dem sie sogleich zu verschmelzen schien.

Es wurde Zeit für ihn seine Reise fortzusetzen, er spürte bereits den Sog, der ihn fortzog. Nach einem letzten wehmütigen Blick auf Lena, die gerade zu erwachen schien, gab er sich der Anziehungskraft hin, die ihn in seine Vergangenheit führte.

Später wusste er nicht zu sagen wie lange seine Reise durch die Zeit gedauert hatte. Sie endete abrupt, als er mit solcher Macht in seinen Körper gepresst wurde, dass er das Bewusstsein verlor. Die Bewusstlosigkeit ging in einen tiefen Schlaf über, aus dem er jäh erwachte. Das Erste, was er erblickte, waren zwei Paar braune Hundeaugen. Brandy und Chris standen mit tief gesenkten Köpfen vor ihm und starrten ihn verwundert an.

„Wo kommt ihr den her?"

Seine Stimme klang leicht krächzend, was vielleicht daran lag, dass er bäuchlings auf dem Boden lag. Etwas mühsam stemmte er sich hoch, während die beiden Bulldoggen ihm dabei schwanzwedelnd zusahen.

Seine Zeitreise hatte in seinem eigenen Schlafzimmer geendet, stellte er erleichtert fest. So, wie er es sich vorgenommen hatte. Wenn jetzt auch noch das Datum stimmte, das er ausgewählt hatte...

Er verließ das Zimmer, gefolgt von den Hunden und ging zu seinem Büro, wo er zuerst einen Blick auf den Kalender warf. Sein Herz machte einen schmerzhaften Sprung, heute war der 14. März, Annes Todestag. Sein zweiter Blick fiel auf die Uhr, es war kurz vor zehn.

„Verdammt!" presste er erschrocken durch die Zähne. „Ich bin zu spät dran. Anne ist schon bei ihrem morgendlichen Ausritt..."

Er überlegte nicht lange, riss eine der Schreibtischschubladen auf und nahm die Pistole heraus, die er dort aufbewahrte. Kurz überprüfte er sie, dann steckte er sie in die Jackentasche und rannte aus dem Zimmer. Die Hunde liefen ihm nach, doch darum konnte er sich jetzt nicht kümmern. In Rekordzeit erreichte er den Stall, in dem sein Pferd Pinto stand. Zum Satteln nahm er sich keine Zeit, mit einem Satz sprang er auf den nackten Pferderücken. Er hielt sich an der Mähne fest, als er das Pferd zum Galopp antrieb.

Er kannte Annes bevorzugte Reitstrecke und überschlug im Kopf, wo sie sich gerade befinden würde. Sie war nicht mehr allzu weit von der Stelle entfernt, an der der Greif ihr aufgelauert hatte. Kurzentschlossen lenkte Lukas sein Pferd auf einen schmalen Seitenweg, der eigentlich nicht bereitbar war, weil dort einige Bäume vom Sturm umgeweht worden waren. Der Weg würde ihn aber schneller an sein Ziel führen, also ritt er ihn soweit entlang, bis ihm die umgestürzten Bäume den Durchlass versperrten. Dann stieg er ab und ging ohne Pferd querfeldein, durchwatete einen kleinen Bach und zwängte sich zwischen dornigen Büschen durch, bis er schließlich den Reitweg sehen konnte, den Anne entlangkommen würde. Sie war noch nicht zu sehen, erkannte er voller Erleichterung. Aber irgendwo musste der Greif bereits auf sie lauern. Deshalb war Vorsicht geboten, damit er Lukas nicht entdeckte.

Geduckt pirschte er sich durch das dichte Unterholz, darauf bedacht, kein verräterisches Geräusch zu machen. Und dann sah er ihn, den Greif. Das mächtige Fabelwesen saß reglos auf einem abgebrochenen Baumstamm, seine kalten Augen starrten in die Richtung aus der Anne kommen würde. Dabei drehte er Lukas seinen befiederten Rücken zu.

Der zog langsam die Pistole aus der Jackentasche, sprach eine kurze magische Formel und richtete die Waffe dann auf den Rücken des riesigen Vogels. Seine Hand blieb ganz ruhig, als er abdrückte.

Der Schuss und ein schauriger Schrei hallten gleichzeitig über das Gelände. Der Greif spreizte die mächtigen Flügel als wollte er abheben, dann fiel er wie ein Stein vom Baumstamm. Lukas durchbrach eilig die letzten Büsche, die ihn vom Weg trennten und lief dann zu dem Greif, der auf dem Rücken lag und mit den Klauen um sich schlug. Schrille Schreie drangen dabei aus seinem geöffneten Schnabel.

Als Lukas bei ihm war verstummte der Vogel und schaute ihn hasserfüllt an. Dann begann er sich plötzlich zu verwandeln und wurde zu Faysal. Seine Lippen verzogen sich, so als wollte er etwas sagen, doch der Tod war schneller. Vor Lukas' Augen zerfiel der Dämon zu Staub. Ein plötzlicher Windstoß verteilte ihn in alle Richtungen.

Fassungslos starrte Lukas auf die Stelle, an der eben noch der Anführer der Dämonen der Finsternis gelegen hatte. Ihm hier zu begegnen, damit hatte er nicht gerechnet. Und der Gedanke drängte sich in seinen Kopf, was das für die Zukunft bedeuten würde. Hatte es Einfluss auf den Kampf der Einhörner gegen die Dämonen? Und hatte es Einfluss auf Lenas, Julians und seine eigene Zukunft?

„Du denkst zu viel nach, Lukas", hörte er plötzlich die Stimme der Elfenkönigin in seinem Kopf. „Alles geht seinen Gang, so wie es vorgesehen ist. Du musst dir um nichts Sorgen machen. Genieße dein Leben, gemeinsam mit Anne, deinem Sohn und Lena. Ihr habt es verdient, glücklich zu sein."

Kaum war ihre Stimme verstummt, hörte er Hufgetrappel näherkommen. Anne kam auf ihrem Pferd auf ihn zugeritten und blickte erstaunt auf ihn nieder.

„Lukas, wo kommst du denn her? Und wie siehst du aus, bist du unter die Räuber geraten?"

Sie lachte und beugte sich zu ihm herunter, um ihn zu küssen. Er packte sie und zog sie vom Pferd, dann umschlang er sie fest mit seinen Armen.

„Lass uns heimgehen, Anne. Ich habe dir viel zu erzählen."

Er drückte seinen Mund auf ihren und küsste sie innig.

Kapitel 16: Alles auf Anfang

Lena schaute aus dem Zugfenster in die vorbeiziehende Landschaft. Doch so wirklich nahm sie nicht wahr was sie sah, denn mit ihren Gedanken war sie noch bei dem Internat, das so viele Jahre ihr Zuhause gewesen war. Seit dem Beginn der Ferien vor einigen Tagen war sie jedoch dort nicht mehr daheim. Mit dem erfolgreich bestandenen Abitur war ihre Schulzeit zu Ende gegangen und sie musste dort ausziehen. Eine neue Bleibe hatte sie jedoch noch nicht gefunden, deshalb kam ihr die Einladung ihrer Tante gerade recht.

Sie erinnerte sich noch gut an die Ferien, die sie vor vier Jahren auf dem Gestüt verbracht hatte. Tante Anne hatte ihr Gestüt seither um einiges vergrößert, so hatte sie ihr geschrieben, und Lena war gespannt wie es nun aussah. Auch auf den Mann, den ihre Tante bald heiraten würde. Er musste etwas Besonderes sein, überlegte sie und lächelte bei dem Gedanken. Den bisher waren die Pferde ihr vorgegangen und sie hatte oft betont, dass ein Mann ihr nur hinderlich wäre.

Die Hochzeit würde in zwei Wochen stattfinden und Lena sollte Brautjungfer sein. Das klang zwar etwas altmodisch, dennoch freute sie sich darauf. Das Angebot ihrer Tante fortan auf dem Gestüt zu wohnen und eine Ausbildung zur Pferdewirtin zu machen, musste sie sich jedoch noch überlegen. Obwohl sie Pferde mochte konnte sie sich nicht wirklich vorstellen einen Beruf daraus zu machen. Denn eigentlich strebte sie eher ein Studium in Biologie oder Medizin an.

Die Landschaft, die am Zugfenster vorbeiflog, hatte sich inzwischen ziemlich verändert. Das Internat, das so viele Jahre ihre Heimat war, stand in der Nähe von Berchtesgaden in Oberbayern, inmitten hoher Berge. Jetzt war die Landschaft so flach, dass man sehr weit über endlose Felder schauen konnte. Doch sie erinnerte sich noch daran, dass sich das Gestüt relativ hoch über der Ostsee befand. Zumindest musste sie damals schroffe, zum Teil steile Felsen überwinden, wenn sie hinunter an den Strand wollte.

Endlich war die stundenlange Zugfahrt zu Ende. Lena erhob sich steif aus dem Sitz und dehnte erst einmal ihre Glieder. Ihre gesamte Habe befand sich in dem großen Trolley, den sie nun zur Zug Türe zog. Da sie nicht mehr ins Internat zurückkehrte, hatte sie einen Großteil von ihrem Eigentum an andere Schülerinnen verschenkt.

Auf dem Bahnsteig wurde sie schon von ihrer Tante erwartet, die ihr jetzt freudig entgegeneilte und sie umarmte.

„Lena, du bist ja eine sehr hübsche junge Frau geworden. Als du zuletzt hier warst, warst du noch ein Kind."

Anne sah sie voller Zuneigung an, dann stellte sie ihr den Mann vor, der neben ihr stand.

„Das ist mein zukünftiger Mann Lukas, Lena. Er ist der Tierarzt auf dem Gestüt. Ihr werdet euch sicher gut verstehen."

„Na, sicher werden wir das", pflichtete Lukas ihr mit einem Lächeln bei und fügte hinzu: „Herzlich willkommen, Lena!"

Er nahm ihr den schweren Trolley ab und ging vor ihnen her zu seinem Auto, verstaute das Gepäckstück und ließ die beiden Frauen einsteigen. Dann setzte er sich hinter das Lenkrad und fuhr los. Der Weg zum Gestüt war länger als Lena ihn in Erinnerung hatte, es lag weitab der nächsten Stadt. Und Gestüt Baldomar war sehr viel größer als vor vier Jahren, stellte sie mit Erstaunen fest. Es war umgeben von riesigen Weideflächen, auf denen schwarze und weiße Pferde standen.

Hingegen sah Tante Annes Haus noch genauso aus, wie Lena es in Erinnerung hatte. Und über den weißgestrichenen

Holzzaun guckten ihnen zwei braune Bulldoggen Köpfe neugierig entgegen,

„Ach, da ist ja Brandy" freute sich Lena. „Meinst du sie kennt mich noch? Das neben ihr ist doch sicher ihr Sohn, wie war nochmal sein Name?"

„Ja, natürlich kennt sie dich noch. Hunde haben ein sehr gutes Gedächtnis. Und wie könnte sie dich vergessen, du hast ihr schließlich das Leben gerettet. Das daneben ist Chris, er wird dich ebenfalls schnell ins Herz schließen. Ach, und da kommt Julian. Er ist Lukas' Sohn und ebenfalls Tierarzt. Ein sehr guter Tierarzt, genau wie sein Vater. Ich hoffe wir können ihn überreden hierzubleiben. Für Lukas alleine ist es auf Dauer zu viel Arbeit. Er braucht ja auch noch etwas Freizeit."

Für einen kurzen Moment durchzuckte Lena das Gefühl, als kenne sie Julian schon länger, doch sofort war es wieder verschwunden. Doch sie konnte kaum den Blick von dem hochgewachsenen blonden Mann abwenden. Er begrüßte sie freundlich, so, wie man jemand eben begrüßt, den man nicht kennt. Dabei schaute er sie jedoch an, als müsse er sich beherrschen, sie nicht in seine Arme zu reißen.

Lena merkte wie ihr Röte ins Gesicht schoss. Sie fühlte eine seltsame Vertrautheit zu ihm. Woher die kam konnte sie sich nicht erklären, denn Jungs, oder gar Männer wie er, waren bisher nicht relevant für sie. Wieso zog dieser junge Mann sie so an, dass sie sich wünschte, in seinen Armen zu liegen?

Ihre Tante rettete sie aus der aufkommenden Verlegenheit.

„Komm erst einmal ins Haus, Lena. Die lange Fahrt hat dich sicher erschöpft. Mache dich frisch und erhole dich erst ein wenig, heute Abend werden wir bei Lukas im Garten grillen, da könnt ihr euch alle drei besser kennenlernen."

Seit zwei Wochen war Lena nun auf Gestüt Baldomar, es kam ihr vor, als wäre die Zeit geradezu verflogen. Der Umgang mit den Pferden machte ihr enorm viel Spaß, jeden Tag verbrachte sie viele Stunden in den Ställen und saugte alles förmlich auf, was es über diese edlen Tiere zu lernen gab. Meist war sie dabei in Julians Begleitung, der ihr unermüdlich alle ihre Fragen beantwortete. Längst waren sie so vertraut miteinander, als würden sie sich schon ewig kennen.

Und so musste sich Lena eingestehen, dass sie sich mächtig in den gutaussehenden, jungen Tierarzt verliebt hatte. Am liebsten hätte sie den ganzen Tag mit ihm verbracht. Zuerst hatten sie die intensiven Gefühle verwirrt, ihr sogar ein wenig Angst gemacht. Seit ihr Julian jedoch gestanden hatte, dass es ihm ebenso erging, war alles anders geworden. Zum ersten Mal seit vielen Jahren fühlte sie sich rundum glücklich. Sie hatte es ihrer Tante erzählt und ihr auch mitgeteilt, dass sie sehr gerne bei ihr auf dem Gestüt bleiben würde und auch den Beruf der Pferdewirtin erlernen wollte. Was Anne zu Freudentränen gerührt hatte.

„Dann sind wir bald eine richtige Familie, ach, wie sehr habe ich mir das gewünscht!"

Sie hatte ihre Nichte herzlich umarmt und dankbar gesagt:

„Das Schicksal meint es wirklich gut mit uns."

Auch Julian hatte endlich zugesagt den Tierarztposten auf Baldomar anzunehmen und sich sofort mit wahrem Feuereifer in die Arbeit gestürzt. Dadurch bekam Lukas endlich genug Zeit, sich auf seine Hochzeit mit Anne vorzubereiten. Die Trauung sollte morgen in der uralten kleinen Kapelle stattfinden, die versteckt hinter wuchernden Büschen fast vergessen stand und langsam zerfiel. Anne hatte sie Lukas während eines Spazierganges gezeigt und er hatte spontan beschlossen, die Kapelle für ihren großen Tag wieder herrichten zu lassen.

Lena war neugierig wie sie aussah, doch Lukas hatte es jedem, außer den Arbeitern, verboten vor der Hochzeit einen Fuß in die

Kapelle zu setzen. Es sollte eine Überraschung für seine zukünftige Frau werden. Und selbstverständlich hatten sich alle an das Verbot gehalten, obwohl es natürlich nicht ganz ernsthaft ausgesprochen worden war.

Als Lena am nächsten Morgen in das kleine Ankleidezimmer neben ihrem Zimmer kam, lag dort ein wunderschönes Kleid aus einem weichen Stoff. Er fühlte sich herrlich auf ihrer Haut an und passte auch perfekt in Schnitt und Farbe. Der helle Pastellton schmeichelte ihrer gebräunten Haut. Auf einem Hocker standen die passenden Schuhe dazu, die sehr filigran aussahen, sich aber wie eine zweite Haut an Lenas schlanke Füße anschmiegten. Die Krönung war ein geflochtener Kranz aus Wildblumen. Lena war sich zuerst nicht sicher ob sie ihn aufsetzen sollte. Würde es nicht etwas zu kitschig aussehen, wenn sie ihn trug? Obwohl er wunderschön war, kam er ihr sehr altmodisch vor.

Dann sagte sie sich jedoch, wenn ihre Tante es wünschte, dass sie den Kranz trug, dann würde sie ihr den Gefallen tun. Sie setzte ihn auf und trat vor den Spiegel. Voller Erstaunen stellte sie fest, dass das Kleid und besonders der Blumenkranz sie verändert hatten. Aus dem Spiegel schaute ihr ein elfengleiches, anmutiges Wesen entgegen. Lena hatte sich nie besonders für ihr Aussehen interessiert, hatte aber schon öfter von Mitschülern gehört, dass sie gut aussah. Doch heute, in diesem Kleid und mit dem Kranz, fand sie sich selbst wirklich schön.

Jemand klopfte an die Tür und sie zuckte erschrocken zusammen. Ein Blick auf die Uhr sagte ihr, dass es Zeit wurde. Schließlich sollte das Brautpaar nicht auf die Brautjungfer warten müssen. Vor der Tür stand Julian.

„Bist du fer...", setzte er an und hielt verblüfft inne, bevor er bewundernd ausrief: „Du siehst in diesem Kleid wunderschön aus." Er konnte den Blick nicht von ihr abwenden.

„Willst du mir damit sagen in meinen Alltagsklamotten bin ich hässlich?".

Sie sagte es neckend und sah, wie er errötete. Verwirrt rang er nach einer Antwort und stammelte:

„Natürlich siehst immer wunderschön aus. Ich meinte nur..."

„Ich weiß, was du meinst, Julian." Sie lächelte ihn an.

„Du siehst ebenfalls sehr gut aus in dem Anzug, man könnte meinen, es wäre unsere Hochzeit."

„Ich hätte nichts dagegen", murmelte er wie zu sich selbst. Lauter sagte er: „Du wirst bald achtzehn, dann könnten wir heiraten. Natürlich nur, wenn du mich auch heiraten möchtest. Möchtest du?" Fast scheu sah er sie an.

Sie schien einen Moment zu überlegen, doch ihre Augen strahlten ihn verliebt an.

„Ja, das möchte ich, mehr als alles andere auf der Welt."

Sie legte ihre Arme um seinen Hals und sah zu ihm auf. Er reagierte sofort, indem er seinen Kopf beugte und sie leidenschaftlich küsste. Die Welt um sie herum schien einen Moment stillzustehen.

„Himmel! Die Hochzeit fängt gleich ohne uns an. Wir sollten uns beeilen", brummte er bedauernd und gab sie frei.

„Die Kapelle ist ja ein ganzes Stück entfernt. Kannst du in diesen Schühchen überhaupt laufen?"

Doch laufen mussten sie gar nicht, denn als sie das Haus verließen, stand dort eine leichte, offene Kutsche mit zwei Pferden davor. Vom Bock grinste ihnen einer der jüngeren Pferdepfleger entgegen. „Anordnung vom Chef", sagte er nur knapp.

Julian half Lena galant beim Einsteigen. Kaum saß er selbst in der Kutsche, trabten die Pferde schon an. Lena war beeindruckt.

„Ich komme mir vor als wären wir an irgendeinem Königshof zu Gast. Wer hat das denn alles organisiert? Ich habe gar nichts mitbekommen."

„Das war bestimmt mein Vater. Er hat nun mal so eine romantische Ader, die er allerdings meist verbirgt. Aber für Anne würde er jeden Stern vom Himmel holen. Klingt ein bisschen altmodisch oder? Aber so ist er nun mal."

„Ich finde es überhaupt nicht altmodisch, sondern sehr lieb von ihm. Ich hoffe, du hast seine altmodische Ader geerbt."

Sie lächelte ihn an und er beugte sich zu ihr um sie nochmals zu küssen.

Vor der Kapelle stand eine weiße, mit wilden Blumen geschmückte Kutsche. Die beiden Hengste davor waren allerdings kohlschwarz. Sie ähnelten sich, als wären sie Brüder.

„Welcher ist Lanzelot?" wollte Lena wissen. „Ich habe ihn noch gar nicht gesehen, seit ich hier bin."

„Lanzelot ist der rechts, der andere ist Artemis, sein Halbbruder. Er kam etwas später zur Welt, da warst du schon wieder abgereist."

„Meinst du, er erkennt mich? Damals war er ja ein neugeborenes Fohlen."

„Bestimmt erkennt er dich wieder, Pferde vergessen nie jemanden. Aber komm, lass uns zum Brautpaar gehen. Papa sieht ganz blass aus, so kenne ich ihn gar nicht. Eine Hochzeit scheint eine anstrengende Sache zu sein."

„Du übertreibst!" behauptete Lena und begann zu schwärmen: „Ich finde er sieht fantastisch aus in dem schwarzen Anzug. Und er strahlt wie ein Honigkuchenpferd. Kein Wunder, Tante Anne sieht so wunderschön aus in ihrem weißen Kleid und mit den ins Haar geflochtenen weißen Blumen. Die Beiden passen so gut zusammen."

Sie waren beim Brautpaar angekommen und gratulierten ihnen herzlich. Anne und Lukas schienen tatsächlich ein bisschen angespannt, was aber nicht verwunderlich war, schließlich feierte man meist nur einmal im Leben Hochzeit.

Endlich ging die Zeremonie los, allen anderen voran schritt das Brautpaar durch die Tür der Kapelle. Da Lena und Julian direkt hinter ihnen waren, konnten sie den kleinen Raum gut überblicken. Er sah ganz anders aus, als sie ihn sich vorgestellt hatten.

Die Kapelle glich zwar einem geheiligten Ort, jedoch waren keine christlichen Symbole zu sehen. Der Altar bestand aus zwei großen Natursteinen, er machte den Eindruck, als sei er uralt. Die Wände waren ebenfalls mit Natursteinen verkleidet, sie wölbten sich nach oben zu einer Kuppel. In vielen kleinen Nischen standen dicke, weiße Kerzen, deren leichtes Flackern dem Raum eine geheimnisvolle Note verliehen. Ein kreisrundes Fenster in der Kuppel gab den Blick auf den Himmel frei. Sonnenstrahlen fielen hindurch und ließen den Platz vor dem Altar hell erstrahlen.

In dem hell erleuchteten Fleck stand eine hölzerne Kirchenbank, vor die Anne und Lukas traten. Lena und Julian stellten sich hinter ihnen auf, Lena neben Anne und Julian hinter seinem Vater. Gespannt schauten sie auf den mit Kerzen und Blumen geschmückten Altar. Jetzt fehlte nur noch der Priester.

Statt eines Priesters trat jedoch kurz darauf eine große, schlanke Frau hinter den Altar. Ihr langes blondes Haar fiel wie ein Schleier über ihre Schultern. Das weiße Kleid fiel weich bis zu ihren Knöcheln, sein Schnitt betonte noch ihre schlanke Gestalt. Auf dem Kopf trug sie ein goldenes, mit funkelnden Edelsteinen besetztes Diadem. Ihre feinen Gesichtszüge waren überirdisch schön. Jetzt wandte sie sich mit einem Lächeln dem Brautpaar zu.

„Wir sind heute hier zusammengekommen, um einem Paar den Segen zu erteilen..."

Lena verstand ihre weiteren Worte nicht mehr, so sehr rauschte das Blut in ihren Ohren. Sie hatte diese Frau schon gesehen, ihre Stimme vernommen, es fiel ihr aber nicht ein, wo. Bilder erschienen vor ihrem inneren Auge und sie fühlte sich plötzlich in eine andere Welt versetzt. So schnell die Bilder erschienen waren, so schnell verschwanden sie wieder aus ihrem Kopf. Das Rauschen in ihren Ohren ließ nach, kurz darauf war sie wieder im hier und jetzt.

Die Priesterin stand nun vor dem Brautpaar und tupfte zuerst Anne, dann Lukas aus einem goldenen Kelch ein Öl auf die Stirn, das einen betörenden Geruch verströmte. Dabei sprach sie eine Formel in einer Lena unbekannten Sprache. Danach tauschten Anne und Lukas die Ringe und küssten sich. Die Priesterin legte Beiden die Hände auf den Kopf und sprach erneut einen kurzen Segensspruch.

Die Zeremonie schien damit beendet, die Priesterin wandte sich jetzt Lena und Julian zu. Ihre blauen Augen glitten über die Gesichter der Beiden und sie lächelte sie an.

„Ich möchte nicht versäumen auch dieses junge Paar zu segnen. Es wird die Tradition weiter in die Zukunft tragen."

Sie tauchte erneut ihren Finger in den goldenen Becher und tupfte sie Lena und Lukas auf die Stirn. Wieder sagte sie dabei unverständliche Worte. Doch Lena meinte zu spüren, dass sie in ihr etwas bewirkten, was sie nicht benennen konnte. Ein schneller Blick zu Julian sagte ihr, dass es ihm genauso erging.

„Ich möchte, dass du diesen Ring deiner Verlobten ansteckst", sprach die Priesterin an Julian gewandt, und reichte ihm das Schmuckstück. „Er wird euch Schutz, Glück und Erfolg bringen, bei allem, was ihr mit reinem Herz tut."

Julian nahm den Ring aus ihrer Hand und steckte ihn Lena an. Er passte genau auf ihren Finger. Dann küsste er sie zärtlich auf den Mund.

Einen Tag nach der Hochzeit bat Anne ihre Nichte mit ihr in den Stall zu kommen, Sie wolle ihr etwas zeigen.

Neugierig begleitete Lena sie dorthin und Anne führte sie zu einer Box. Darin stand eine weiße Stute, die eifrig ihr Neugeborenes Fohlen beleckte. Das Kleine versuchte gerade aufzustehen, was die Mutter mit ihrem Lecken allerdings immer wieder zunichtemachte. Das Fohlen war schneeweiß und hatte himmelblaue Augen. Lena stieß einen freudigen Schrei aus, als sie es sah.

„Es ist ein Albino", erklärte ihre Tante. „Eine kleine Stute. Ich will sie dir gerne schenken, wenn du sie möchtest. Zu einem selbst aufgezogenen Pferd hat man eine ganz besondere Beziehung."

„Oh ja, ich nehme sie sehr gerne an. Vielen, vielen Dank, das ist das schönste Geschenk, das mir je gemacht wurde."

Sie fiel Anne spontan um den Hals und drückte sie an sich.

Am Abend ging sie gemeinsam mit Julian nochmal zum Stall, sie wollte ihm unbedingt das Fohlen zeigen. Das lag schlafend im Stroh, erwachte aber und schaute sie an.

„Ein kräftiges Albino-Stutfohlen" meinte Julian, noch ganz im Tierarzt-Modus nach einem abschätzenden Blick.

„Mein Stutfohlen", betonte sie voller Stolz.

„Tante Anne hat es mir geschenkt. Was meinst du, wie soll ich es nennen? Welcher Name passt zu so einem wunderschönen Wesen?"

Kaum hatte sie die Frage ausgesprochen, hörte sie eine Stimme in ihrem Kopf:

„Kassiopeia" sagte die Stimme laut und deutlich. „Ich möchte Kassiopeia heißen."

Unsicher schaute Lena zu Julian hin, hatte er die Stimme ebenfalls gehört? Scheinbar nicht, denn er war damit beschäftigt, die Nüstern der Mutterstute zu kraulen.

Sie überlegte einen Moment ob sie es ihm sagen sollte und entschloss sich dafür. Sie wollte keine Geheimnisse vor ihm haben. Sie räusperte sich erst, dann stieß sie hervor:
„Ähh, das Fohlen sagte, es möchte Kassiopeia heißen. Was sagst du dazu...?"
„Kassiopeia ist doch ein schöner Name, wenn sie so genannt werden will, dann tu ihr den Gefallen", antwortete er völlig unbeeindruckt. Er schaute sie lächelnd an, dann nahm er sie in die Arme und küsste sie leidenschaftlich.
„Sag Kassiopeia gute Nacht, dann komm mit mir", sagte er zu ihr. „Ich glaube es ist an der Zeit dir einiges zu erklären".

ENDE

Weitere Romane des Genres Fantasy finden Sie unter

www.gerdi-m-buettner.de

Spannende Geschichten über Vampire, Hexer, Geister und Engel werden Sie begeistern.

Bitte lesen Sie auch den Text auf der letzten Seite

Sie lieben Hunde??

Dann möchte ich Ihnen meine 5-teilige Hunde-Reihe

„Mein Name ist Huth, Robin Huth"

sowie den Roman „Seelenhunde sterben nicht"

ans Herz legen.

Bulldogge Robin arbeitet zusammen mit seinem Herrchen in der Tierschutz-Organisation „Menschen für Tiere in Not".

In den Romanen erzählt Robin selbst über seine Einsätze für den Tierschutz. Diese führen ihn in europäische Länder, in denen es Tieren schlecht geht. Er erlebt dabei viele schöne, aber auch traurige Momente.

Weil mir der Tierschutz sehr am Herzen liegt, spende ich meine gesamte Buchmarge von diesen Romanen für notleidende Straßenhunde in Süd- und Ost-Europa.

Mit dem Kauf und der Weiterempfehlung der Robin-Huth-Romane können Sie diese dabei unterstützen.

www.gerdi-m-buettner.de